スター

Star

Asai Ryo

朝井リョウ

朝日新聞出版

スター

1

新しい世界への扉をノックするのは、次世代スターの産声だ――今回話を聞いたのは、第38回ぴあフィルムフェスティバル（以下、ＰＦＦ）でグランプリを受賞した立原尚吾《たちはらしょうご》と大土井紘《おおどいこう》。二人ともまだ大学三年生ということ、そして二人で一つの作品を監督するという珍しい形式だったことから、受賞時から注目度が高い。プロボクサーを目指す青年の日々を描いた異色の受賞作『身体』については前編（https://www……）でたっぷり語ってもらったので、後編では、二人のこれまでとこれからについて訊《き》いていく。

――まず、お二人が映画を制作し始めたきっかけをそれぞれ教えていただけますでしょうか。

立原尚吾（以下、立原） 僕は完全に祖父の影響だと思います。高校三年生のときに亡くなったのですが、物心ついたときから映画好きの祖父が世界の名作を片っ端から観《み》せてくれたんです。「質のいいものに触れろ」というのは祖父の口癖で、祖父の家にはどんなＤＶＤもあったのでよく遊びに行っていましたね。「名作はやっぱりスクリーンに限る」ともよく言っていて、小学生になると都内の、名画座も含めた色んな映画館に連れて行ってもらいました。名画座ってたまに、学生映画の特集とか、美大の学生さんの卒業制作の上映とか、そういうこともやるじゃないですか。中学生のころに初めて学生映画というものを観て、自分もできるかもしれない、やりたい、って思ったんです。そのあたりから、学校でも文化祭の映像とかを率先して担当するようになりました。

大土井紘（以下、大土井） 俺は、上京して初めて尚吾に色んな映画館に連れて行ってもらって、まずでかいスクリーンに感動しました（笑）。地元が小さな島なんで、本当に何にもなかったんですよ、遊ぶところとか。でもとにかく綺麗な景色が沢山あったんですね。家から五分で海にも山にも行ける、みたいな環境で、やっぱそういうところにいたからか、まず自然と写真を撮り始めました。ありがたいことにスマホは割と早い段階で持たせてもらっていたので、どんどんカメラにハマっていって、どの角度からどう撮ればこの景色が一番かっこよく撮れるだろうか、みたいなことばっかり考えていました。それから短い動画も撮るようになって、アプリで編集も覚えて、役所から頼まれて島のＰＲ映像とか撮らせてもらって……っていう感じですかね。

二人が組んだのは必然

――聞けば聞くほど真逆な印象ですが、それが独特のコンビネーションを生み出しているんでしょうね。そんな二人が、映像系の大学ではない一般の大学の映画サークルで出会われて、一緒に一つの作品を創るようになったのは何故《なぜ》なのでしょうか。

立原　先ほど祖父が高校三年生のときに亡くなったと話しましたが、つまりちょうど受験期だったんですね。僕は映像系の学部のある美大に行きたかったのですが、祖父が晩年特に薦めてきたのが鐘《かね》ヶ江《え》誠人《まさと》監督の作品で。鐘ヶ江監督って今では海外でも評価される巨匠って感じですけど、もとは命志院《めいしいん》大学の映画サークル出身なんです。僕も鐘ヶ江作品が大好きなので、監督と同じ道程を歩みたくなって……。紘とはそこで出会いました。初めはびっくりしました、映画サークルなのに映画のこと全然知らないし（笑）。でも、自分がかっこいいと思うものをかっこよく撮る才能がすごかった。組んでわかったんですけど、紘は僕が苦手なことが得意なんですよ。だからすごく助けられたし、全然違う道のりでここまで来たけど、二人が組んだことは必然だったのかなとも思います。

大土井　いや、他の奴がみんな尚吾のストイックさに心折られて潰れていっただけです――っていうのは冗談ですけど、ちょっとだけ本当だと思います（笑）。俺はもともと、尚吾タイプの映画大好き系の友達に誘われてサークルに入ったんですけど、その友達が先に尚吾と組んで、すぐに辞めちゃったんです。尚吾はまあ仲間内でも結構厳しく指摘するタイプなので、映画大好き同士ではうまくいかなかったんでしょうね。俺は傍からどっちの言い分も聞いていて、どっちもそれぞれ正しいことも正しくないことも言ってるなって思っていました。そんな感じでいたら尚吾に注意できる奴っていうのが俺しかいなくなっちゃって、そのうち俺もカメラを回しながら演出するようになって、頼られることも多くなって、いつの間にか共同監督になっていったって感じです。

野生の勘と結構慎重派

——二人で監督、というのはなかなか珍しいと思うのですが、お二人含めスタッフ全体の役割分担などはどうなっているのでしょうか。

立原　紘は直感というか野生の勘というか、そういうもので決断することができるし、失敗を恐れないんですよ。それまで映画じゃなくて写真に多く触れてきた人なので、僕にはない、最大瞬間風速みたいな撮り方ができるんです。僕は結構慎重派なので、動きのあるシーンは紘に任せて、僕は静かな、表情や台詞《せりふ》で魅せるようなシーンに注力しました。あとは音入れなどのダビング作業、そういう細かい、やすりで削って完成度を上げるみたいな作業もほとんど僕かな。

大土井　失敗を恐れないっていうより、俺は、失敗して恥ずかしいっていう感情があんまりないのかもしれないなと最近思います。これまで尚吾と組んでダメになった奴、俺をサークルに誘った友達とかは、尚吾から「ここがダメだ」って指摘されたり、変なことになるかもしれないけど試しにこんなことをしてみました、みたいなことに対してやけに恥ずかしがってた気がするんです。だけど俺はそもそも自分が撮るものが映画として優れているとは思っていなかったので、色んなことに対するハードルが低かったんでしょうね。主演を引き受けてくれたボクサーをかっこよく撮ることだけを考えていたので、それが尚吾にとっては新鮮だったのかもしれません。

立原　とはいえ、前後の繋がりとか全く考えずカメラを回し始めたりするので、驚かされることも多かったですけどね（笑）。でもそういうことも含めて、紘とする映画作りはすごく楽しかったです。スタッフ全体の役割分担というと、後輩にひとり人たらしがいて、そいつが他のスタッフをまとめてくれていたのも大きかったですね。

大土井　ああ、確かに。泉《いずみ》っていう後輩が助監督についてくれてたんですけど、そいつの存在は結構でかかったかも。一つ下なんですけど、照明とか音声とか、他のスタッフたちをまとめてくれてたんですよね。普段はいじられキャラで、自分では全然作品撮ったりしない奴なんですけど、なんか人の懐に入るのがうまいというか。おかげで俺たちは二人だけで集中して話し合ったりとか、そういうことができていました。

狭き門に挑戦、感じるままに

――審査委員長の舟木美登利《ふなきみどり》監督からは、「誰もがスマートフォンで動画を撮れるようになった時代を反映するかのように、今回は特に若いクリエイターによる新しい感覚に満ちた作品が多かった」という講評がありました。お二人もまさに早熟な才能だと思いますが、次回作や今後について、お話しできる範囲で教えてください。

立原　つい先日、命志院大学のプロモーションムービーの制作依頼があったんです。グランプリ受賞を知った大学関係者の方がお声がけくださったんですが、やっぱり自分の力ではできないことも多いと痛感しました。第一志望の進路は、鐘ヶ江誠人組に弟子入りすることです。さすがに狭き門すぎるのかなとも思いますが、舟木美登利監督ももともとは鐘ヶ江組で長く下積みを経験したと聞きますし、僕も本物の実力を身につけるために質の高い環境に身を置きたいと考えています。将来の夢は、祖父と巡った映画館を満席にするような作品を監督することですかね。とにかく、本物の実力を持った、本物の映画監督になりたいです。

大土井　俺はとりあえず、地元で海や山を撮っていたときと同じように、自分がかっこいいと感じたものをかっこよく撮る、ということを極めたいと思います。それで創った映像が、尚吾が連れて行ってくれたような映画館の大きなスクリーンで、最高の音響でバーンと上映されるようなことがあればすごく幸せだなって思いますね。

最後に「本当にナイスコンビですね」と問いかけると、二人は「そうですかねえ」と声を揃《そろ》え、笑った。まさに新しい世界への扉をノックする次世代スターとなり得る二人のこれからに、期待が募る。

（聞き手・池谷真理子）

2

映画の神様がふっと息を吹きかけたかのように、シアターの中の暗闇が晴れていく。天からぶら下がる光の蕾《つぼみ》がその花びらを開くと同時に、赤い座席の上で小さくたたんでいた体にじっくりと血液が巡りはじめる。

一本の映画を観終わり、シアターの電気が点いたとき、尚吾はいつも、ドラえもんやのび太がタイムスリップをしたあとはこんな感じなんじゃないかな、なんて考える。今ここにある時空とは別の時空に没入していた分の現実が、全身に一気に流れ込んでくる感覚。本来は三で割ることのできない一つの体が、疲労と快感と興奮で、きれいに三等分されているような感覚。体育の授業でマラソンのゴールテープを切ったあのときより、遠足で登山をしたあのときより、いつだって映画を観終えたときのほうが、自分の肉体が何かに達しているような気がする。それは子どものころから変わらない。

「最高」

隣の座席から、紘の声が聞こえる。

「めっちゃくちゃかっこよかった、最高だわ」

未《いま》だ背もたれに体を預けたままそう呟《つぶや》く紘の表情を見て、尚吾は何だか誇らしくなる。大学四年生の三月、社会に出る直前のこのタイミングで『門出』の特別上映を行ってくれるなんて、やっぱりここの支配人はわかっている。尚吾は、この映画の存在を教えてくれた祖父の存在まで紘に褒められたような気がして、どんどん嬉しくなる。

「だろ？」

「喫煙所行こ、喫煙所」

バネのように体を起こすと、紘はその細い体軀《たいく》でするすると座席の間を移動していく。あまりにも軽やかな後ろ姿を見ながら、尚吾は、いつしか紘に見せてもらった、紘の地元の島を囲む海の映像を思い出していた。紘が高校生のころ携帯電話で撮影したというその映像には、透明度の高い海水の中、大きな岩や揺れる海藻を器用に避けながら画面を横切っていく無数の魚たちが映っていた。そんな、スケールの大きな自由さが、紘の背中には宿っているように見える。

「あんなに表情一つで人相変わるの、ほんとすげえよな。やっぱ龍川清之《りゅうかわきよゆき》ってエグいんだな」

紘は喫煙所に入るなりアイコスをくわえると、目を細め、ガラスの向こう側のロビーを見つめた。紘の視線の先には、B1サイズのポスターいっぱいに拡大されている、日本映画界の大スター・龍川清之の顔面がある。

日中戦争時の上海を舞台に、日本人兵士と中国の人々との心の交流を描いた映画『門出』は、今は亡き日本映画界の巨匠・行田領《ぎょうだりょう》監督と、若くして飛行機事故で亡くなった伝説の映画スター・龍川清之のタッグが楽しめるいくつかの作品の中でも、最高峰の出来だと謳《うた》われている。広島、長崎への原爆投下後、日本へ引き揚げることになった龍川と中国人俳優との別れのシーンはあまりにも有名だ。

「台詞がないシーンでも表情だけであんなに気持ちの変化がわかるっていうのがすごいよな。本物の俳優、って感じ」

そりゃポスターもあんなデザインにしたくなるわ、と煙を吐く紘の表情は、やっと完成した念願のマイホームでも眺めているかのようだ。

「俳優陣も勿論《もちろん》すごいけど」尚吾は、ポスターの中にある監督名に焦点を合わせる。「その魅力をちゃんと画面で爆発させる監督も、やっぱすごいよな。あんな名演技されたら、演出も編集もひよりそう。何も手加えないほうがいい、とか思うかもしれない、俺だったら」

尚吾はそう言いながら、実際、紘と二人で作品を撮っていたときはそういう瞬間があったなと思う。

ぴあフィルムフェスティバルでグランプリを受賞した『身体』は、自主制作界隈によくいる「演技に興味があります」程度の大学生ではなく、紘が見つけてきたボクサーを主役に据えた。下手に見た目が良くてプライドだけ高い素人よりも、演技に興味がなくても一心不乱に何かに打ち込んでいる人のほうが被写体として美しいような気がする――紘の意見は大当たりで、自らの身体を苛《いじ》め抜き、ただ目の前の敵を倒すことだけを考えて自らの肉体を動かすボクサーの姿は、それだけで大きなスクリーンに堪えうる何かを内包していた。尚吾は、そのボクサーにできるだけ演技をさせないで済むような脚本をどうにか編み出し、撮影したボクサーの姿がフィクションの中にきちんと織り込まれるよう編集を工夫した。そんな作り方をしたのは初めてで、当時は様々な局面でたくさん揉《も》めたが、今となってはそんな日々も貴重な財産だ。

何より、あの作品のおかげで、自分自身も想像していなかったような門出を迎えられることになったのだ。

「あんな俳優が目の前にいたら、俺、どう撮るかな」

おもちゃを見つけた子どものような顔で、なんて表現は飽きるほどよく目にするが、ポスターに写る龍川清之を眺める紘を見ていると、その表現が廃《すた》れない理由がよくわかる。尚吾も、そのポスターに視線を戻す。

ただ、尚吾が見つめているのは龍川の表情ではなく、ポスターの端に記載されているクレジットのほうだった。キャストの名前は勿論、監督、スタッフ、配給会社、その映画を作り上げた様々な人たち、団体の名前がずらりと並んでいる。これから、それらが全くの別世界ではなくなるという事実に、心が震える。

——質のいいものに触れろ。

尚吾は一瞬、祖父の声が喫煙所に響いたような気がした。だけど勿論、そんなことはない。

コンコン、と透明の壁が鳴った。

「支配人」

尚吾がそう声を漏らすと、中央シネマタウンの支配人である丸野内幸治《まるのうちゆきはる》が、どこか照れくさそうな様子で喫煙所に入ってきた。

「どもです！」

すっかり懐いている様子の紘が、ぺこりと頭を下げる。「二人とも、ちょっと久しぶりすぎないか」地球儀みたいな腹を揺らしながら笑う丸野内は、尚吾の祖父の友人だ。子どものころ、祖父に真っ先に連れてこられた映画館の一つがここだったこともあり、尚吾は丸野内のことを年に数回しか会わないような親戚よりもずいぶん身近に感じている。

「卒論やら就活やらでなかなか来られなかったんですけど、龍川清之と行田監督の組み合わせで特集上映やるって知って、もうそれは絶対に行かなきゃってなったんですよ」

「そのときの尚吾の興奮、支配人にも見せてやりたかったですね」

うるさくてうるさくて、と、紘がニヤける。

「特に『門出』は、日刊キネマとかツイッターでも話題になってましたよ、今週シネマタウンに行けばフィルムで『門出』が観られるって」

「あ、それ俺のところにも回ってきたかも」

そう話しながらも、丸野内の背後に広がるロビーには滅多に人が通らない。中央シネマタウンは、デジタル化されていない名作をスクリーンで観ることができる貴重な名画座だ。同時上映作品や特集の組み合わせも凝っていて、映画通が唸《うな》るラインアップに定評がある。尚吾と紘が通う大学がある池袋からも、尚吾の住む要町《かなめちょう》からも有楽町線で一本の場所にあるため、まるで親しい友人の家かのように通い続けている。飯田橋と神楽坂をつなぐメインストリートから少し外れたところにある奥ゆかしさも、気に入っているポイントだ。

「だからか。今回はお客さんもいつもより多い気がするよ」

丸野内はそう言って笑っているが、尚吾は素直に同調できない。かつての国民的スター、ポスターの中の龍川清之が見つめているロビーは、お世辞にも賑《にぎ》わっているとは言えなかった。

「だけどあれだな、尚吾のラインアップの好みはやっぱり勲《いさむ》とそっくりだな」

いさむ、という音が、自分にとっての〝おじいちゃん〟を指すことが、尚吾はなんともこそば

ゆい。またニヤニヤし始めた紘から目をそらすと、

「あの尚吾がもう社会人になるんだもんな」

すっかり禿《は》げ上がった頭を少し傾けて、丸野内がそう呟いた。尚吾と紘の間で、何故かなんとなく言葉にできていなかった話題が、丸野内によってあっさりと差し込まれる。

「実は、『門出』はどうしても三月中に上映したくて、他の名画座から順番を譲ってもらったんだ」

「そうなんだ。まあ、三月は卒業とか色々あるし、ぴったりですもんね」

「それだけじゃないよ」丸野内はそう言うと、尚吾の目を見て言った。「お前のためだよ」

「俺のため？」

尚吾がそう訊き返したのと、「あ、やっぱそうっすよね？」と紘がほくそ笑んだのはほぼ同時だった。

「支配人、俺は気づきましたよ。粋なことするなって思いましたよね、うんうん」

大袈裟《おおげさ》な抑揚をつけてそう話しながら、紘がしたり顔で頷《うなず》く。

「さっきのエンドロール、最後まで観たか？」

「エンドロール？　勿論観たけど」

なんかあったっけ、という言葉を、尚吾は口の中でもごもごと溶かす。すべてわかっている風の紘の前で、これ以上何も察することができていない自分を曝《さら》け出すのは耐えられない。

「『門出』は、最後のほうに小さく、監督補助ってクレジットがあるんだ」

「監督補助？　助監督じゃなくて？」

そう言う尚吾の前で、丸野内は嬉しそうに続ける。

「監督補助は行田領監督が作った独自のポジションなんだ。だから、行田監督以外の作品のエンドロールには出てこない。弟子として入ってきた新人に与えられるポジションで、ひたすら監督のそばについて全ての工程を目で見て学んでいくんだ。それで、この『門出』で監督補助を務めたのが」

もしかして、と脳が思ったときには、口が、「鐘ヶ江誠人？」と動いていた。

丸野内が頷く。尚吾は、全く気づけなかった自分に腹が立つ。

「支配人は粋な人だとは思ってたけど、ここまでやるとは思ってなかったですね。鐘ヶ江誠人って名前がエンドロールで流れてきたとき、俺、びくってなっちゃったもん」

べらべら喋《しゃべ》る紘を隠れ蓑《みの》にして、尚吾はじっくりと丸野内の思いを噛《か》みしめる。門出、というタイトルの映画に、新人時代の鐘ヶ江誠人が関わっていたという事実。尚吾にとって大きな餞《はなむけ》となるだろう状況を成立させるためだけに、この人はわざわざ、他の名画座に頼んでフィルムを借りる順番を早めてくれたのだ。

「丸野内さん」

ありがとうございます、と尚吾が頭を下げようとしたとき、若い女性の従業員が喫煙所の外から丸野内を呼んだ。「あの、券売機の調子が悪いみたいなんですけど」見れば、次の回の客らしき男性が、券売機の前で財布を持ったまま立ち往生している。

「行かなきゃ、名支配人〜」

紘が茶化すより早く、丸野内の表情が祖父の友人から歴史ある名画座の支配人のそれに変わる。

「三月中に顔見られてよかったよ、社会人になっても頑張れよ」丸野内は早口でそう言うと、喫煙所から出ていく間際、

「どっちが先に有名監督になるか、勝負だな」

と、口元を緩ませた。「お待たせいたしました」と券売機へ向かう後ろ姿に、尚吾はもう一度、ありがとうございます、と思う。

「お、待って」紘が突然、煙草を仕舞い、喫煙所を出て行く。「うっわ、新聞とか久しぶりに見た。古文書みたいになってんじゃん」

相変わらず行動の予想がつかない紘の姿を追いながら、尚吾も喫煙所を出る。

「やっぱ二人とも今よりちょっと痩せてるな」

誰にともなくそう呟いている紘の隣に並ぶ。ロビーの壁には、様々なポスターやチラシが貼られている一角がある。そこに、数々の名作映画のビジュアルと共に飾られている一枚の新聞。

今から約一年半前、大学三年生の秋、ぴあフィルムフェスティバルでグランプリを受賞したときに新聞に載ったインタビュー記事だ。

「狭き門すぎる、って言ってる、このときのお前」

紘はそう言うと、記事の後半のあたりを人さし指で示した。


――第一志望の進路は、鐘ヶ江誠人組に弟子入りすることです。さすがに狭き門すぎるのかなとも思いますが……本物の実力を身につけるために質の高い環境に身を置きたいと考えています。


尚吾は四月から、鐘ヶ江誠人監督が所属する映像制作会社で働く。

質の高い環境を目指して、尚吾は、テレビ局、制作会社、映画の配給会社、製作委員会でよく名前を見る出版社や動画配信サービスや広告会社――映画の制作に携われそうな会社の就職試験を片っ端から受けた。正直、歴史ある映画祭のグランプリを受賞したという経歴を掲げればどこかで内定が出るだろうと高を括《くく》っていた部分があったが、現実は甘くはなかった。特に大きな組織は、クリエイター気質の若者よりも集団の中の一人としてよく動ける人間を求めている雰囲気があり、そこに尚吾は当てはまらなかった。同じ時期、一応就活をしていた紘もなかなか内定が出ず、学部の友人たちが続々とスーツを脱いでいく中、こんなところでも二人一緒かよと笑い合ったものだ。

状況を変えたのは、一通のメールだった。

それは、ぴあフィルムフェスティバルの事務局からの連絡だった。内容は、『鐘ヶ江誠人監督の所属する映像制作会社が社員を募集しているが、試験を受ける気はないか』。その会社は新卒を採用していないということでアプローチすることさえ諦めていた尚吾にとって、突然の誘いは青天の霹靂《へきれき》だった。どうやら、受賞当時の審査委員長を務めていた映画監督の舟木美登利が、かつての師匠である鐘ヶ江の会社が新人を募集すると聞きつけ、尚吾と紘の作品を観せてくれたらしい。

最終面接で初めて対面した鐘ヶ江誠人は、両目が既にカメラのレンズのようだった。その奥には視界で捉えられる範囲なんてめじゃないくらい広大な空間が広がっているようにも、すべてを暗闇に閉じ込めるための蓋があるだけのようにも見えた。

「その狭い門によく入ったよな」

隣でそう言う紘は、試験自体を受けなかった。事務局は勿論紘にも連絡をしていたが、断ったという。理由を尋ねたとき、紘は「なんか、誰かのところに弟子入りってのも、あんまりピンと来なくてさ」なんて言っていたけれど、この男の本音はいつだってよくわからない。

「お前も、映画は撮り続けるんだろ?」

柔らかく崩れてしまいそうな粘土を擡《もた》げるように、尚吾は紘に尋ねる。「ああ」と頷くその横顔だけでは、何を考えているのかは、やっぱりよくわからない。

入り口のほうから、「ご迷惑おかけいたしました」という丸野内のよそ行きの声が聞こえてくる。次の上映回に備えてのことだろう、地下にあるトイレから、ハンドドライヤーが作動する音が飛んでくる。

二人並んで、新聞記事を見つめる。

人生最後の万能感で埋め尽くされた卒業式の会場は、二人を感傷に浸らせるような情緒を挟み込む余地がなかった。そのあとサークルの部室を片付けていたときも、同期や後輩たちと飲みに行ったときも、その場の騒がしさに紛れて、寂しさの手触りを感じなかった。

尚吾は今、嗅ぎ慣れた煙草の残り香の中で、強烈に、紘と離れ離れになることを実感している。かつて二人で一緒に受けたインタビュー。今後もう、こういうことはないのだ。

——どっちが先に有名監督になるか、勝負だな。

さっきの丸野内の言葉が、尚吾の脳内に響き渡る。

丸野内は、グランプリを受賞した『身体』を、ここで特別に上映してくれた。尚吾は、祖父用にと一つ空けておいた座席の隣で、スクリーンに映る自分の監督作を鑑賞した。その日は、祖父の映画を観るときの癖である、たびたび脚を組み替えるという動作の雰囲気が、何度か隣の空席から感じられたような気がした。

新しい世界への扉をノックするのは、次世代スターの産声だ——そんな見出しの下で笑うかつての自分を見つめながら、尚吾はぐっと拳を握りしめる。

3

「あんた、いつまでこっちにおっとね」

和江《かずえ》の、心底うっとうしそうな声を聞きながら、紘は、実家にいるだけで喜ばれるのは実家を長く離れているからこそなんだな、としみじみ思う。大学を卒業して地元に帰ってきたときは「これからどぎゃんすっと」と不安そうにしながらも紘の好きなものばかり振る舞ってくれた母も、今では全ての関節が外れたような体勢でソファに寝そべり続ける息子を完全に持て余している。

毎日顔を合わせていると、たった一か月でこれほど希少価値が失われてしまうのだ。そう考えると、夫婦ってすげえなと紘は思う。しかも両親は島の人間同士で結婚しているから、本当に文字通り逃げ場がない。東京のあのガチャガチャした街並みはずっと好きにはなれないが、色んな人にとっての逃げ場の集合体でもあると思うと、あのどこもかしこも尖《とが》ったような景色に急に優しさを見出せる。

大学を卒業した紘が実家に戻ったのは、東京でまじめに就職活動をしなかったことは勿論、ルームシェアをしていた大学の同級生が就職を機に関西に引っ越さなければならなかったことも大きい。そう言うと不可抗力のようだが、実際、恋人と同棲する家を楽しそうに探す尚吾の姿を見ながら、紘はなぜだか、東京で新居を探す自分の姿を想像することができなかった。幸い、ぴあフィルムフェスティバルでグランプリを受賞したときの賞金にほとんど手をつけていなかったこともあり、なんとなく、しばらく地元に戻ってみることにしたのだ。

「あんまいつまでとか決めちょらん」

「そうね」

決めてくれたほうがありがたかけどねー、とぼやきながら、母が台所へ消えていく。時計を見ると、さっき起きたばかりなのにもう午前十一時を回っている。一人暮らしをしてわかったが、特に大学生のような人間は、起きている時間の割に何度も食事を摂《と》り過ぎだと思う。

居間ではテレビが一応点けっぱなしになっているが、この島ではいわゆる全国ネットと呼ばれる番組のほとんどが放送されない。紘は上京して初めて、自分が暮らしていた場所は「一部地域を除く」の〝一部地域〟であったことを明確に自覚した。ただ、四月の終わりになっても桜がどうのこうのと歌っている曲を堂々と流すテレビ番組を見ていると、そのころには桜なんてとっくに散り切っているこの島は全国に掛けられている網目から零《こぼ》れ落ちていて当然、というような気持ちにもなる。

「あんた昼ご飯どぎゃんすっと。またどっか行くとね」

母の声色から、お前の分の昼食を準備するのが面倒くさいからどっか行ってくれ、という思いが手に取るように伝わる。

「んー」紘はLINEを開く。昭《あきら》からは特に何の連絡も来ていないが、地元の同級生との約束は昔から口約束ばかりだった。わざわざ文字で残しておかなくても、ちょっと探れば誰がどこにいるのかはわかってしまう。「多分もうすぐ昭が」

紘が口を開いたとき、家の外から、パー、という音が必殺技のビームのように飛んできた。昭の車のクラクションは、相変わらずでかい。

「行ってくるけん」

「ご飯はよかね」

その判子さえ押してもらえれば処理できる書類をずっと抱えていたかのように、母がすっきりとした表情で台所から出てくる。紘は、野良犬が街中の柵でも飛び越えるみたいにして家を出ると、配達車の運転席から煙草の灰を落としている昭に手を挙げた。「よう」と応える昭の横顔は、東京で出会った同い年の友人たちよりずっと大人びて見える。

「毎日毎日すまんねえ」と、昭。

「こっちおってもやることなかし、飯食わせてもらえるし、助かるよ」

車の助手席に乗り込むと、島の景色にフロントガラスが一枚覆い被《かぶ》さるが、洗車が趣味だという昭の配達車から見る景色はその色彩が一切衰えない。むしろ、高画質のレーシングゲームが始まるかのような興奮が心に芽吹く。

今日も島はよく晴れている。

「ちょこっと多めやけん、気張っていくぞ」

ぐん、と、走り出しから勢いのある配達車に一瞬体重を置いて行かれそうになりながら、紘は「おー」と応える。実家の前の細い道をしばらく走って、突き当たりを右に曲がる。

すると、もう、海だ。

この瞬間、紘は未だに新鮮な気持ちで、カメラを構えたくなる。この両目がそのままレンズに、瞼《まぶた》がシャッターになればいいのに、なんて思うけれど、そのたび、どんなレンズで、どんな技術で撮ったところで、この両目で捉えた鮮やかさを上回ることはないのだと思い知り、地団駄を踏みたくなる。

この美しさはカメラにしか収めておけないのに、だからこそ見たままの鮮やかさを少なからず削り取ってしまうカメラのことを、ひどく憎らしく感じる。

美しいものを見つけたとき、紘はいつもそう思う。島で暮らしていたときは、美しいと感じるものを目にする機会が多かったので、何度かそのようなことを口に出して言ってみたこともある。だけど友人たちは口を揃えて「何その一番好きだけど嫌い〜みたいなやつ。お前メンヘラね?」と、真剣に取り合ってくれなかったし、紘の伝えたいことに心当たりが一切ないようだった。

わかる、と言ってくれる人に出会うまで、紘は、十年以上かかった。

——わかる。俺は、頭の中がそのまま編集ソフトになればいいといっつも思う。こういうシーンにする、って想像した通りに音も色も調整できたらいいのにって。

尚吾のその言葉を、紘は機材を載せた車の中で聞いた。後輩の泉が運転する泉の親の車は、古いのか運転が下手なのかやたらと揺れ、機材が壊れてしまわないか少し不安になった。

「っと～！」

ガタン、と大きく揺れたと思うと、「どっかのガキが石ころ仕掛けとったな～」昭が窓の外を睨《にら》む。我に返った紘は、「タチ悪かなあ」と笑う。

昭の運転は滑らかだ。目を瞑《つむ》ったってハンドルを操れるだろう見慣れた景色の中、迷いなく進んでいく配達車の助手席は、心地良すぎてほとんどベッドだ。だけど、そんな車に連日乗っていると、尚吾や機材たちとぎゅうぎゅう詰めで乗り込んだ、やたらと信号に引っかかる東京ナンバーの軽自動車が思い出されるのだった。

「午前中のうちにあと三つ回っときたかけん、コキ使わせてもらうで」

ほーい、と答えながら、紘はすでに鳴りそうな腹に手を当てる。昭の実家は津森《つもり》商店という酒屋で、昭の祖父の代からずっと家族経営が続いている。島で見ることができる酒はほとんど津森商店から出荷されているといっても過言ではないくらいで、昭は生まれたときから〝あの店を継ぐ子〟として島中の人間から認知されていた。案の定、高校卒業後は父親を手伝う形で業務に励んでいる。いつもは紘とも顔なじみの（というか同級生の家族なんてほぼ全員顔なじみのようなものだが）父親と二人で商品を配達しているのだが、その父親が腰を痛めたこともあり、ここ最近は一人で配達業務をこなしていたようだ。そこに、時間と体力を持て余した幼馴染が帰ってきた——手伝いに駆り出されるのも当然である。

「三つて、どこ行くと」ふくらはぎをぼりぼりかきながら、紘は訊く。

「なんか最近新しゅうできたカッフェーと、あとは吉田《よしだ》んとこの居酒屋と桑原《くわはら》んとこの民宿。どこも酒だけやなくて米とか他のもんもいっぱいあるけん、けっこう大変やぞ」

「うわ、吉田も桑原も懐かしか〜」

「桑原は特に懐かしか〜、やろ？」

「うるせえなあ」

地元に残っている同級生は、ほとんどが家業を継いでいる。昭から聞いた話だと、ここ数年は島に新しくカフェができることが多いらしいが（「大体、店主は若か夫婦で、男のほうが女より髪の毛長かパターンが多かよ、なぜか」）、そういう店は大体一年以内に入れ替わるという。その代わり昔からある居酒屋や民宿はずっとなくならない。そういうところは、配達に行くと大体食べ物だったり何かしらのお土産を持たせてくれる。昭はちょっとした給料をくれるし、配達に行けばお土産が貰《もら》えるしで、もしかしてこのままどこにも就職などせずに暮らしていけるのでは、なんて勘違いしそうになる。

カフェと居酒屋への納品を終え、配達リストの午前中パートの最後である民宿に向かう途中、昭の運転する車が学校のすぐ近くを通った。

「何遍見ても慣れんなぁ」

つい四年前まで毎日通っていた場所が、大きく、そして小ぎれいになっている。島に一つしかない県立高校という立ち位置は紘が上京する前から変わらないが、子どもの人数が減少していることもあり、三年前に中学校と連携したのだ。中高一貫教育、なんて聞こえよく謳っているが、小さくなったもの同士がくっついただけだと、地元の人間にはバレバレだ。

「親父さん、どっかにおるかな」

クラクションを鳴らそうとする昭を、「やめとけって」紘は止める。紘の父親は、島で一つしかない高校の日本史の教師だ。つまり、紘が高校生のときも思い切り教壇に立っており、当時の紘はそれが嫌で嫌で仕方がなかった。今になってやっと、毎日人前に立ち、何かを教えるということを日々繰り返している父のことを、心の底から尊敬できるようになったが。

ただ、人に何かを教えるという行為を来る日も来る日も繰り返していたからだろうか。紘の父親の口癖は、尚吾の祖父のものとは真逆の内容だった。

——よかて思うものは自分で選べ。

紘の父は、まだ小さな紘に、何度も何度もそう言った。なんでも、大学の教育学部で日本史を学んだ数年間、教科書に記載されていた様々な事柄が最新の研究によってどんどん更新され続けたことがあまりに衝撃だったらしい。これが正しい情報ですと教えられ、信じていたことが、次々に目の前で変更されていく。さらに、父が特に好きだったのは戦後の現代史なのだが、その部分の捉え方が教授によって大きく異なること、そして学ぶ角度によって一人の人物が悪人にも善人にも見えることにとても驚いたらしい。決定打となったのは、いざ自分が教壇に立ち日本史を教えることになったとき、自分の小さな一言で、生徒に伝わる情報が大きく変わることを自覚した瞬間だったという。様々な戦争においてどちらの国が悪いということを明言しなくとも、表現や語尾ひとつで、生徒にとってのそれぞれの国の印象は大きく変わってしまう。すでにそこにある巨大な絵巻を読み込むようにして楽しんでいた歴史が、実は誰でも描き込めるスケッチブックのようなものだと痛感したことが、父の人生観を変えたのだ。

——なあ、紘、よかて思うものは自分で選べ。どうせぜーんぶ変わっていくと。うちは家業のあるわけじゃなかし、俺はお前に島に残ってほしかとも思っとらん。お前はどうやら頭のよかごたるし、いろんな大学の情報も俺が集めてやるけん、自分で好きなもん見つけて、住むとこも自分で選べ。

皮肉なことに、その口癖を日常的に聞くことができていた当時は、学校という空間に自分の父親がいることをわけもなく不快に感じていたのと同じように、父の言わんとしていることの意味をわけもなく理解しようとしていなかった。理解しようとしなくても別にいいと思っていた。

紘は、流れていく景色の中、やけに堂々としている校舎を見つめる。巨大な生物の呼吸孔のように存在するいくつもの窓のどこかに、父の横顔を見つけようとする。広いグラウンドやテニスコートなどを率いるみたいに聳《そび》え立つ学校は、窓の外をなかなか流れていかない。

父の言葉の意味を理解し始めたのはきっと、尚吾の祖父の口癖を何度か聞いたことがきっかけだ。質のいいものに触れろ。質のいいものに触れろ。東京で様々な名画座に連れて行ってくれた尚吾からその言葉を聞くたび、紘は、頭の片隅に浮かぶ違和感に気づかないふりをしていた。

質がいいって、誰がどうやって決めているんだろう。歴史の教科書だって間違っていることがあるのに。

紘はあえて、その疑問を口にしなかった。というよりも、あのときは、脳内を浮遊する違和感にどんな言葉が当てはまるのか、よくわかっていなかった。

「体育館もきれいになったよ」

グラウンドの長辺に沿うように走っていた車がスムーズに右折する。銀色のフェンスの向こう側に、当時よりは一回り小さく感じられる体育館がある。

「あそこで上映会したよなあ、お前」

昭の一言に、「うわ、したなあ！」と紘は思わず助手席から身を乗り出す。同時に、その上映会が実現するまで長期間に亘《わた》って島じゅうを東奔西走していた父の姿を思い出し、少し恥ずかしくもなる。

紘が高校一年生のころ、役場の人たちが島の役場の公式サイトに載せるPR用の動画を撮ることを決めた。ふるさと納税、離島への移住やダイビングブームなど様々な要因が重なり、公式サイトへのアクセス数が伸びたもののユーザーを引きつけるコンテンツがないことがきっかけだった。ただ、役場の人間には、編集はもちろん満足に動画を撮影できる者すらいない。かといって本州の映像制作会社に外注してしまうと、スタッフの渡航費や宿泊費などがかさみ、予算が膨らむ。そんなときに白羽の矢が立ったのが、中学生のころからカメラを構えて島じゅうをうろうろしていた紘だった。

学校の先生という立場上、子を持つ島民全員とほぼ顔見知りという状態だった父の存在は、動画を制作するうえでとても大きかった。津森商店、同級生の吉田の実家である居酒屋、桑原の実家である民宿は勿論、島を支える様々な職種の人たちが無料で撮影に協力してくれたのだ。漁師をしているという父の同級生が船に乗せてくれ、朝から晩までカメラを回したときのことは今でも忘れられない。

美しいものが、眼前に、たった二つの目では捉えきれないほど広がっている。それを小さく収めることしかできないカメラのことをやはり憎らしく思いながらも、紘は、どんな編集もいらないな、と感じた。そして、これはいいものだと、自信を持って言えるな、とも。

撮影を終えるたび、協力してくれた人々は口を揃えて「完成したら見せてなあ」と言ってくれた。紘は、勿論ですと答えながら、映画みたいに、みんなで大きなスクリーンで一斉に観られたらいいのに、なんて思っていた。そのころ自分の父親が、公私混同ここに極まれりといった行動に出ていることも露知らず、島には映画館もないし無理だろうな、でもそんなことができたらいいな、と、殊勝な態度で密《ひそ》かに天に願いを飛ばしていた。

「あんとき、島におる人全員来たっじゃなかかってくらい集まったよな」

「そぎゃんわけなかやろ」

「いや、マジでそんくらいやったやろあれは」

フェンスの向こう側に遠ざかっていく体育館を見つめながら、紘はこっそり、マジでそれくらいだったかもな、と思う。

紘の撮影と編集により、PR動画は無事完成した。役場の人たちが完成品をいたく気に入ってくれたことは嬉しかったが、想定外だったのは、父親がその出来に異様に舞い上がってしまったことだった。「これは、協力してくれた人たちにちゃんとお披露目せんばいかん」と鼻の穴を膨らます父の姿を、紘は、嫌な予感を抱きながらも静観していた。余計なことするなよ、と思いつつ、だけどこの人が余計なことをしてくれないと撮影もうまくいかなかったんだよな、とも思っていた。

案の定、父は、「特別上映会、体育館のスクリーンでできることになったけん」とさらに想定外の宣言をした。紘からすると、親バカすぎて恥ずかしいからやめてくれ、といった気持ちも勿論あったのだが、自分の映像を島じゅうの人に観てもらえるというのは、SNSやネットにこっそり写真や動画をアップするのとは違う興奮があった。特別上映会の日、スクリーンから放たれる光を打ち返すほど瞳を輝かせて「すごかねえ」「かっこよく撮ってもろてラッキーばい！」と笑う島民たちの姿を見ながら、紘は、この光景をカメラに収めたいと思った。同時に、レンズを通して捉えた景色がどうしたって現実より見劣りするのは、その景色を見た気持ちを一緒に収めておけないからかもしれないと思った。

完成したPR動画は十分にも満たない作品だったが、その日は特別に、完成版には使うことができなかった様々な映像もたくさん上映した。

特別上映会。

ふと、意識が東京に飛ぶ。

ぴあフィルムフェスティバルでグランプリを受賞した『身体』は、東京の名画座である中央シネマタウンで上映された。丸野内支配人が「ここは名作映画しかかけない歴史ある場所だけど、特別に」と奮発してくれたのだ。

たった一回の無料上映。特別に開放された、百名を超える観客を収容できる場所。条件だけ抽出すれば、島の体育館での特別上映会と変わらない。むしろ、島の何倍、何百倍もの人がいる東京での開催、さらに無名の高校生が作った動画ではなく歴史ある映画祭でグランプリを受賞した作品が上映されるということで、中央シネマタウンのほうが遥《はる》かに好条件だった。

尚吾はせっせと同級生などに連絡をしながらも、祖父用に、と一つ座席を絶対に空けておくよう何度も支配人に確認していた。だけど、そんなことしなくたって、全く問題はなかった。空席ばかりだったのだ。

「紘は、もう撮らんと?」

運転席から、昭の声がする。

素人の高校生が撮り、無料のソフトで編集した十分足らずのPR動画の特別上映会は、当然だがすぐに終わった。だが、アンコールが何度も湧き上がり、結果、確か五回は上映したはずだ。

「わからん」

車が、スピードを落とす。

「ボクサーのやつで、なんか、大きか賞とったやろ?」

昭がゆっくりとハンドルを回す。車が左折し、かつて万雷の拍手が鳴り響いた特別上映会の会場が見えなくなる。

「賞とかすごかねー。俺もそん映画観たかったー」

昭は優しい。東京から島に戻ってきた、という物珍しさがなくなっても紘のことを気にかけ続けてくれているし、島を出て好きに生きている弟のことも、絶対に悪く言わない。

次回作を考えあぐねていた尚吾に、長谷部《はせべ》要《かなめ》というボクサーを撮ることを提案したのは、紘だった。

当時紘が付き合っていた彼女が、ダイエットのために大学のすぐそばにあるジムに通い始めたのだ（ボクササイズをしたいということだったが、案の定彼女がすぐに飽き、ジムにも通わなくなった）。一人でボクシングジムに行くのが怖いと言うので付き添ったのだが、紘の目は、薄着で汗をかきながら胸を揺らす彼女の姿ではなく、そのジムの練習生で、トレーナーでもあった長谷部要の姿に釘づけになっていた。

長谷部要はそのとき、縄跳びに励んでいた。リングの上にいたわけでも、ボクシンググローブを着けていたわけでもないのに、体の軸を一切ぶらさず、小刻みにその場で跳び続けている姿から、紘は目が離せなかった。

今となっては、そのとき、自分がどんな感情を抱いていたのかよくわかる。高校一年生のとき、PR動画のために乗せてもらった船が海へ出た瞬間。ぱっと、視界に覆い被さっていた何かが取り払われるような美しさに刺されるあの一瞬。それこそが紘にとって「撮りたい」と思うスイッチだった。長谷部が縄跳びをする姿は、幾度となく訪れる縄を飛び越えるというよりも、自らの身体から一切の無駄を振り落とそうとしているように見えた。そう感じたとき紘は、上京して初めて、瞳に纏《まと》う何かが取り払われた気がした。

道路が長い直線になり、昭がスピードを上げた——と思ったら、すぐに減速する。

「ん？」

見ると、十メートルくらい離れているだろうか、向こうからやってきた高齢の女性が、自転車を降りて、ぶんぶん手を振っている。

「バスじゃなかっぞ」ぼそりと呟きながらも、昭は女性のほうへと車を寄せていく。

「どぎゃんしたと」

「なんかうちのFAXが調子おかしゅうて注文書送れんとよ。困った困ったて言うとったら車見かけたけん、今注文お願いできる？　あれ、あんた」

女性が、助手席にいる紘を思い切り指さす。

「あそこの体育館でなんかしよった子じゃなかかい、なんねこっち帰ってきたと?」

大土井さんとこの子ォやったなあ、と顔をじろじろ見てきたかと思うと、女性はすぐに「まずビールの二十四缶入りケースやろ」勝手に話を進めようとしてしまう。

「ちょ待って待って、紙の注文書出すけん待って」

昭がドアを開け、車を降りる。確か、後部座席に置いてあるファイルに紙の注文書や筆記用具がしまってあるのだ。

助手席に一人残された紘は、自分でそうしようと思う前に、ハーフパンツのポケットの中に右手を差し込んでいた。

ちょっとでも一人の時間ができたら、スマホを手に取る。そんな癖がついてしまったのはいつからだろうか。

SNSを開くと、アクセスしていなかった数時間分の投稿が一気に体内に流れ込んでくる。空と海に挟まれた島の広大さに安心する自分と、情報の渦に全身が浸かる感覚に安心する自分は、どちらも同じ肉体の中にある。島でスマホに触れるたび、その二つの自分は決して反発し合っているわけではないことを実感する。

ついでにFAXも直してくれんかねえ、と嘯《うそぶ》く女性の声を窓越しに聞き取りながら、両目が中央シネマタウンという文字を捉える。新たな特集上映の内容が決まったようだ、告知の投稿が行われている。

【大好評につきアンコール上映・最後の国民的スター、龍川清之特集】

スター、という文字が、紘の目に留まる。大学を卒業してすぐ、尚吾と行った中央シネマタウン。銀幕の中で輝く龍川清之の姿、喫煙所のガラス越しに見たロビーを行き交う人の少なさ。

投稿に、一件のリプライがある。見てみると、ダース・ベイダーの画像をアイコンにしている人が、こう呟いていた。

【さすが国民的名画座。最高です】

全部切らしとらんやったら今日の夜までに持ってくるばってー、と言う昭の声の向こうから、波の音が聞こえる気がする。

ここにいると、東京で過ごした四年間がすべて幻だったような気持ちになる。国民的スター、国民的名画座、そんな言葉が届かない〝一部地域〟に流れる時間。紘が予算0円で撮った映像を未だに覚えている人がいて、ぴあフィルムフェスティバルのことは誰も知らない。

最後の国民的スター、か。紘は、スマホをポケットにしまいながら思う。

全員が違うタイムラインを追いかける今、国民みんなに知られるようなスターなんて現れるのだろうか。

「誰やったっけ今の」

運転席に戻ってきた昭に、紘は訊く。

「清水《しみず》さん、公民館の」ああ、と、紘は生返事をする。覚えているような覚えていないような、というレベルだったが、こちらが覚えていようが覚えていなかろうが、どっちだって島の人たちは紘への距離感を変えない。誰だって思い切り指をさし、顔をじろじろと見つめてくるのだ。

「いっつもいっぱい注文くれてありがたかばって、公民館の事務所に何でそぎゃん酒がいるとやろ」

午前中の最後の配達先は、同級生の桑原の実家が営む民宿だった。ここ数年、島にある空き家を改装してゲストハウスに、なんて試みもあったそうだが、なんだかんだ言っても桑原家の民宿が一番人気らしい。その理由はおそらく地元の魚をふんだんに使った料理だと言われている。桑原の親戚が漁師なので、海産物をタダ同然で納品してくれるのだ。結果、客からすると宿泊費が安くなる。

「お前、ちょっと緊張しとる?」

「はあ?」

さっきから昭は、桑原の話題になるとニヤニヤと口元を緩める。過去を全て共有している関係というのは、安心感もあるが気恥ずかしさもある。

「どんだけ昔ん話ばしとっとか、お前は」

そう言いつつ、紘は一応、ミラーに映る髪型をチェックした。桑原とはたまに連絡を取り合うものの、こうして顔を合わせるのは成人式以来だ。

「おー、来た来た」

台車を押しながら玄関に入ると、エプロン姿の桑原が包丁を持ったまま手を挙げた。刃先には思い切り血がついており、傍から見ると危ない奴だ。

「紘、もう津森商店の人や」

一人娘として当然のように民宿を継いだ桑原は、あのころの面影が残る顔に何の化粧も施していない。一度明るく染めてから長い間放ったらかしにしているのだろう髪の毛を簡単に一つにまとめているだけのその姿は、高校時代、紘と恋愛ごっこのようにキスをしたり身体に触れ合ったりしていたころから全く変わらないようでも、全くの別人のようでもある。

「二人とも、もう昼飯食うたね？」

食料庫に酒を収めていると、桑原がそう訊いてきた。まだ、という返事の代わりに、ぐう、と腹が鳴ってくれる。

「食べていく？　今日昼食べる人あんまおらんで、食材のあまるごたっとよ。うち、宿泊客の数に関係なく魚ガンガン入ってくるけんねえ」

紘は昭と顔を見合わせる。ラッキー。昭の顔にそう書いてある。

「じゃあお言葉に甘えて」

納品を終え、昭とダイニングテーブルに腰かける。桑原の後ろ姿はすっかり宿の女将《おかみ》のそれであり、料理道具ではなく日焼け止めや手鏡ばかり手にしていたころを知る身として、勝手に感慨深い気持ちになる。昭や桑原みたいに、幼少期に抱いていた興味関心から遠く離れた領域で日々の仕事をこなしている同級生を見ていると、かつて好きだったものをそのまま操り続けている自分がひどく幼い子どものように思えてくる。

紘は無言で、滑らかに作業を進める桑原の手つきを眺めた。桑原は、付き合っていた間いつも、ハンドクリームを手放さなかった。アトピーだけん、と硝子《ガラス》細工でも扱うように自分の皮膚に触れていた手で、今はがつがつと魚をさばいている。

人工呼吸でもするみたいに、全身で魚に立ち向かう桑原の背中を見つめる。紘が初めて触れた女性の背中の肌には、確かに、本来触れてはいけないような赤みがぷつぷつと浮かんでいた。そこに、桑原から手渡された見慣れない名前のクリームを塗ったときの感触が、紘の指たちにそっと蘇《よみがえ》る。

正直に言うと、みとれていた。だから、突然鳴り響いた『こんにちは！』という甲高い声に、紘は全身を弾ませるようにして驚いてしまった。

『魚さばき界の三ツ星スター！　星野料理長のチャンネルへようこそ！』

「え、何⁉　てか音でかくね⁉」

紘は思わず立ち上がる。すると、桑原がスマホをキッチンの壁に立てかけているのが見えた。

「音でかすぎた、ごめんごめん」

桑原はそう言いながら、スマホの音量を下げていく。とはいえ、『今日は、あんまり食べたことある人はいないかもしれませんねー、カンムリベラを扱います！』という声はハッキリと聞き取れる。

「何それ？　星野料理長て誰？」

驚いているのは紘だけのようで、昭は「ここで煙草吸うたらだめやったっけ」なんて周りをきょろきょろと見回している。

「知らん？　今えらい人気ばいこん人。なんせ、魚さばき界の三ツ星スター！だけんね」

桑原は先ほどの甲高い音声の真似をしながら、着々と包丁を動かしている。

スター。

紘は桑原の隣に立ち、スマホの画面を覗《のぞ》き込む。中肉中背の男が、白いコック帽に白いエプロンという出で立ちで、ごくごく一般的な台所に立っている。

「星野料理長てYouTuberで、どぎゃん珍しか魚でも一通りさばき方とかうまか食べ方とか紹介してくるっとよ」

桑原はそう言いながら、『カンムリベラの調理はうろこを取るところから始まります。まずは』と話す星野料理長の動きを真似していく。

「うちは食材が親戚から直で納品さるるけん、ようわからん魚もあったりしてな、さばき方わからんときは星野料理長に頼りっきりよ。こん人ほんなこつすごかぞ、マジで魚んこと何でん知っとるし、手つきもプロ。マジでスター」

桑原の言う通り、星野料理長の動きには迷いがない。『ここで一度まな板を洗っておいたほうがいいですね。作業はまだまだ続きますので』そんな音声が流れたところで、桑原は動画を止め、まな板を洗い始めた。

「ん?」紘はスマホに顔を近づける。「何これ、百万回以上も再生されとるんか」

1,085,190回視聴、という文字を指す紘を、「ちょ、邪魔」と桑原が尻でどかす。

「星野料理長の動画やったら、そんくらいが普通じゃなか? 他のと比ぶれば少なかくらいかも」

一度洗ったまな板の上で、桑原が作業を再開する。紘はその隣で、ぼんやりと、映画の舞台挨拶などでよく掲げられる【祝・観客動員数一〇〇万人突破】という言葉を思い出していた。

満席になった体育館での上映会。ガラガラの中央シネマタウン。マジでスターらしい星野料理長。銀幕のスターが輝く名作。1,085,190回視聴が少ないくらい。祝・観客動員数一〇〇万人突破。

「なあ、桑原」

「ん?」手を動かしたまま桑原が応える。

「龍川清之て知っとる?」

「へ?」

桑原の手が一瞬止まった。だが、すぐに作業が再開される。

「誰それ、坂本龍馬とかそっち系?」

「ちがう! 誰からも聞いたことなか?」

紘は、手を止めない桑原に詰め寄る。

「お前の母ちゃんとか父ちゃんとかからも、聞いたことなか?」

「なかなか! 何なんいきなりうるさかなあ」面倒くさそうに言うと、桑原は龍川清之という名前に全く興味がないのか、全然違う話を繋《つな》げた。「つーかあれぞ、星野料理長ば教えてくれたとは、確かあんたの母ちゃんよ」

「は、マジで!?」

マジマジ、と言うと、桑原は一度タオルで手を拭き、また動画を再生した。

「母ちゃん同士仲良うしとるやん、うちらんとこて。うちであまった食材あんたんとこ持っていったら、あんたの母ちゃんがこん動画見て料理ばし始めたらしかぞ。だけんうちも知った」

助かるわあ、と作業を再開し始める桑原を前に、紘の身体は、まるでその場に縛りつけられたかのように固まってしまう。

国民的映画スターが知られていない島。そこで暮らす母親には、お気に入りのYouTuberがいる。

『ここでスター星野のワンポイントアドバイス！　カンムリベラは脂も少なく淡白なので、食べ方としては――』

「紘、ちょっと邪魔、どいて」

桑原がまた、紘を体で押し退けようとしてくる。紘は簡単に二歩、三歩とふらついてしまう。この身体は、今、キッチンマットの上から外れただけでなく、すべてを知り尽くしていると思い込んでいたこの島からも脱落したかのように感じられた。


魚さばき界の三ツ星スター。

魚さばき界の三ツ星スター。

忘れないよう、小さな声でそう繰り返しながら帰宅する（「隣でぶつぶつ怖いけん！　運転に集中できんけん黙れ！」）。帰宅してすぐに母に尋ねると、「星野料理長？　知っとるよ、なんか癖になっとよねえあの声が」とあっさり言われた。

「桑原さんとこの子ォ、あれやね、客がおるところでも動画流しよるらしかけん、それはやめたほうがよかね」

初めて作る感めっちゃ出てしまうけんね、と、台所に立ちながら母が言う。

「何ばそぎゃん驚いとっと」

その場に立ったままの息子の姿をちらりと見て、母はすぐに夕食作りに戻る。

「いや、なんか、ネットとか詳しかイメージなかったけん」

ちょっとびっくりして、と、紘が呟くと、「何ね失礼か」と母は唇を尖らせる。

「もうテレビも点けとるだけであんま観んけんなあ。うちは二局しか映らんし、映ったとしてもおんなじような番組ばっかりやし。そぎゃんなるともうYouTubeとかのほうが全然時間潰せるとよ」

ユーチューブ、という音が母の口から発せられていることに、紘は未だにむずがゆい気持ちになる。

「今、面白ろか人いっぱいおるとよ。魚さばく人もやし、何でも研いで包丁にしてしまう人もおるし、歴史の話してくるっ人も結構面白かなあ。お父さんも、なんか東大の人がしよるクイズのチャンネルみたいなの観とるらしかよ」

「なあ、母さん」

「何?」母がこちらに振り返る。

「龍川清之て知っとる?」

「へ？」その声の出し方は、昼間の桑原とそっくりだった。

「昔は国民的スターやったっじゃなかね？　なあ」

「何急に、どぎゃんしたと」

眉を顰《ひそ》める母を前に、紘は息を吸う。

「鐘ヶ江誠人監督、は？」

何ね怖かねえ、と呟いたっきり、母はもうこちらを振り返らなかった。あと少しで父が高校から帰ってきてしまうのだ。

紘は、みりんと醬油《しょうゆ》の匂いを嗅ぎ取りながら、その場に立ったままでいる。

〝一部地域〟のこの島には、名画座どころか映画館だって勿論、ない。銀幕のスターを思い出す機会は少ないけれど、その代わり、新たなスターに触れる場面は多いのだ。

もう少し、会話をしたい。何を訊きたいのかは自分でもよくわからないけれど、このことについて会話をしたい――紘がそう思い、また口を開いたときだった。

右のポケットが光った。

スマホを取り出す。電話だ。

ＳＮＳやＬＩＮＥを常用するようになってから、電話で連絡をしてくる人は激減した。誰からだろう、と、改めて発信相手を確認する。

長谷部要。その四文字は、ジムの片隅で一心不乱に縄跳びをしていた姿と同じく、発光していた。

4

尚吾は一瞬、思考の綱から手を離そうとしている自分がいることを自覚した。そしてすぐに、こうなってからが本番なのだ、と、周囲に並ぶ顔を冷静な気持ちで見渡す。すると、自分がいま同行しているのが、かつて共同監督を務めていた紘でも、泉を始めとするサークルの後輩たちでもなく、憧れの鐘ヶ江組の面々だという事実に、脳が新鮮に驚き直すのがわかった。

「監督」

占部《うらべ》が、渋い表情の鐘ヶ江に声を掛ける。

「どちらかの目線というわけではなく、引きで撮ってみる、というのはどうでしょう」

「引きで？」

鐘ヶ江が、占部に聞き返す。

「はい。そうすると、これまでどちらかの目線で捉えてきたシーンの連続だったところに、視覚的な刺激が加わると思うんです。引きで撮ることによって二人が物理的にも離れ離れになっていくところが強調されるので、そういう意味でも効果的かと」

占部の提案に、「なるほど」と呟いたきり、鐘ヶ江は腕を組み、黙り込んでしまった。こういうときの「なるほど」は、納得の意を示すものではない。鐘ヶ江組の一員となりまだ日は浅いが、尚吾もそれくらいのことはわかるようになっていた。

人は選択をすることに多大なエネルギーを費やしている——そんな言説を一般大衆にも知らしめてくれたのはスティーブ・ジョブズだっただろうか。詳細は忘れたが、とにかく、毎日同じ服を着て毎日同じものを食べるタイプの世界的経営者だったような気がする。何かを選ぶということは他のすべてを切り捨てるということであり、その判断を脳が正確に行うことができる回数は一日のうちにそんなに多くはないこと。だからこそ、服装や食事など毎日必ず経る何かで悩むことは極力避け、仕事における重要な選択に有限な判断力を残しておくべきだということ。これらの説を初めて知ったときは、そうなんだ、ほどの納得感しかなかったが、早朝から撮影を続けた日の終盤、まさに今のような状況になると、その言葉の真意が身に染みてわかる。

ラストシーン、雨上がりの夕暮れ時、水に濡れた街並みの中、向かい合っている二人の男女。別れることを選んだ男と女が、互いに踵《きびす》を返し、それぞれ歩き出していく。背を丸めて歩く彼氏のほうは暗い気分を引きずっているように見えるが、逆方向に進む彼女の姿からは不思議と、離別の哀しみよりも未来への期待が見て取れる。

それを、どう表現するか。今の議論の焦点は、そこだ。

「浅沼《あさぬま》はどう思う」

「そうですね」

鐘ヶ江に名前を呼ばれた浅沼が、いつものようにあくまで落ち着いた口調で答える。

「今回は監督の映画じゃなくて企業のＣＭなので、やっぱり女の子が、こう、晴れやかな気持ちになっているのがわかりやすいほうがいい気がしますけどね。あんまりクリエイティブに寄りすぎても、この映像の視聴者には伝わらないのかなって」

「でも」

占部が、ぐいと会話に入ってくる。

「俺は、企業案件だからって、いつもの監督らしい演出から雰囲気を変えるべきじゃないと思うんです。先方も國立《こくりゅう》さんも、鐘ヶ江誠人印の映像を期待してオファーしてくださったんだろうし。監督も、実はそこがずっと腑に落ちていなかったんじゃないですか。今日、表情がずっと硬かったので、ちょっと気になってたんですけど」

尚吾の視界の片隅に、今回のＣＭの主演を務める國立彩映子《さえこ》の姿が一瞬、映り込む。まだ二十歳を過ぎたころとは思えない雰囲気を放っている國立は、その年齢ですでに鐘ヶ江作品に三本出演している。そのうち一本は十六歳のときに主演を務めたもので、海外の映画祭でも高い評価を得た。

いま鐘ヶ江組が担当しているのは、とあるファッションブランド公式サイトのトップページで展開されるショートストーリー、そしてテレビや他のWEB媒体で流れる様々な長さのCMだ。広告会社の担当者が直々に事務所に挨拶に来るという熱のこもった形での依頼だった。通常、だからといって首を縦に振るわけではない鐘ヶ江だが、今回はそのブランドのミューズを國立彩映子が務めているという点が大きかった。しかも、鐘ヶ江監督の起用を最も強く希望しているのはその國立彩映子だという話だったのだ。國立と鐘ヶ江のタッグは日本の映像業界では鉄板の組み合わせとして知られており、鐘ヶ江自身も、素材の輝きは十分だが実力は未知数との評判が多い國立を最も魅力的に撮ることができるのは自分だという自負を、少なからず抱いている。

「まあ、占部君の言うことも一理あるよね。私のはあくまで、監督補助じゃなくて一般視聴者の意見だから」

浅沼はこういうとき割とあっさり身を引くのだが、それは、自分は占部や尚吾とは違いあくまでスクリプターだという自覚が強いからだろう。カットごとの情報を細かく記録することで繋がりに不自然な点が生まれないようにするスクリプターという役職は、本来、今のようにクリエイティブな分野に意見を求められるようなポジションではない。だが、シーンごとの情報を細かく記録していくという業務上、鐘ヶ江との物理的な距離は常に近い。そのため、人の意見を聞くことを好む鐘ヶ江に、まるで監督補助の一人のようにカウントされてしまうことが多い。

「なるほど」

また、鐘ヶ江の〝なるほど〟が差し込まれる。視界に入るスタッフの表情が、少しずつ、うんざりした温度を伴っていくのがわかる。最後のシーンの演出について占部が鐘ヶ江に疑問を投げかけてから、もう二十分近く、撮影は止まっている。

尚吾は、頭の中をぐるぐると回転させる。自分にも何か提案できることがないか、思考を巡らせる。もう何の選択もできません、今日使える分の判断力は使い果たしました――そう喚《わめ》いている頭のエンジンを、無理やりふかす。

学生時代にも、こういう瞬間はたくさんあった。ある一つのシーンをコンテ通りにいざ撮ってみたものの、何かが違うと悩む時間。もしかすると、撮影期間のうち最も多い割合を占めているのはそんな時間かもしれない。この、〝何か違う〟は、頭に一度過《よぎ》ってしまったが最後、編集でどうにか調整できるレベルなのか、画面の構図、はたまたロケ地から考え直したほうがいいものなのか、あらゆる選択肢がもう簡単には消えてくれなくなる。

尚吾はそういうときいつも、映画というものは本当に生ものなのだと実感する。生きている人間が演じる以上、頭の中で描いていたシーンと現実では、必ず何かが異なる。

「監督」

占部が果敢にも、また、口を開く。

「確かに顔のアップよりはわかりづらくはなるかもしれませんが、引きの映像でもきっと、彼女の心が晴れやかだってこと、仕草ひとつで伝えられますよ。たとえばスキップしてるとか、それはちょっとあからさますぎるかもしれませんが」

「なるほど」

占部と鐘ヶ江の会話を聞きながら、尚吾は思う。いま自分は、自分以上に悩み続ける人ばかりに囲まれているのだと。

学生時代は常に、自分だけが徹底して悩み続けていた。紘は直感型で、そもそも撮りながら悩むということをしないタイプの作り手だったし、周りのスタッフたちも、細かな部分にこだわる尚吾ととりあえず顔を突き合わせて話し合う姿勢は取ってくれるものの、一人、また一人と、選択することを諦めていく空気を発していくのがよくわかった。そんな細かいところこだわったって誰も気づかないって——悩んでいるポーズは保ったまま、思考の綱から手を離す音がはっきりと聞こえていた。

神は細部に宿る。尚吾はそう信じているし、それは鐘ヶ江がインタビューでよく発している言葉でもあった。

【神は細部に宿る、これは本当にそうだと思います。細部にこだわってこそ、余計なところで引っかかることなく二時間の映像をスムーズに観終えることができる。質のいい映画の大前提とは、物語とは関係のないところで観客が違和感を抱かないことです。そのためには構図、音、様々な部分で細部にこそこだわるべきです】

「監督、日が暮れ切ってしまう前に、引きのカットも撮っておきませんか」

占部の提案に、鐘ヶ江はついに「なるほど」とも言わなくなった。

鐘ヶ江は、一応撮っておく、ということを、よしとしない。頭の中に勝算が、コンテを超えるようなビジョンが生まれてやっと、動き出す。そして尚吾は、占部には場の空気が行き詰まると「一応撮っておく」と提案してしまう癖があることに気づいていた。そのたび、鐘ヶ江の表情が少し厳しく引き締まることを、見逃せるはずがなかった。

——考えすぎなんじゃない？

突如、頭の中を、紘の声が駆け抜けていく。

紘から、確かに、そう言われたことがある。なぜ紘がそう発言するに至ったか、経緯までは詳しく覚えていないが、『身体』を撮っていた期間だということは間違いない。不思議とそういう記憶は身体感覚のほうを強く覚えているもので、確かそのときの自分は駅のホームで電車を待っていて、重い荷物を抱えた全身はくたくたに疲労していたはずだ。

鐘ヶ江の瞳が、黒よりも暗くなったり、海面のように波打ったりする。考えているのだ。

尚吾は改めて、考えすぎる、なんてことはないと思った。細部にこだわってこそ、質のいいものが作れる。それを今、目の前にいる人が証明し続けてくれている。

「尚吾」

鐘ヶ江の瞳が不意に、尚吾を捉えた。

「お前はどう思う？」

尚吾は、鐘ヶ江の視線を真正面から受け止める。鐘ヶ江がその内面に抱える遥かな創作の海に、尚吾の感性のすべてが呑《の》み込まれていく。

自分の何倍もの濃度で、ずっと細やかな解像度で、映画のことをひたすら考え続けている人。他人からするとどうでもいいことにどれだけこだわったとして、きっと、笑ったり、呆《あき》れたり、ましてや考えすぎだなんて絶対に言わないだろう人。

作品の質を高めることに関して、どんな苦労も厭《いと》わない人。

「たとえば」

尚吾は、鐘ヶ江に対して、そして鐘ヶ江の瞳の中で目を輝かせている自分に対して、話しかける。


監督補助・鐘ヶ江誠人。

垂れてきた泡を受け流す瞼の裏側では、そんな文字たちが、ゆっくりと上昇していた。背景は黒、文字の色は白。中央シネマタウンで観た『門出』のエンドロールにあった一幕だ。

日本映画の歴史に残る名監督である行田領と誰もが認める銀幕のスター龍川清之がタッグを組んだ傑作は、本編が終了したところで、劇場が明るくなるまで尚吾を座席から立たせてくれなかった。まさに自分の〝門出〟に合わせて支配人が上映してくれたという喜びも相まって、あのときの感慨は簡単に忘れられるものではない。子どものころじょうずに飛ばせた紙飛行機のように、エンドロールがすーっと音もなく天にのぼっていく光景は、鐘ヶ江組の一員となってからもふとしたときに度々思い出す記憶の栞《しおり》のようなものだ。

鐘ヶ江組の一員となって一か月。ロケ地での宿泊にも、やっと慣れてきた。尚吾は濡《ぬ》れた指で瞼を拭《ぬぐ》うと、クリーム色のカランに手を伸ばす。シャワーは浴びられるときに浴びておかないと、次はいつそんな時間を確保できるかわからない。鐘ヶ江組に入って真っ先に学んだことの一つだ。

今はまだ研修中という段階だが、尚吾が就いた監督補助という役職は、鐘ヶ江が行田に師事していたころに生まれたものだと知ってはいた。だが、詳しく聞けば、まさに『門出』の撮影時に誕生したポジションだという。それを教えてくれたのは、監督補助の先輩、占部だった。

監督補助を務められる期間は、最長で三年。その間は固定給が支給され、四年目からは他の社員と同じように基本的には出来高制になる。三年というのは、日本の映画業界においてオリジナル作品を撮る力量のある若手を多く育てたい鐘ヶ江が考える〝適性を見極めるために必要な時間〟らしい。逆に言うと、その間に芽が出なければ、オリジナルを撮る適性には欠けている可能性が高いということだ。そして、あと数か月で、鐘ヶ江誠人の監督補助は、占部から正式に自分へと引き継がれる。

自分が、鐘ヶ江誠人の監督補助になるのだ。

改めてそう認識したとき、尚吾の頭の中に浮かんでいた文字のいくつかがぱらぱらと入れ替わった。

――監督補助・立原尚吾。

カランを捻《ひね》る。熱い湯で、頭を覆っていた泡を一気に溶かす。だけど、一度浮かんでしまった妄想は、泡となって消えてはくれない。

ユニットバスを出ると、曇る鏡に裸の自分の輪郭がぼんやりと映し出された。千紗《ちさ》と付き合い始めた二年前から少しずつ太り続けていたが、社会人になって、体型が少し戻った気もする。それだけ、日々肉体的、そして精神的に消耗しているのだろう。

日々、これまでの生活とは比べ物にならないくらい様々なことを吸収している。だけど、それ以上のエネルギーを消費しているという実感もある。その充足感は、肉体的疲労を軽々と超えていく。バスタオルで髪の毛をわしゃわしゃと拭きながら、脳からまだ、ついさっきまでフル回転させていたことによる熱が発せられていると感じる。

ラストシーンについて続いた議論、自分が提案した演出。占部がいる以上、確かに、まだ正式な監督補助ではない。とはいえ現場に同行している身として、研修中であるということを言い訳にしたくなかった。そこにいる以上、いちスタッフとしての責務を果たしたいと、ずっと思っていた。今日は、初めてその願いを果たせたような気がする。

鐘ヶ江、そして監督補助である占部や尚吾はNLTという制作会社に所属している。鐘ヶ江が作品を撮るとなると、カメラマン、スクリプター、美術に衣装に宣伝など、それぞれの役職で社内、社外問わずピックアップされたメンバーが集い、鐘ヶ江組と呼ばれるチームが結成される。そのため、スクリプターの浅沼のようにフリーだけれど鐘ヶ江組の常連であるメンバーもいれば、

ＮＬＴの社員だが初めましての人もいる。社内ですでに動いている別作品の担当者を引き抜くことは難しいため、どちらかというとフリーで活動している人のほうが構成率としては多くなる。ちなみに、会社名であるＮＬＴとは、「〇〇に限らず」という意味である「not limited to」の頭文字をとったものらしい。その名の通り、ＮＬＴは映画だけでなくテレビドラマ、配信作品、ＭＶ、ＣＭ等、様々な制作を手掛けている。中でも鐘ヶ江の知名度はやはり群を抜いており、鐘ヶ江誠人がいる制作会社ということで業界内での存在感も際立ったものがある。ただ、基本的には経験者採用ばかりで、他の会社のように新卒採用をやっていない。だから、尚吾は本当に、運よく『身体』一本で釣り上げられたようなものなのだ。

尚吾はバスルームのドアを開け、ドライヤーを手に取る。こもっていた蒸気が広いところへと逃げていき、局地的に温度が高くなっていた場所が平熱へとならされていく。

だけどやっぱり、脳だけまだ熱い。

監督補助という字面だけ見ていたころは、正直、助監督と何が違うのかよくわからなかった。だけど鐘ヶ江組には、全体のスケジュールを司《つかさど》る、いわゆるチーフと呼ばれる助監督が既に存在しており、その下に続くセカンド、サード、フォースもほぼ常連メンバーで固められていた。そのため尚吾は、映画製作において〝監督補助〟が入る隙はどこにあるのだろうかと疑問だった。

だけど今なら、この役職の特殊性がとてもよくわかる。

尚吾は、ボクサーパンツのみを身に着けた状態で、ドライヤーをオンにする。まるで本番が始まったときの鐘ヶ江のように、スイッチひとつでエンジンが全開になる。

監督補助の仕事内容における一つ目の特殊性は、とにかくどんな工程でも監督のすぐそばにいること、だ。プロデューサー、デザイナー、録音技師などの既存の役職は、それぞれ企画段階、撮影中、編集期間など、監督の側近的なポジションを担う工程がとある一つの作業に特化していることが多い。そのため、まずはその分野においてスペシャリストであることが求められる。だが監督補助は、要求される職能が異なる全工程において、監督の最大の理解者であり、相棒でいなければならない。監督が選択を悩んでいるときは議論の相手となることは勿論、監督自身が気づいていないような落ち度や改善点を事前に見つけ、その都度指摘することを求められるのだ。

それはつまり、撮影のスケジュールを止めることを意味する。

巨大な獣が耳元で呻《うめ》いているようだ。ドライヤーを揺らしながら、尚吾は髪の毛を乾かしていく。このロケが終わったら、とりあえず、美容院に行きたい。これまでは、髪の毛が伸びてきたことをなんとなく気にし始めてしばらくしてから美容院に行っていたのに、今ではふと気づけば限界値といった具合だ。こんなにも仕事以外のことに気が回らなくなるならば、四月になる直前に思い切り短くしておくべきだったかもしれない。

ドライヤーを持つ手が疲れてきたので、少し下ろす。下から吹き上がる熱風に、伸びた前髪がぶわりと舞う。

映画、ドラマ、CM問わず、映像作品を生み出すにあたり、スケジュールを守る能力というのはとても重要だ。それは納期を過ぎるとクライアントが困るから、なんて単純な話ではなく、作品の規模が大きくなるにつれて、一日スケジュールが延びると人件費だけで巨額の追加費用が必要になるからだ。また、宿泊延長の手続きや撮影許可の再申請など、新たに発生する業務も存外多く、撮影スケジュールの変更というのはあらゆるスタッフにとって悪魔の呪文のような響きを持つ。

だが監督補助に求められているのは、スケジュール通りに制作を終えることではなく、作品の質を最大値にまで引き上げることだ。

助監督を始めとするスタッフがスケジュール通りに撮影が進むことに全力を注ぐ中、監督補助だけは〝スケジュールの都合〟という、作品の質の低下を許すときに頻出する甘い言葉を絶対に発してはならない。いくら時間が押してしまいそうでも、一度立ち止まるべきと判断したならば、〝スケジュールの都合〟という名のモンスターに手綱を預けそうになっているチームに向かって「ちょっと待ってください」と指摘しなければならない。周囲のスタッフにどれだけ嫌な顔をされようが、その役割を求めているはずの監督にさえ眉を顰められようが、それが仕事なのだ。

今日最も長く撮影が止まったのは、國立彩映子への演出に対して占部がストップをかけたときだった。ラストシーン、恋人と別れた女性が、新たな服を身に着けていることで心が晴れやかになっていることを表現するための演出。結果的に、あそこで話し合いを挟んだのは英断だったといえるが、周囲からの「細かいことはどうでもいいから、もう早く撮ってくれ」という圧は、なかなか厳しいものがあった。

だけどあのとき、自分は確かに幸福感を抱いてもいた。手元の獣をもう一度振り上げながら、尚吾は思い返す。

髪の毛がしっかり乾いたことを確認し、ドライヤーのスイッチをオフにする。すると、コンコン、と、ドアがノックされていることに気がついた。

「やっぱシャワー浴びてたか」

慌てて服を着てドアを開けると、そこには占部が立っていた。「何度か連絡したっつの」と話す顔は、すでに少し赤い。

「浅沼さんの部屋でみんなで飲んでるんだけど、お前も来いよ」

鐘ヶ江組の常連、数々の監督の現場を渡り歩いていたベテランスクリプターである浅沼由子《ゆうこ》は、とにかく酒が好きだ。酒が入ると、正確にストップウォッチを刻んでいるときとは打って変わって、「良い映画撮る監督ほど普段何言ってんのかわかんないし、プライベート気持ち悪い」とか、「あの監督は偉ぶってるけどほとんどゴーストが脚本書いてる」とか、現場のゴシップをガンガン放ちまくる。そのおかげでスタッフ同士の距離は縮まったりするのだが、いつも浅沼以外の全員が翌日の仕事に支障をきたすほど飲まされるので、被害者の会も結成されつつある。

「すみません、すぐ行きます」

尚吾は、自分が少し早口になっていることから、やはり占部に対して若干の気まずさを抱いていることを自覚した。

「なんか追加で買っていったほうがいいものとかありますか?」

「いや、もう浅沼さんがかなり買い込んでるっぽいから大丈夫」

監督補助を務め始めてもうすぐ三年になる占部は、尚吾と同じくあまり酒を飲まない。その代わり、飲み会の席では、ひとつの議題に対して深く長く話すことを好む傾向にある。

「今日の最後の話し合いの続き、酒抜きでもっとちゃんとしたいしな」

占部はそう言うと、「403号室な。ちょっと俺コンビニで煙草買ってくるから」と、エレベーターホールのある方向へと歩き出した。

尚吾は、「わかりました、ありがとうございます」と、占部の後ろ姿を見つめる。

占部のストップにより話し合いの場がもたれたラストシーンの演出。最終的に鐘ヶ江が採用したのは尚吾の案だった。

そのとき、尚吾は、占部の顔を見ることができなかった。

バスルームに戻り、先輩の部屋へ行ける程度にぼさぼさの髪の毛を落ち着かせる。監督補助として提案した演出が採用されたのは、今日が初めてだ。それはつまり、占部の提案が退けられたという意味でもある。

だけど占部は、「もっと話したい」と言ってくれている。尚吾は、角を曲がった背中の残像を視界の中で溶かしながら、しみじみ思う。

こういう環境を、自分は求めていたのだ。

作品の質を上げるためにはどうすればいいのか、撮影が終わった後もずっと考え続けている人たちばかりの世界。かつて自分が思われていただろう「考えすぎだ」なんてことを、自分ではない誰かに感じてしまうような場所。そこにいるだけで自分自身の質も引き上げてもらえるような、本物の人たちしかいない空間。

緩む口元を抑えきれず、尚吾はルームキーを持ち出すことも忘れて４０３号室へと向かった。


「で」

千紗はナプキンで口元を拭うと、尚吾の目を見て言った。

「尚吾はどんな演出を提案したの？」

高いところで一つに結われている黒髪が、今日もよく似合っている。出会ったときからずっと、千紗はこの髪型だ。それまで出会ってきた女の子は前髪の出来を気にしている人が多かったので、いつだって額をむき出しにしている千紗からはいつも秘密のなさのようなものを感じる。付き合い始める前、その理由を問うてみたところ、「これが自分に一番似合ってるってわけじゃなくて、料理してるときキッチンに髪の毛が落ちるのが嫌なの。この長さだと一番簡単にまとめられるから、そうしてるだけ」という答えが返ってきた。尚吾はそのとき、ホットケーキを焼き始めるときみたいに、自分の心の表面が千紗への好意でぷつぷつと膨らみ始める予感を抱いた。

「心が晴れやかになってることを表す演出って、確かに、やりすぎてもダサいしわかりづらすぎたら全然伝わらなさそうだもんね」

白いナプキンがテーブルの上に置かれ、血色のいい唇が露《あら》わになる。むき出しの額と、そのままの唇。千紗のトレードマークはそのふたつだ。

ずっと行きたかったお店に行けるときは、口紅とか使わないようにしてるんだ。だから今日は、尚吾君と会うんだったらメイクサボってもいいやーって思ってるわけじゃないってことだけ、最初に言っとこうと思って——付き合う直前、尚吾の心がホットケーキどころか東京ドームくらいパンパンに膨張しきっていたとき、二人で食事に行った。千紗は待ち合わせ場所に来るなり、何色にも補正されていないくちびるを指してその理由を早口で話してくれた。尚吾は「あ、はい、わかりました」とか言いながらも、頭の中でついさっき聞いた台詞をそのまま反芻《はんすう》していた。尚吾君と会うんだったらメイクサボってもいいやーって思ってるわけじゃない。この言葉は、その後千紗に告白するまでの時間、何度も尚吾の頭の中で反芻されることになる。

友だちという関係で最後に食事をしたその日は、千紗がずっと楽しみにしていた予約の取れない創作フレンチに行くということで、二人ともいつもより気合いを入れて服を選んでいた。ただ、だからこそ、少し濃く引かれたアイライン、同じように揺れるシルバーのピアス、きっと久しぶりの登場なのだろう、あらゆる光をぴかりと跳ね返すパンプスなどで彩られた全身の中、生まれ持った色がそのまま晒《さら》されている唇に、尚吾の視線は集中した。

料理人になることが子どものころからの変わらない夢で、学生のときからバイト代はすべて食べ歩きに費やしていて、食への好奇心の解放しやすさを最優先事項として髪型やメイクを決めている千紗。その姿は、観たい映画や撮りたい作品を中心に日々の生活を回している尚吾にとって、どんなブランドのリップで彩られた唇よりも魅力的に見えたのだ。

「今思ったら、俺の案、千紗が履いてきた靴から引き出されたのかもしれない」

「靴？」

ワインを一口飲みながら、千紗がそう訊き返してくる。上目遣いになると、奥二重のラインが、職人が上等な彫刻刀を滑らせたみたいに、すっと伸びる。

帰り際に思わず告白してしまったあの日、尚吾は、食事中に激しい通り雨が頭上を通過していたことに全く気づかないくらい、千紗との時間を楽しんでいた。だから、店を出て街がしっとりと濡れていたときにはとても驚いた。千紗は、「うわ、絶対靴濡らしたくないなーこれ」とぼやきながら、小さくはない水溜まりをぴょん、と飛び越えた。

その姿を、尚吾は後ろから見ていた。「天気予報、雨とか全然言ってなかった気がするんですけどー」不機嫌そうな声とは裏腹に、夜空を映す水面を器用に飛び越える千紗のシルエットは、まるで夢の中でスキップをする子どもみたいに、とても愛らしく感じられた。

「浅沼さんはクライアント好みのわかりやすさを重視して表情のアップ、占部さんは監督らしさを重視して引きの映像って提案だったんだけど、俺、その間を取れないかなって思って」

ラストシーンについて尚吾が提案した演出は、引きの映像で、彼氏のほうは水溜まりの中をそのまま進んでいき、彼女のほうは水溜まりをぴょんと飛び越える、というものだった。彼女の、お気に入りの靴を汚したくない、という気持ちからくる行動によって、とっておきのコーディネートが風を吸い込んでふわりと舞う。好きなファッションを楽しむことで日常が輝く瞬間を、水溜まりを飛び越えない彼氏を比較対象に置くことで際立たせられるのではと考えた。

「いいね、それ。やりすぎてないし意味がわかったとき気持ちいいし、何よりかわいいかも」

そう微笑《ほほえ》む千紗のもとに、太刀魚《たちうお》のインボルティーニが届けられる。その瞬間、千紗の興味関心が尚吾の話から目の前の料理にごっそり移動したことがよくわかる。

「俺の話はいいから、食べよう。今日は千紗の〝勉強〟なわけだし」

尚吾がそう言うより早く、千紗はもうナイフとフォークを握っていた。お目当ての料理を前にした千紗は、ピストルが鳴るより早く走り出してしまう小学生のようだ。

千紗の信念の一つに、憧れの料理人が自伝に書いていた「本物の料理をたくさん食べなさい。それが料理人にとっての一番の勉強なのだから」という言葉がある。料理人を志して以来、千紗は、稼いだお金をすべてその〝勉強〟に注いでいる。一人では入りづらいお店もあるから、ということで、尚吾も恋人関係になる前に〝学友〟となったわけだが、今では尚吾もインボルティーニが包み料理を意味する言葉だということくらいはわかるようになっていた。

「うわっ、おいし、これ」

一口含んだ千紗の頬が、ふんわりと盛り上がる。千紗と二人でゆっくり外食をするのは、かなり久しぶりだ。千紗のもう一つの信念である、食事は大切な人との時間をくれるもの、という言葉が、じんわりと身に沁みる。

尚吾と千紗は、学生最後の春休みのうちに同棲を始めた。二人とも、それまで住んでいたアパートの契約更新の時期が重なっていたことや新生活に向けて引っ越しを検討していたこともあり、どうせならと思い切って決断したのだ。千紗の就職先が目白にあるレストラン、尚吾の勤務先であるNLTの本社が渋谷のさくら坂をのぼったところにあるということも、じゃあもともと尚吾が住んでいた要町で物件を借り直そうという決断への促進剤となった。要町は都心に近いわりにそこまで家賃相場が高くないことで知られている街だが、地元密着型の不動産屋に駆け込んだからか、その中でもかなり格安の物件に出会うことができた。どちらも初任給は二十万円に満たず、決して余裕があるわけではなかったが、二人でお金を出し合えばベランダはないものの四十五平米ほどの2DKを借りることができた。

ただ、いかにも同棲生活、といった甘い日々を送ることができたのは一瞬だった。お互い新生活が始まると、ここまで生活リズムが違うか、というくらい起床も就寝の時間もズレていた。恋人との同棲というより友人とのルームシェアみたいだなと感じるときもあるが、今思えば、確実に毎日早朝から動き出すことが決定している千紗が「寝室は別々にしたほうがいいと思う」と提案してくれていて本当によかった。それによって避けられている衝突は、きっと数えきれない。

といっても、だからこそ、二人でこうして食事をする機会は貴重だ。食事は大切な人との時間をくれるもの。千紗の信念のうちの一つを、尚吾は改めて心の中で唱える。

「インボルティーニってイワシとかではよくあるんだけど、太刀魚のは初めてかも。太刀魚の身ってこんなにやわらかいんだ、発見」

さすがにこのお店のスペシャリテということもあり、おいしい。千紗は学生のころから、数か月先しか予約の取れない店をとりあえず押さえておき、その日を絶対に空けられるように日々を過ごす、ということを続けている。そして予約当日は、どれだけ高くとも、その店のスペシャリテを楽しめるコースを選ぶのだ。今日のお目当ては太刀魚のインボルティーニだが、これまでも、カボチャとフォアグラのソテー、カサゴのブイヤベースなど、千紗と出会わなければ一生食べることのなかっただろう料理はたくさんある。ただ、そのたびはっきりと記憶に刻まれるのは、料理の味というよりも、一口目を口に含んだときの千紗の表情や発した言葉なのだった。

相変わらず、思わずカメラを回したくなるような表情の千紗を見ながら、尚吾は呟く。

「やっぱ大事だよな」

本物の料理をたくさん食べなさい。

質のいいものに触れろ。

「なんか言った？」と、千紗。

「いや、なんか、俺らが今いる環境って、すごくありがたいんだよなと思って」

「何いきなり、こわ」

口をナプキンで拭く千紗は、この春から「本物の料理をたくさん食べなさい」と自伝に書き残したまさにその人のもとで働いている。

目白駅から北西の方角に広がる高級住宅街、その中にひっそりと存在するフランス料理店『レストランタマキ』を営む玉木《たまき》曜一《よういち》シェフは、千紗の憧れの人であり、千紗が専門学校時代に最高賞を受賞した「調理師養成施設調理技術コンクール全国大会」の審査委員長を務めた人でもある。卒業後、念願の玉木シェフのもとで働けることが決まったとき、千紗はぼろぼろになるまで読み込んでいた自伝をもう一冊買ってきた。そして、いつでも読み返せるよう、古いほうをキッチンの戸棚の中に仕舞っていた。

【自分の店が二十年続いたら、新人をどんどん雇うと決めていました。自分がかつてフランスに修業に行ったとき、就労ビザもない中リスクも込みで働かせてくれた二ツ星の店がそういう方針だったんです。自分も、お金をためて海外に出たい若手や、本場へ行く前に最低限の経験を積んでおきたいと考えている新人たちにチャンスを与え、次世代の底上げに貢献したいと思っています】――貸してもらった自伝でそんな記述に出会ったとき、この考え方は鐘ヶ江にも通ずるところがあるな、と尚吾は思った。

「尚吾の言いたいこと、わかるよ」

あっという間に太刀魚をきれいに平らげた千紗が、うっすらと瞳を潤ませている。

「こうやって、食べてみたかったものを食べることが仕事に繋がってる状況、ほんと幸せだなと思うもん。毎日玉木さんが料理してるところ間近で見られるだけですごいことだし、もっと言うとキッチンの道具ひとつ取ってもこれまでとは全然質が違う感じ」

「だよな」

尚吾は、思ったよりも大きな声が出たことに、自分で驚く。

「俺、この前のロケで、ホテル戻っても浅沼さんの部屋にみんな集まってるの、感動したんだよ。撮影が終わったシーンについてずっと議論しててさ、これまでは俺がいつも一番考えてて、そのうち周りはバイトの時間とか気にし始めるみたいな感じだったから。紘もあんまり悩むタイプじゃなかったし、とにかくみんな同じ熱量で同じ方向目指して走るってこんな感じなんだって思ったっていうか」

「うんうん、超わかる」千紗が小気味よく頷いてくれるので、尚吾の口は止まらなくなる。

「鐘ヶ江監督ってスケジュールの組み方も作品に影響するって考えの人で、俺、そんなのも初めてでさ、どういう順番でどのシーンを撮っていくかで演者の心の持ちようが変わるからって、ほんとにいつも作品主体で、スタッフも全員そう思ってて」

ウェイターが、尚吾がほんの一呼吸おいたタイミングで、見事に皿を下げていく。

「編集作業もすごくてさ、人の声と雑音のバランスをずっと細かく調整してて、ほんとにそれだけで台詞の聞こえ方も全っ然変わってくるんだよな。後から音だけごっそり録《と》り直してるところも想像以上に多かったりして、でもそんなこと観客は絶対わからないようになってて」

質のいいものに触れるどころか、全方位、囲まれている。

日々、その歓《よろこ》びに気づいては、真上に駆け出したくなるほど嬉しくなる。そして、そんな歓びを明かしたところで「そうじゃない人の気持ちも考えてください」なんて口を尖らせず、互いに称《たた》え合うことができる千紗のことを、誇らしく、大切な存在だとつくづく感じる。

「ほんとに、本物の人たちの中で学ばせてもらえる環境にいられるのって、最高だよね」

千紗はそう言うと、ちらりと厨房《ちゅうぼう》のほうへ視線を飛ばした。メインを終え、デザートが出てくるのを待ち遠しく思う心がそのまま見えるようだ。

「それで、前話してた直属の上司の人、占部さんだっけ、とはうまくいってるの？」

そう尋ねられ、尚吾は、浅沼の部屋へ誘い出してくれた占部の姿を思い浮かべる。

「占部さん、めちゃくちゃいい人だったわ」

鐘ヶ江組に入って最初の二週間ほどは、鐘ヶ江にいちいち口を出し進行を止める占部の存在に、尚吾は戸惑っていた。千紗に、直属の上司的な存在がかなり面倒な人かもしれないと不安をこぼしていたのだ。

「いちいち進行止めるってことこそが監督補助の役割なんだってやっとわかったよ。だから、むしろめちゃくちゃちゃんと作品のこと考えてる人だった」

「そうなんだ」

千紗がそう呟いたとき、尚吾の背後からデザートの皿を持ったウェイターが現れた。ピンと張った背筋はまるで矢が放たれる直前の弓のようで、ヨーグルトの爽やかな香りも相まって期待感が募る。

「それどころか、占部さん、ものすごく色んな映画観てる人で、とにかく何でも知ってるんだよ。海外の昔の映画とかにも詳しくて、これまでじいちゃんとしか話せなかった作品のこともがっつり話せたりして、映画評もめちゃくちゃ読み込んでてさ、『日刊キネマの映画評』とか俺と同じくらい覚えてて、そんな人初めてでほんと驚いた」

「あー、尚吾がいつも載るのが夢だって言ってるやつね」

日刊キネマとは、映像業界に特化した情報を発信しているニュースサイトだ。日々更新され続けているトピックスは国内外問わず最先端のものばかりで、ただ発表された情報を並べるだけでなく独自の分析や考察が織り込まれている記事は業界内でも評判が高い。

その中でも、連載『日刊キネマの映画評』は映画ファンの間で注目度が高く、ここに取り上げられるというだけで、幾つかの篩《ふるい》を通り抜けた作品だというお墨付きが得られる。さらに、星四つ以上の評価がついていると観客動員にも影響があるため、そのような作品は劇場の関係者が上映回数を増やしてくれたりする。この連載は、良質な映画を知ることができる数少ない場であり、映画監督を志す者ならば誰もが取り扱われたいと思っている場のひとつだ。

「で、もっとびっくりしたのが、マジかって感じなんだけど、俺が学生時代に撮ったやつも観てくれてて」

自分の話す速度に引っ張られるように軽快なリズムでスプーンを口に運びながら、尚吾は続ける。

「そんなの観られてると思ってなかったからちょっと恥ずかしくもあるんだけどさ、しかも、鐘ヶ江組に入ってくるのがどんな奴なんだってことで観てくれたわけじゃなくて、一回だけやった中央シネマタウンでの特別上映に来てくれてたらしいんだよ。ほんとびっくりだよな、全然気づかなかったし、って当時は気づきようがないんだけど、まさかあそこに占部さんがいたなんてマジで」

びっくり、と言いながら、尚吾は、その事実を初めて知ったときの衝撃を思い出す。浅沼の部屋に集まって話している最中、尚吾の演出案が採用された話題になったとき、占部が「あのボクシングの映画も、そういう細かい演出が光ってたもんな。大きなスクリーンで観た分、より細かい技が利いて観えたもん」と言ったのだ。

ボクシングの映画ってもしかして『身体』のことですか、ていうか大きなスクリーンで観たって一体どういうことですか——状況を呑み込み切れていない尚吾の前で、占部はこう続けた。

「ボクサーのパートとコンビニ店員のパート、もう絶対違う人が撮ってるじゃんっていうのは丸わかりだったんだけど、それがよかったんだよな。ボクサーのほうは人間そのものに興味があるやつが心の赴くままに撮って、コンビニ店員のほうは映画自体に興味があるやつが細部にこだわって撮ってる感がすごくて、その良さがどっちも感じられる作品って意外と少ないんだよ。特にお前が監督したコンビニパート、カット割りとか音の繋ぎ方とか、プロのそれだったと思う。観ながら、ん？って引っかかるところが全然なかった」

占部は『身体』の感想を、こう締めくくった。

「神は細部に宿るって感じがした」

滔々《とうとう》と語られる感想を聞きながら尚吾は、まだそこまでアルコールを摂取したわけでもないのに、全身を巡る血液の温度がぐんと上昇するのを感じていた。占部が言及した点は、『身体』を撮っているとき、尚吾がまさに気にしていた部分だった。

紘と二人で撮った『身体』は特殊な作品だった。紘は一人の青年がボクシングのプロテストに臨むまでをドキュメンタリータッチで追い、尚吾は人生においてやりたいことが見つからず惰性《だせい》でコンビニの副店長をしている若者の日々をフィクションとして作り込んだのだ。

ボクシングの訓練に勤《いそ》しむ青年は、俳優志望でも何でもなく紘がジムで偶然出会っただけの人だったので、一切演技をしていない。だが、たとえば彼が常飲しているプロテインを新発売の商品として売り伸ばすことを任された副店長の奮闘を描いたり、逆に夜中にひたすら縄跳びをしている青年のそばを副店長の男が通りかかり、その真剣な姿に「こんな時間まで死にもの狂いでもがいているのは自分だけじゃないんだ」と感銘を受けるシーンを撮ったりした。そのような瞬間を重ねていくことによって、二人が、本人たちも与り知らぬところで影響を及ぼし合っている風に見えるよう、細やかな演出を足していった。五分ほど毎にパートが切り替わっていくのだが、観ているうちにバラバラだった二人の人生と質感の違う映像が、感覚的にも視覚的にも混ざり合っていく構成になっている。コンビニをボクシングの試合会場であるリングに見立てて撮ったラストシーンなど、尚吾は周囲のスタッフたちが言葉にこそせずとも放っていた「考えすぎなんじゃない？」「誰もそんなところ観てないって」という雰囲気を一身に浴びながら、そのたびこの作業はもしかしたら誰にも伝わらない無駄な時間なのかもしれないとしっかり弱気になりながら、可能な限りテイクを重ねていった。気持ちが揺らぐたび、尚吾は、神は細部に宿る、神は細部に宿る、と自分に言い聞かせていた。

そんなとき頭に思い浮かぶのは、小さなころから名画座で隣同士に腰かけ鐘ヶ江監督の作品を観た、祖父の横顔だった。

かつては鐘ヶ江に師事し、やがてぴあフィルムフェスティバルで審査委員長を務めた舟木美登利に評価されたとき。『身体』をきっかけに、鐘ヶ江組の次期監督補助に採用されたとき。そして、もう三年近くも監督補助を務めている占部に、肯定的な感想をもらえたとき。そのたび、そんなわけはないのに、記憶の中の祖父の横顔が微笑んだような気がするのだった。

「これまでさ、紘と同じ映画観ても、あいつは役者への感想が多かった感じだったからさ、占部さんみたいに作り手側の目線で感想話せる人と喋るの、すごく楽しいんだよな」

尚吾は、あっという間に食べ終えてしまっていたデザートの皿を遠ざけ、同時に頼んでいたホットコーヒーに口をつける。

「占部さん、もう三年近く監督補助やってるから、作り手側の目線も鋭くてさ。普通に話してるだけで勉強になるっていうか」

「そっか」

かたん、と、鉄琴のような音がした。千紗がスプーンを皿に置いたのだ。その音色は不思議と、奏者が楽譜から外れた音符を叩《たた》いてしまったかのように響いた。

「そんな素敵な人なのに、もうすぐ異動させられちゃうんだね」

「え？」

だけど、漏れ出た自分の声のほうが、はるかに音を外していた。

「え、って……そりゃそうでしょ。じゃないと新しい監督補助採用したりしないじゃん」

千紗が、コーヒーを一口啜《すす》る。

「尚吾、前に言ってなかったっけ。鐘ヶ江監督はオリジナルを撮れる若手を育てたがってるって。監督補助でいられるのはある程度の期間で、その間に監督として独り立ちできなかったら異動させられちゃうって」

うちの店も似たようなところあるからさ、と、千紗が続ける。

「異動」

尚吾はそう独り言つ。浅沼の部屋で呑気《のんき》に映画談議を繰り広げた夜の記憶が、その色合いを変えていく。

舟木美登利を始め、鐘ヶ江に師事した後に個人で活躍をする人は多く、監督補助はいつしか映画界における登竜門のようなポジションになっている。そこに潜り込めたこと、そしてようやく自分の提案が採用された歓びにばかり目が向いていたが、それはつまり鐘ヶ江にとっての占部の存在意義が日に日に薄れているという意味でもある。

占部はあの夜、尚吾の案が採用されたことを喜んでくれた。どのようにして水溜まりを飛び越える演出を思いついたのか、たくさん質問してくれた。普段はそこまで飲まないのに、浅沼に勧められるまま酒を手に取り、最終選考で落ちてしまったＣＭのコンペの話をしてくれた。やがて、「煙草買ってくるわ」と部屋を出たきり、浅沼の部屋には戻ってこなかった。自分の部屋に戻って寝てしまったのかな、と、そのときは思っていた。

煙草。尚吾は、口の中だけでそう呟く。あのとき、浅沼の部屋へ行く前に、占部は新しい煙草を買いに行っていたはずだ。

「そういえば」

尚吾は、声色を変える。明るい音を両耳から流し込むことによって、体内に広がる空間の雰囲気が変わることを期待した。

「千紗はどうなの？　直属の先輩」尚吾は自分の記憶を探る。「外国人みたいな名前の、何だっけ」

　尚吾にとっての占部のような存在が、千紗にとっても存在するという話を聞いた記憶がある。占部のことをこれ以上考えたくない尚吾は、話題の中心を無理やり変える。

「ん？　何？」

「ほら、外国人みたいな名前の、千紗の先輩」

「栗栖《くりす》さん？」クリス、という音の響きが、尚吾の記憶と合致する。

「そうそう、その人。その人とはどうなの？」

「あ、出てきた」

　千紗が、尚吾の背後に視線を向ける。と同時に、女性が、尚吾を追い抜くような形で視界から遠ざかっていく。

「女子トイレ空いたみたいだから、ちょっと行ってくるね」

　千紗はそう言うと、膝に置いていたナプキンを畳み、立ち上がった。次は忘れず言えるよう、尚吾は小声で「くりすさん、くりすさん」と繰り返し呟く。

「ん？」

　店を出て、駅までの道を歩いていると、改札のあたりに小さな人だかりが出来ているのがわかった。

「何だろう、有名人とかかな」

千紗が足を止め、つま先立ちになる。人だかりを作っているのは主に十代から二十代にかけての若者で、その真ん中にいる男は申し訳ないが歌手にも俳優にも見えなかった。つまり、國立彩映子が意識せずとも放ってしまっているような、表舞台に立つ人間が放つオーラというものが、全く見受けられない。

「誰かわかる？」

千紗の声が、そういうのは尚吾のほうが詳しいでしょ、と言っている。尚吾は目を凝らして、渦を生み出している男をもう一度確認する。

中肉中背、四十代くらいだろうか。顔の造形を売りにできるわけでも、体格に恵まれているわけでもない。

「お笑い芸人かな？　そうじゃないと」

あんな人気なわけ、と言いかけたとき、背後から、若者の興奮に満ちた声が聞こえてきた。

「待って、あそこにいるのもしかして星野料理長じゃね？」

振り返ると、大学生だろうか、似たような形のリュックを背負った二人の男が、人だかりのほうを指している。

「え？　マジ？」

「ほら、やっぱそうだよ、やば、めっちゃ囲まれてるし」

星野料理長、という言葉につられるようにして、尚吾は千紗のほうを見る。

「料理長だってよ」

君のほうが詳しいんじゃないですか、と言いたげな尚吾の気持ちを汲み取ったのか、千紗が
「知らない知らない、ていうかいくら有名シェフでもあんな風に囲まれるとかありえないでしょ」

と捲《まく》し立てる。

すると、人だかりの真ん中から、ぽんと声が飛んできた。

「魚さばき界の三ツ星スター！　星野料理長のチャンネルへようこそ！」

わあっ、と、男を囲っていた若者たちが盛り上がる。見ると、みんなスマホを構えていて、男の動画を撮っているようだ。

「ひとりひとり握手とかできなくてごめんね、動画よろしくねー！」

人だかりから抜け出した男はそう言うと、若者たちに手を振りながら改札の向こう側へと消えていった。「最近ハマって動画観まくってたから、マジびっくりした！」「挨拶やってくれたの優しいねー神対応じゃん」男を囲んでいた若者たちは、さっきの一言に満足したのか、あっという間に散り散りになる。

「あ」

千紗が、ぽんと膝を打った。

「聞いたことあるかも。魚さばいたり、魚使った創作料理とか紹介するYouTuberだと思う」

「ゆーちゅーばー」

尚吾はそう繰り返しながら、眉間にぎゅっと皺《しわ》が寄ったことを自覚した。

「もう聞き飽きたな、ゆーちゅーばー」

人だかりがあった場所を真っ二つに割るように、尚吾は改札へと歩き出す。最近、というか、まさに浅沼の部屋でその言葉が俎上《そじょう》に載ったばかりだった。

「最近さ、ウェブのCMのコンペでさ、占部さんの企画が結構いいところまでいったんだよ」

話しながら、ICカードの入った財布を、必要以上に強い力で改札に叩きつけてしまう。

「でも最終的に占部さん落選しちゃって、結局誰が撮ったんだろうと思って調べてみたら、人気YouTuberがCM初監督！ってリリース出てて」

尚吾は、結局また、占部の心に思いを馳せる。監督補助を務めている期間中に、個人でどれだけの実績を残せるのか、それは、映画監督として独り立ちするうえで、大切な足がかりになる。

「ラストシーン撮った日がちょうどそのCMの解禁日でさ、スタッフの部屋で飲んでたときにみんなで観たんだよ。そしたら、もう、全然大したことないんだよ、マジで。全っ然、なんってことないCMなわけ」

さっきの店で飲んだワインに含まれていたアルコールが、今になってその力を発揮し始めたような気がする。

「あれ、人気YouTuberが初の監督、って言いたかっただけなんだよ、絶対。それが言えれば誰でもよかったっていうのが丸わかりの出来。ひどいよなそんなの。新しさだけが取り柄の奴探してんだったら、初めからコンペなんてすんなって話」

尚吾は、声のボリュームが大きくなっていくことを、止められない。

「絶対占部さんのほうがすごいんだよ。占部さんのほうが知識も技術もあるし、絶対、質が高いCM作れるんだよ。ほんと、間違ってるよあんなの」

階段を上りホームに出ると、さっき、若者たちに囲まれていた男がまさに電車に乗り込もうとしているところだった。

尚吾も、千紗も、なんとなく、歩く速度を落とした。二人でじっと、男の後ろ姿を見つめてしまう。

「あの人」

後ろを歩く千紗が、尚吾の着ているシャツの裾を引っ張る。

「すごく高い服、着てるね」

ベルが鳴る。電車のドアが閉まる。マスクをした星野料理長が、あっという間に見えなくなる。

「儲《もう》かるっていうもんね、YouTubeって」

料理人は、労働時間の割に稼げない。それは、千紗の生活を、手に入れた時間とお金をすべて〝勉強〟に捧げ続けている千紗のこれまでを見てきた身として、痛いほどよくわかっている。

「YouTube、か」

人が減ったホームに、尚吾の声がぽつんと落ちる。今度は、全身の毛穴からアルコール成分の一切が蒸発したような気がした。

人気の少ない駅のホーム、夜。口から零れ出るYouTubeという音。

この状況、前にもあった。

尚吾はふと、そう思う。『身体』を撮っているとき、紘が、完成前の映像をYouTubeにアップしてはどうかと提案してきたことがあった。そのときも、こうして、駅のホームに立っていた。

あれは確か、一日がかりの撮影を終えた日だった。機材など重い荷物を抱え、疲労により雑談をすることもなく、ひたすら電車の到着を待っているときだったはずだ。

「なあ尚吾、これまで撮った映像を予告編っぽく繋いでYouTubeにアップしてみるのって、ナシ？」

隣にいた紘が突然、そう言ったのだ。

「俺、こんなに周りの反応とかないまま作ってんの、結構不安なんだけど。コメントとかついたら、どのシーンを編集で残すべきか参考になるかもしれないしさ。お前撮影中も一人でガーって考えちゃうだろ？　今のうちから色んな意見取り入れるのも俺的にはアリかなって思うんだけど」

そう提案してくる紘に対して自分がどんな言葉を返したのか、具体的には覚えていない。ただ、そのときも間違いなく眉間には皺が寄っていたこと、絶対に反対だという気持ちがまるでアルコールのような効力を発揮したことは、覚えている。

突然、千紗が、うわっと口を開けた。

「こっちは明日からまた、六時起きですよ〜お」

欠伸《あくび》をしているようだ、語尾が熱したばかりのチーズのように溶けている。

「噂《うわさ》には聞いたことあるんだよね。さっきの人」

千紗は欠伸を終えると、打って変わって落ち着いたトーンでそう言った。さっきの人、が星野料理長を指すことを、尚吾は数秒遅れで把握した。

「料理系 YouTuber の第一人者みたいな人でさ、出てきたときは知識の間違いがすごかったんだよ」

でもね、と、千紗が続ける。

「有名になるにつれて昔のミスはどんどんなかったことにして、今ではさっきみたいな人だかりができるほどの人気。お店は、ひどいレビュー書かれたらずっと残るんだよ。それがどれだけ的外れなものでも」

二番ホームに、電車が到着します。人生で何百回と聞いたアナウンスの音声が、いつもよりもずっと棒読みに聞こえる。

5

「ゆーちゅーばー」

成人男性にしては細い首を縦断する山脈が、ぼこりと隆起する。

「になるってことですね、つまり」

泉はそう言うと、水を一口、華奢《きやしや》な喉に流し込む。グラスをテーブルに戻すとき、中に残っている氷が側面にぶつかり、風鈴のような音が鳴った。

「別にそういうつもりはないけど。え、今の話聞いたらそういう感想になる？」

紘は、自分が早口になっていることから、YouTuber、という言葉が自分自身に当てはめられたことに想像以上に戸惑っていることを自覚する。

「なりますね。てか別にそれでいいじゃないですか、今どき珍しいことでもないし」

「だってあれだよ、別に俺が動画に出るわけじゃないから。あくまで表に出るのは要で、俺は撮影、編集、企画の裏方」

自分がYouTuberではない理由を並べ立てながら、紘は、大学の後輩である泉にどうしてこんなに必死にならなければならないのだろうかと思う。

「それに要だって、迷惑行為とか怪しい投資呼びかけたりとか、そういうことするわけじゃないし。YouTubeに動画出すって言っても、減量中の過程を追うだけだからさ」

ここ数年、主に尚吾が教えてくれたYouTuberたちのネガティブなニュースを思い起こしながら、紘はコーヒーを一口飲む。公共の場所で騒いで通報されるといった低レベルなものから、視聴者にありえない利回りの投資を言葉巧みに呼びかける悪質なものまで、種類は様々だった。見出しに"YouTuber"という単語が紛れ込んでいる報道は、ろくなものがない。それぞれ、炎上したのち謝罪、活動休止、その後すぐに復活というのがテンプレになっており、紘は、そもそもどうしてこんな人たちが持て囃《はや》されているんだろうと不思議に思っていた。

ドリンクバーのコーヒーは、冷めた途端ただの黒い液体と化す。それは、大学を卒業してから訪れる学生街がただの汚くて騒がしい場所に見える感覚と似ていた。この世界の魔法は、いつだってあっさり解ける。

「なるほどー」

泉はグラスに唇をつけたまま、二つの目でしっかりと紘を捉えると、

「前から思ってましたけど、紘さんも尚吾さんも、実は結構、古いっすよねえ」

と言った。そのまま水を飲み干し、「今、水飲みまくるダイエットやってるんですよー」とド

リンクバーへ向かう泉の後ろ姿を見ながら、紘は、その華奢な身体から放たれる、物体の大きさなどに由来しないエネルギーのようなものを感じ取っていた。

相変わらず、なんか変な奴——心の中でそう呟きながら、紘は、透明の筒の中でこっそり膝を抱えているような伝票の中身を確認する。泉の水を飲みまくるとかいう謎のダイエットのおかげでドリンクバーが一人分で済んだからか、アプリのクーポンを使えば二千円以内に収まりそうだ。東京にいると、長距離移動や友人との昼食など、島にいるときは無料だったような気がする何もかもに出費が伴う。

ちゃっかり二つ目のグラスにも水を入れている泉の姿を見ながら、紘は、今はこいつがサークルの代表なんだよな、と思う。意外なような、心のどこかでそうなることを予感していたような、落ち着かない気持ちになる。

尚吾と紘が共同監督を務めていたとき、後輩たちスタッフをまとめてくれていたのは確かに泉だった。初めは、こんな中学生みたいな見た目の奴がチーフ助監督かよと思っていたけれど、紘はすぐに、泉の持つ、強い肉体や大きな言葉を用いなくともその場の空気をなんとなく操ってしまう能力に驚かされた。そしてその姿は、強い肉体や大きな言葉を用いてその場をまとめようとする人間よりも、有能かつ不気味に映った。

「お下げしてもよろしいですか？」

テーブルの上にあった二つの大皿を、店員が片付けていく。学生街のファミリーレストランは、時計を無視して生活することをステータスとしがちな大学生の生態をそのまま表すように、昼時を過ぎたとて騒がしいままだ。みんな、今この街で一番楽しくて忙しくて充実しているのは自分だというオーラを無意識のうちに纏っていて、空間が全体的に暑苦しい。

人々が春服と夏服とのあいだで選択を間違うような日々の中で、街はファミリーレストランのフェアメニューから衣替えをしていく。紘は、東京の雑多な風景を眺めながら島で過ごした一か月間ほどの日々がすっかり過去のことになっている感覚を、飴玉《あめだま》を噛まずに舐《な》め続けているときのように往生際悪く体内で転がし続ける。

紘が東京へ戻ってくるきっかけとなったのは、『身体』に出演してもらったボクサー、長谷部要からの電話だった。

尚吾と共同で監督を務めた映画『身体』の撮影後、しばらくして、要は無事プロテストに合格したという。演技をせずともカメラを向けるだけで画になるほど外見が整っている要は、初めてプロボクサーとして出場した試合で一気に人気を獲得した。というのも、会場にいた一般客が、「この人、リング史上最強の顔面すぎん?」という一言を添えて、要の動画をSNSに投稿したのだ。それが凄《すさ》まじいスピードで拡散され、今や〝リング史上最強の顔面〟は要の代名詞となっており、その言葉はそのまま要の写真をアップするときのハッシュタグとして使われているらしい。

「あれ、俺そのハッシュタグ見たことあるかも。なんかトレンド入りしてなかった？　投稿まで見にいってなかったんだけど、それ長谷部君のことだったの？」

【んー、まあ、そう】

そう答える要の声からは、照れと喜び、どちらもしっかり感じられた。

【まあ、それよりもちゃんといい試合しなきゃダメなんだけどな】

真面目な印象を崩さない要に相槌《あいづち》を打ちながら、紘は、どうして自分に連絡してきたのか早く核心に触れてほしかった。同時に、あれだけ映画に協力してもらった人のその後を全く追っていなかったという事実が、自分という人間を構築する重要な部分を雄弁に語っている気がして、少し落ち込んだ。

【なんか、このタイミングで、もともとジムが開設してたYouTubeのアカウントをしっかり運営していこうって話になってて】

要は今どき珍しくSNSを一つもやっていない男だ。そのため、〝リング史上最強の顔面〟についていて検索したファンたちは、一旦ネットの海の中で迷子になったあと、要の所属するジムの公式YouTubeチャンネルに辿《たど》り着くという流れが定番化したという。そのチャンネルは、ジムのスタッフが入会者数の減少に歯止めを掛けるべく数年前に開設したもので、とはいえスマートフォンで撮影したジムの紹介動画が一本公開されているだけだったらしい。

「チャンネル名なに？　磯岡《いそおか》ジムで検索すれば出てくる？　あ、これかな」

磯岡ジム公式Channel。あっさり見つかったアカウントは、いかにもその界隈に明るくない人間が急ごしらえしたというクオリティだった。サムネイル画像は特に加工もされていないジムの外見の写真だし、概要欄の記述も初見に対して全く優しくない。

「でも登録者は千人超えてるんだな」

すごいじゃん、と茶化すように言うと、

【その、一本しか上がってない動画の中に俺が映り込んでて、それがきっかけでチャンネル登録?してくれた人が増えたみたいで】

と、相変わらず照れと喜びが同居した様子で要は答えた。紘は、動画のサムネイルをクリックし、すぐに画面をスクロールさせる。動画の内容よりも、コメントの内容が気になったのだ。

6:48~　リング史上最強の顔面はこちらから。
こっちの動画は試合とは違う雰囲気だけどやばいかっこいい無理死ぬ
詳しいトレーニング方法とか、動画で紹介してくれないかな。是非お願いしたいです。
んー見にくいし何言ってるかわかんないけどリング史上最強の顔面だから高評価!!!

「アイドルだな、もう」

死んだも同然のようなチャンネルだったのに、今や毎日大量のコメントが追加されているという。動画の再生数と比例してチャンネルへの登録者数も伸び続けているらしく、紹介動画をアップしていたスタッフは「ほーら、あのときチャンネル作っといてよかっただろ」と急に胸を張り始めたとかなんとか。結局、この好機を逃さないよう、要を被写体として、一般の人たちに向けたトレーニング動画を配信することに決まったらしい。

だが、大きな問題があった。そのスタッフの撮影技術だ。

【その人が最近も何本か撮ってくれたんだけどさ、まあ見れたもんじゃないんだよ。雑音ばっかりで何言ってるかわかんないし手ブレもひどいから、酔っちゃうっていうか】

要の話を聞きながら、紘はコメント欄から動画の内容へと視線を移す。

「確かに、これはちょっと、あれかもな」

思わず苦笑する紘に、【だろ？】と要が笑い返してくる。こんなに多くの人に観られる予定なんてなかったんです、と、動画そのものが戸惑っているように感じるレベルだった。

【俺、スタッフが撮ってくれた動画観て、大土井君の映像ってすげえかっこよかったんだなって身に染みてわかったよ】

普段は呼ばれることのない大土井君という響きに思わず照れながら、紘は、すげえかっこよかった、という言葉をひとまずまっすぐに受け止めることにした。当の要はすぐに【あれ俺今もしかしてすげえ失礼なこと言ってる？】と慌て始めたが、どんな文脈であれ、自分が撮ったものを褒められるというのは嬉しいものだ。

で、と、一呼吸置くと、要は、電話越しなのに目が合っているように感じられる温度で、言った。

【これを機にこのチャンネルを本格始動させようって話になってるんだけど、映像を、大土井君にお願いできたらと思ってて】

途中から、予想はしていた。要は【映画監督目指してる人にこんなこと頼むの失礼かもしれないけど、他に思いつく人もいなくて】と、正直に話し続ける。

【それに、俺自身、人の目があったほうがトレーニングで追い込めるっぽいんだ。あのときはよくわかんないままカメラ向けられてるだけだったけど、今思ったら、一番いい感じに身体絞れてた気がする。多分、撮られてる、見られてるっていうのが、良い緊張感に繋がってたんだと思う。サボれないっていうか】

紘はそんな話を聞きながら、『身体』を撮影していた当時のことを懐かしく思い出す。はじめは映画出演なんて無理だと断っていた要を、「普段通りトレーニングをしてくれればそれでいいんです。そこにカメラが向けられるだけ、という認識でいてくだされればそれでいいんです」と必死に説得したのだ。そのときのことを思い出すたび、撮りたい、と思う自分のアンテナは狂っていないんだな、と確認することができる。

実際、カメラを構えながら、要には人前に立つ才能がある、と感じた。もっと正確に言えば、人前に立つことによって、自分にとって大切なものを知らず知らずのうちに削られてしまわない才能だ。

【俺も、動画に出てジムに恩返しできるならって気持ちもあってさ……もし興味あるならスタッフから詳しいこと説明したいんだけど、どうかな】

紘は、「そうだったんだ。とにかくその局面で俺のこと思い出してくれたのが嬉しいわ、ありがとう」とかなんとか言いながら、きっと自分は引き受けるだろう、と思っていた。

なぜなら、頭の中で、すでに映像が動き出していたからだ。

それは、映像を久しぶりに褒められて嬉しかったからでも、母をはじめとする周囲の視線が気になり始めたからでもない。『身体』を撮っていたときの、要の肉体にカメラを向け続けていた日々の興奮を思い出したからだ。

実家の窓の向こう側、夕暮れの橙《だいだい》がゆっくりと町に降り注いでいる。ほんの一か月ほどの滞在でそんな景色にすっかり慣れてしまった両目が、また種類の違う美しさを求めていることを自覚する。

自らの肉体と向き合い続けるという、紘の知らない世界の中で凛《りん》と立つ要のシルエットが、脳裏に鮮明に蘇る。どうカメラを向けたって、一グラム単位で変化する自分の身体のことしか考えていないあの眼差しの力強さが、何かに重なる。

ああ、あれだ。

中央シネマタウンで見た、『門出』のポスター。龍川清之の顔のアップ。

あれに似ているんだ。

「紘さーん」

泉が目の前で手を振っている。

「そろそろ行きましょ、部室」

いつのまにかテーブルに戻ってきており、さらにいつのまにかグラス二杯分の水を飲みほしていたらしい泉が、がたんと音を立てて立ち上がった。「おお」紘は慌てて後に続きながら、透明の筒の中に座り込んでいる伝票をするりと引き抜く。


要の動画に協力すると決めたとき、紘がまずしたことは、サークルの後輩である泉への連絡だった。もし、長期に亘って使われていない機材があれば借りられないかと考えたのだ。

【全然大丈夫すよ、取りに来られる感じですか？】

泉からすぐにOKが出た幸運を喜んだのも束の間、紘はすぐに、むしろあっさりOKが出すぎでは、と不安になった。紘が在籍していた当時は、同時にいくつかの作品の制作が進んでいる時期もあり、メンバー間でよく機材の取り合いが発生していたのだ。気まぐれに機材を借りようとしてくる卒業生なんて、邪魔なはずなのに。

【まあ、そのころとはサークル内部もいろいろ変わってますからね……そのへんのことは直接会ったとき話します。金曜なら昼から大学いるんで、待ち合わせは十二時過ぎに交差点のとこのジョナサンでいいですか？】

そのころとはいろいろ変わっている、という何かを匂わせる一言をしっかり差し込みつつ、昼食時に大学のすぐ近くにあるファミレスを待ち合わせ場所として指定してきた泉は、相変わらずちゃっかりしている。そして、連絡の返信が早いところも変わっていない。紘が映画サークルにいたころは、返信が早いというだけで、何かトラブルや頼み事が発生したときはまずは泉に連絡してみようという風潮が出来上がっていた。考えてみれば、それも、泉が助監督に選出された理由の一つだったかもしれない。

映画制作における何かしらの技術が突出していた、というわけではなく。

「紘さんが協力することになったチャンネル、これですか？」

キャンパスの奥にある部室棟へ向かう途中、前を歩く泉がちらりとこちらを振り返った。小さめの掌《てのひら》に収められたスマホの画面には、ジムの名前が明記されただけの、シンプルなチャンネルアートがある。

「そうそう、それそれ」

「登録者数１５２３人……確かにこれなら広告収入が発生しますね。動画は一本だけだけど、五万回以上再生されてるし、収益化のハードルもクリアしてるっぽいすね」

「リング史上最強の顔面さまさまだよ」

久しぶりに歩くキャンパスは、ほんの数か月足を運ばなかっただけで赤の他人のような表情を見せつけてくる。紘は、自分はもうこの場所に客としてしか来られないのだという実感を噛み締めながら、各サークルや同好会の部室がひしめきあう部室棟に空き巣のような気持ちで侵入していく。

「とはいえ、今から本格的に投稿始めて生活費丸ごと稼げるようになるってのは大分ハードル高いですけどね。だって、またこっちで一人暮らしするわけですもんね？　前住んでた家って引き払ってませんでしたっけ？　今どうやって生活してるんですか？」

「そこ、俺も気にしてたんだけど、めちゃくちゃラッキーなことに、ジムが持ってる寮に住まわせてもらえることになったんだよ」

「寮？」

泉はそう訊き返しながら、とん、とん、とテンポよく階段を上っていく。今思えば、部室は五階なのでいつもエレベーターを使っていたはずだが、自然と泉のあとについていてこうして階段を使用している。これもダイエットの一部なのかもしれないと思いつつ、紘は、相変わらず命令することなく人の行動をいつのまにか司る泉の肩甲骨を見つめた。細やかに動く二つの突起が、この男にだけ使える翼のようにも見えてくる。そういうところも、助監督として重宝されていた理由の一つだ。

映画制作における何かしらの能力が有り難がられていたわけではなく。

「そう。磯岡ジムって、ここから歩いて十分くらいの大塚のほうにあるんだけど、プロを目指す練習生たちのための寮が町屋にあってさ、そこが空いてるってことで入れてもらった。だから敷金礼金もタダだし、家電とかにも全然金使わなくてよくて……映画祭の賞金もまだ残ってるし、とりあえず生活はしていけそう」

「町屋？　って荒川のほうのですか？　遠くないですか？」

磯岡ジムのスタッフから説明を聞いたときに真っ先に紘が思ったことを、泉が言う。

「俺もそう思ったんだけど、西日暮里《にしにっぽり》で乗り換えればすぐだから意外とそんなでもないんだよな。街の感じも昔ながらの商店街があっていい意味で東京っぽくなくて、結構住みやすいよ」

「へえー。ボクサー候補生たちと共同生活とか、俺には無理っすねー」

部室棟の階段を上りながら、紘は、このくらいで疲労を感じる下半身を恥ずかしく思う。寮に住んでいるメンバーは、毎朝六時からロードワークに出かける。コースの途中にある神社の階段を何往復もして、汗だくになりながらも、誰もその脚を止めない。動画の企画を考えるため何度か同行したことがあるが、とてもクオリティの高い動画を撮りながらついていけるようなメニューではなかった。

寮は、かつてジムが今よりも儲かっていたころにアパートを丸ごと買い上げたもので、二十平米ほどの1Kが、一階と二階にそれぞれ五部屋ずつある。キッチンも洗濯機も、ユニットバスだが風呂もついているので、生活するうえで特に困ることはない。そのうえ、光熱費込で家賃は三万円というのだから、荒川を超える手前に位置するとしても破格の安さだろう。中には十代の居住者も多く、ジムのスタッフが時間の融通の利くバイト先を斡旋《あっせん》することもあるようだった。

紘の部屋は二階の南から二番目だ。南の角部屋には、要が住んでいる。

「ちょっと時間かかりそうなんで、その椅子とかに座っててもらっていいですか？」

部室に入ると、泉は床に放置されている様々なものを器用に跨《また》ぎ、奥にある収納棚へと突き進んでいった。紘は、部室ってこんなに狭かったっけ、と思いながら、それはただ散らかっていることだけが原因ではないことに気づいていた。この空間にはきっと、かなり長い間、人が出入りしていない。その状態が、見る者に寂しさの粒子のようなものを読み取らせているのだ。

長らくそこに停滞していたのだろう空気の塊に、泉の細い体躯が割り入っていく。舞い上がる埃《ほこり》の動きを、無言のまま目で追う。

——まあ、そのころとはサークル内部もいろいろ変わってますからね。

「なあ」

「はい？」泉は紘に背を向けたまま答える。

「このサークル、もしかして解散した？」

紘は、壁に貼られているコルクボードを見ながら言う。今よりも少し若い自分や尚吾、泉を始めとする後輩たちの写真で埋め尽くされたB2サイズのボードは、小学校の教室に貼られていた世界地図のようにも見える。ここからどこにでも飛び立てるのだ、と、そんなわけはないのにそんな風に思えてしまうところが、似ている。

——こっから監督になったり俳優になったりする人も出てくるんだろうね。

そんなことを、よく、この狭い部室で話していた。そして、話題が将来のことに及ぶとき、この空間の視線がなんとなく尚吾と紘に分散することを、紘は気づいていた。尚吾もきっと感じ取っていたはずだ。

――どっちが先に有名監督になるか、勝負だな。

丸野内支配人の声が蘇る。尚吾は今、後輩たちからも尊敬の眼差しで見送られた先で、元気にやっているだろうか。

「正式に解散したわけじゃないですけど」

泉が棚から何かを引き抜いたのか、がしゃがしゃ、と、固いもの同士が無造作にぶつかり合う音が聞こえてきた。「あーあーあー」うんざりした声を漏らしながら、泉が答える。

「みんな、YouTuberになったんですよ」

「は？」

思わぬ回答に、紘の口はぱっくりと開いた。

「っていう言い方は、ちょっと極端ですけど」

あ、の母音が残ったままの口を閉じる前に、泉が話し始める。

「いま動画の撮影とか編集とかできる人って結構重宝されてて、外部から協力頼まれることマジで多いんですよ。まさに今の紘さんみたいに」

どっかに余ってるマイクもあるはずなんですよねー、と、泉は手を動かしながら話し続ける。

「映画って年に何作かしか撮れないじゃないですか。でもYouTubeって下手したら毎日アップできるし、もしかしたら今TVより沢山の視聴者が集まってる場所だし、達成感もリアクションも映画撮るのに比べてすぐ感じられるし……時間と労力かけて誰に観てもらえるかもわからないもの作る気力、なくなっちゃったみたいなんですよね、みんな。まあ、映像撮るなら色んな人に観てもらえるところにアウトプットしたいっていうのは当たり前の気持ちですよね」

「え？　マジで言ってる？」

紘は、使えそうな機材を棚から取り出してくれている泉の背中に、納得できない気持ちを思い切り浴びせる。だって、後輩みんな、鐘ヶ江監督の弟子になる尚吾のことを称えていたはずだ。すごい、尚吾さんがやっぱり一番乗りだ、って卒業記念の飲み会であんなに盛り上がっていたのに。

――前から思ってましたけど、紘さんも尚吾さんも、実はちょっとだけ、古いっすよねえ。

ふと、さっき聞いた泉の声が蘇る。

「紘さんって本来フラットな感覚の人だと思うんですけど、多分、尚吾さんとずっといたから、YouTuberとかに対する感覚がちょっとまだ古いんですよね」

古き良き、って付けとかないと怒られちゃうかな、と、泉が少し笑う。

「さっきも、迷惑行為とかするわけじゃないって言ってましたけど、今でもそのイメージでYouTuberのこと語ってる同世代、もういないっすよ。確かに迷惑系YouTuberとか嘘《うそ》の投資案件で詐欺みたいなこととしてた人は強烈な印象でしたけど」

女子高生イコールルーズソックスみたいな古さっすよ、と、泉は楽しそうに話す。バカにされていることはわかるが、紘は素直に「そうなの?」と尋ねてしまう。そうしたほうが泉の口がより楽しそうに動くことを、紘は知っている。

「そうっすよ」

案の定、泉がすうと息を吸った。

「さっきもちらっと話しましたけど、今って収益化できるようになるまでチャンネル育てること自体が大変なんですよ。それに、男の乳首さえ映ったら通報されたりするレベルでガイドライン厳しいんで、再生回数稼ぎでバカなことする奴らっていうのはもう時代遅れです」

その辺りに関しては、紘も勉強した。チャンネル登録者数が千人以上、過去十二か月間の再生時間が延べ四千時間以上——この二つの条件を達成してやっと、動画に広告が付く。YouTubeが数年前にこのガイドラインを発表したとき、打ち上げ花火的なやり方で収益を得ようとしていた人たちがYouTubeから離れていったと聞く。

「それに、無茶なことしないと再生数稼げないような人たちは結局長続きしないんで、割とあっという間に消えていくんですよ。だから、〇〇やってみたとか迷惑系とか、そういうのは今どき結構レアキャラなんすよ。詐欺系は、うまーく法律に引っかからないようになってたりするんでなかなか厄介なんですけど……とにかくそういうネガティブな出来事ってめっちゃ報道されるじゃないですか。だから、未だにYouTuberのイメージってそのへんで止まりがちなんですよね、そんなのほんの一部なのに」

舞い上がる埃を前に「マスク持って来ればよかった」と泉が咳《せ》き込む。

「じゃあ、今のYouTuberっていうのはどういう人たちなわけ？　たとえば、その、サークルの奴らが手伝いに行ってるのとかって」

「だから、まさに、紘さんみたいな感じですよ」

クエスチョンマークを頭上に浮かせている紘に対し、泉が言葉を噛み砕き始める。

「なんていうんですかね、たとえば、映すものと映されるものがあるじゃないですか、どんな動画にも」

紘は頷く。映すものと映されるもの。どんな動画にも、必ず存在する二つ。

「今活躍してるYouTuberは、映されるものが映すものよりも先にある人たち、って感じですかね」

映されるものが映すものよりも先にある。

紘は、自分の口の中だけでそう唱え直してみる。だけど、

「わからん」

えーっと、と、泉が苦笑交じりに続ける。

「料理人が料理の動画出したり、トレーナーがフィットネス動画出したり。美容部員によるメイ

ク術、クイズ王によるクイズ、助産師による性教育とか。つまり、カメラに映すために何かやるっていうよりは、動画投稿が流行《はや》るずっと前からその人が好きでやってることがあって、そこにカメラが向けられてるだけ、みたいな。YouTubeのおかげで、『それで食べていくことができたら』っていう人たちが本当にそれで食べていけるようになったんですよ。そのうえで、自分がやってきたことを社会に還元したい、みたいなモチベーションの人も多いんです」

紘の背中が思わず、ピンと伸びる。

そこにカメラが向けられただけ。

その表現は、紘が要に映画出演をオファーしたときに使った言葉ときれいに重なった。

——普段通りトレーニングをしてくれればそれでいいんです。そこにカメラが向けられるだけ、という認識でいてくだされればそれでいいんです。

「YouTuberって聞くと年収何千万とか何億とかのエンタメ系みたいな人を想像するかもですけど、今って、副業の一環とか、スキルシェアっていうんですかね？　そういう観点でやってる人の方が多いんじゃないですかね。専門性を活かす、みたいな。ていうか、そうじゃないと続かないんでしょうね」

紘は、桑原の立つ台所で観た映像を思い出す。星野料理長は、YouTubeが流行る前からずっと、魚を釣ってはさばいていたという。

「で、そういう人たちって意外と、編集は外注してたりするんですよ。そこで重宝されるのが、自分が表に出るつもりはないけど動画の撮影や編集についてはスキルがある人たち——まさにこのサークルにいたようなメンツです」

棚に向かっていた泉が突然、こちらに振り返る。目が合った瞬間、紘は、かつてこの狭い部室の中にひしめき合っていた幾つかの影が、息を吹きかけられたロウソクの火のように、この場所から音もなく消えていったような気がした。

「今、動画の編集だけで食ってる人も多いですからね。チームの一員って意味で、それももう立派なYouTuberだと僕は思います。過激なこととして再生回数稼がなくても、画面に自分が映らなくても」

紘はふと、壁に掛けられたボードのあたりから、視線を感じたような気がした。

「残ってるもので使えそうなもんは、これで全部っすかね—」

はい、と、泉が棚から取り出した機材のいくつかを床に並べてくれる。ビデオカメラ、マイク、ありがたいことにGoProまである。ここに尚吾がいたら「こんな機材では質のいい映像は撮れない」と首を横に振りそうだが、紘はそれらを目の前にして、四肢が新品に取り替えられたような無敵感を抱いた。

「めちゃくちゃ助かるわ、ほんとありがたい」

「今はもうiMovie使えばスマホでも編集できちゃいますし、こういうの全然使ってない人も多いみたいですけどね。紘さん、パソコンは自分のやつありますもんね？」

編集ソフトの入ったパソコンは持っている。「あるある、ありがとう」紘が機材をカバンに仕舞い終えると、頭上からぱちぱちと楽し気な音が降ってきた。

「ということで、紘さん、YouTuberデビューおめでとうございます!」

泉の拍手を受け止めながら、紘は、壁に掛けられているボードを見ないように努めた。その中にいる尚吾に、ずっと、睨まれている気がしていた。


いつの間にか、三限が始まる時間を過ぎてしまっていたらしい。「もう出席取り終わっちゃったと思うんで、サボりまーす」あっさり爪先の向きを変える泉の潔さは、相変わらず不思議な吸引力のようなものを放っている。

「泉、YouTubeのこととか詳しいんだな」

駅までの道を二人で歩く。午後一時を回ると、五月の街はもうすでに夏みたいだ。

「俺が詳しいんじゃなくて、紘さんが知らなさすぎるんじゃないですか」

「そうか?」

と応えながら、そうかもしれない、と思う。そして、ついさっきこの道を逆向きに歩いていた自分と比べて、YouTuberという単語に対する認識がかなり変わっていることに、若干の恐ろしさを覚える。

泉と話していると、過去に一度だけ経験した整体に行ったときのことを思い出す。それは無理なんじゃないか、と思うような方向に身体が曲げられるが、施術後、最終的には心地良さを手に入れているあの感覚だ。泉は、初めは「そんなわけない」と思うような言葉をぶつけてくるが、こちらの意識の隙間にごりごりとその言葉を嵌《は》め込み続けることによって、いつの間にか絶対に合わないはずのパズルのピースをこちらの脳内に押し込みおおせるようなところがある。実際、その方法で泉が後輩をまとめてくれているときはとても楽だったし、今みたいに、詳しくない分野について系統立てて話してくれるときはとても助かる。

同時に、「そんなわけない」と思っていた言葉をいつしか受け止めている自分の脳のやわらかさが、少し怖くもなる。

「まあ、紘さんはマジで普通に知らなかったって感じすけど、尚吾さんはそういうこと意識的に知っちゃわないようにしてる感ありましたよね」

駅まであと少しとなったところで、泉がまた、尚吾の名前を出した。

「そうだったっけ?」

「そうですよ。やっぱ古き良き、だから、尚吾さん」

一音ごとに区切るような言い方をした、古き良き、という言葉が、平日の昼間の街並みにぽつぽつと落ちていく。

確かに、『身体』の選評の中には、夢半ばのコンビニ店員とプロ志望のボクサーという設定がいかにも〝古き良き〟すぎるのではないか、という指摘があった。他の選評の中にも〝時代は変わり、人の描き方が多様化した中で、倦《う》んだコンビニ店員というありふれた設定を選ぶ感性〟がどうのこうの、みたいな文章が見受けられたが、紘は、時代が変わったことを理由に撮るモチーフを変えることを推奨するような物言いに不信感を抱いた。AをAと思わないようにしましょうという時流があっても、AをAだと思う人の心がそのままならば、本質的にそこにある等号の形は変わらない。「今の時代こんなもの撮っても受け入れられないかもしれないから」という理由でカメラのレンズから外された対象は、だからといって撮られる対象としての価値が変動したわけではないはずだ。

駅にはこんなにも沢山の人がいるのに、皆、一度は改札という狭い空間を通過しなければならない。その不思議な波の動きに身を任せていると、隣で泉が口を開いた。

「俺、駅のホームに来ると、思い出しちゃうんですよね」

相槌を打つように、泉が通り抜ける改札がピッと鳴る。

「尚吾さんが、YouTube に動画上げるのめちゃくちゃ嫌がってたこと」

記憶の在《あ》り処《か》を示すように、紘が通り抜ける改札がピカッと光る。

「そんなことあったな」

紘は駅のホームへ続く階段を上りながら、思い出す。まさに同じく駅のホームという場所で、尚吾が唾でも吐くように放っていた言葉たちを。

あれは、『身体』の撮影期間だった。確かその日は、車が使えなかったため、尚吾、泉、自分の三人で機材を担いでいた。電車を待ちながら、重い荷物に負けそうになるくたくたの全身を、たった二つの足の裏で必死に支えていた。

そのとき紘たちは、撮影をしながら藪の中を彷徨《さまよ》っているような状況だった。撮影を進めながらも、何をしても不正解を選んでいるような精神状態に陥っていた。一つの作品を完成させるまでには、そのような時期が、必ず何度か訪れる。のめり込めばのめり込むほど客観性を失い、こんなものの何が面白いんだという疑いが拭えなくなり、道標を欲してしまう。そんなものの本当はどこにもないことを、ものづくりに携わる誰もがわかっているのに。

あのとき、駅のホームで電車を待ちながら、紘は尚吾にこう提案してみた。試しに、これまでのカットを繋げて予告編のような映像を作成し、YouTube 等にアップしてみてはどうか。新鮮な感想に触れることができれば、今あるもやもやを晴らす突破口が見つかるかもしれない、と。

「紘さんが提案したとき」

あと三分で電車が来ることを示している電光掲示板のもとで、泉が口を開く。

「尚吾さん、すごい顔してましたよね」

——俺は嫌だ。

尚吾は、紘の提案を、脳が理解する前に身体で拒否しているようだった。

「俺が目指しているのは、本物の映画監督だから。あんな、未完成の動画ばっかり投稿されてるような場所から学ぶつもりはない。それに、ずっと残るかもしれない場所に完成形じゃないものを放つなんてどうかと思うし、反応をもらえることに慣れたら今後ストイックなものづくりができなくなるかもしれない」

その後も尚吾は、「そもそもYouTubeって何が面白いの？　俺全然観たことないんだけど」、「予告編を作るなら、中央シネマタウンの丸野内支配人とか、審美眼のある人にだけ観てもらった方がいい」、「そもそも、別に沢山の人に観てもらいたいから撮ってるわけじゃない。チヤホヤされるためにカメラを回すような監督にはなりたくない」、とにかく言葉が止まらなかった。

紘は当初、いかにも尚吾が言いそうなことだなあと笑っていたのだが、そのうち「子どものなりたい職業第一位がYouTuberって、マジでこの国頭悪くなりすぎてるって、やばいって」とまで言い出した尚吾に対し、少し疲労のようなものを感じ始めていた。そして、線路の彼方に電車の光が見えたとき、ついにこう口走ってしまった。

——考えすぎなんじゃない？

紘はただ、島の紹介映像を作っていた高校生時代、協力してもらった人々にその都度様々な反応をもらいながら制作を進めていたときのことを思い浮かべただけだった。キャッチボールの一投目のような感覚で投げた提案を発端に、あっという間にこの国の未来を案じ始めた尚吾を、一日がかりの撮影を終えた心身では受け止めることができなかったのだ。

——考えすぎなんじゃない？

それは、紘が、撮影中の尚吾に対して投げかけないよう心がけていた言葉でもあった。自分だけは、こだわりが強く敵を作りやすい尚吾の味方でいなければならない。監督という同じ役職を名乗る者として、常日頃からそう意識していたはずだった。

——考えすぎなんじゃない?

尚吾がその後どんな反応を見せたのかは、思い出せない。やがて到着した電車の椅子に座った途端、眠ってしまったことは覚えている。

「新聞に紘さんとの記事が載ったとき、尚吾さん、すっごい喜んでましたよね」

到着した電車は、平日の昼間ということもあり、そこまで混んでいなかった。二人並んで座れる場所に腰を下ろすと、泉がおもむろに口を開いた。

「そうだったっけ」

紘はそう返しながら、今でも尚吾は喜んでるよ、と思う。数か月前の中央シネマタウン。壁に貼られていた新聞記事を、尚吾は目を細めて見つめていた。

「実際、新聞って、俺ら世代だーれも読んでないですよね。でも尚吾さんには、新聞に載ってこそ本物っていう物差しがあるんですよね、未だに」

零れ落ちた泉の声が、電車の床をバウンドする。その軌跡を視線で追いながら、紘は、電車内にいる客がほぼ全員、スマホを操っていることに気づく。

「俺、いいことだと思うんですよ。動画投稿とかするときの、とりあえずクオリティ気にせず世に出しちゃえって感覚。百点まで質を高めてから、っていうほうが無理ですもん」

隣から泉の声が聞こえてくる。

「まあ、YouTubeは無料だから。多少低クオリティのものでも許されるかもしれないけど」紘はさり気なく、すべての意見を受け入れているわけではない姿勢を示す。「映画はそうはいかないだろ。尚吾がこの場にいたら、そんな質の低いものにお金を払ってもらうわけにはいかない、って怒りそう」

はは、と紘が笑っても、泉は笑わない。

「でも、今、消費者が対価として支払ってるのって多分、お金じゃなくて時間ですよ」

紘は、目の前の光景が少し色を変えたような気がした。それまでは乗客がみんなスマホの画面を眺めているように見えていたが、突然、移動時間という対価をスマホに向かって注いでいるように見えた。それは、世界が手を組んで、泉の発言を肯定しているような感覚だった。

「だから、本気の作品とかってちょっと重いんですよね。意識をぐっと集中させる二時間三時間っていうより、日常生活の中にある隙間時間、家事してる間とか電車乗ってる間とかそういうちょっとした時間を何かに注ぎたいんですよ。尚吾さんはとにかくクオリティを気にしてましたけど、そういうときってそもそも受け手がクオリティとかあんまり気にしてなかったりするんですよね。どうでもいい時間を潰すのに丁度いいものが欲されてるっていうか」

泉の細い首にある喉仏が、話すたびに波打つ。

「なんか、本気の一作にちゃんと向き合うのって疲れません？　暇潰《ひまつぶ》しくらいの感覚で二十四時間過ごしちゃいたいっていうか」

その喉仏の動きは、散らかりっぱなしの紘の脳内を整理してやろうと迫りくる、見知らぬ妖怪の一歩のように感じられる。

「いい映画一本観るよりグダグダの生配信とか観てる方がラクなんですよねー」

「泉は」

紘は慌てて、話をそらす。

「泉は今、何してんの？　サークルはもう空中分解しちゃったようなもんなんだろ」

紘が隣に話しかけると、泉は膝の上に置いていたリュックを右肩のみに掛けて立ち上がっていた。いつの間にか、降りる予定の駅に到着していたらしい。

泉は、紘を見ずに言った。

「俺、考えてることがあるんです。今は、その実行のための準備期間、って感じです」

じゃあまた、と会釈をすると、泉は、電車の外の世界へと踏み出していった。閉まりゆくドアは勿論自動のはずなのに、紘にはなぜか、泉が自分で閉めたように見えた。

6

気持ちはまだ夏の中にいたいのに、書店の棚はもう寒い季節を歓迎するような暖色で彩られている。尚吾は、自分がいつの間にかファッション雑誌関連の棚の前に立っていることに気がつき、これまでいかに当《あ》て所《ど》もなく歩いていたのかと呆れる。

――これでは、まだ世に出せない。

結局、どこにいても何をしていても、蘇るのは鐘ヶ江の声だ。

國立彩映子を主演に迎え撮影したファッションブランドのコンセプトムービー、その完成品をクライアントに納めたとき、占部は「とりあえずこれで、監督補助として一通りの現場を経験したことになるかな」と言った。尚吾はその瞬間、ずっと全身を強張《こわば》らせていた緊張感がごっそり蒸発したことで、身長が数センチほど低くなったような気さえした。映画やドラマなどではまた工程が異なる部分もあるだろうが、とりあえず大きな問題もなく一作品分の業務をやり遂げられたことに、心からほっとした。

ただ、そのまま休暇に入るということは勿論なく、九月の半ばからは鐘ヶ江の新作映画の製作が本格的に始まることが決まっていた。連日、鐘ヶ江、占部と新作の脚本に関するディスカッションの場が設けられ、答えというよりは問いのほうを具《つぶさ》に削り出していくような時間が続いた。そんな日々は、撮影に同行しているときみたいに身体を動かしていなくとも、まるで一日中ジムでトレーニングをしたかのような疲労感があった。

帰宅しても、頭の中は新作のことでいっぱいだった。千紗も千紗で、まっさらな新人期間を終え、新たな業務が任せられるような頃合いらしく、精神的にも時間的にも余裕がなさそうだった。これまではいつもきれいに整えられていたキッチンが、まるで料理の最中に突然神隠しにでも遭ったかのような状態で放置されていることが増え、それはそのまま千紗の忙しさを表していた。二人で出かけられるタイミングは無く、〝勉強〟のためずっと前から店を予約していた日の夜も、自由に動けるのかどうか状況が読めなかった。

ただ、そんな日々の中で精いっぱい動いているつもりでも、鐘ヶ江が求めるレベルには達することができないのだ。

「ところで尚吾、今、自分の脚本のストックはどれくらいある?」

ある日、鐘ヶ江からそう尋ねられた。監督補助になってからというもの、自分の作品を撮るという概念そのものが脳から抜け落ちていたことを、尚吾はそのとき自覚した。

「オリジナルの脚本を、完成品でなくてもいいから、常に持っているようにしてほしい。今の自分はどういうものを撮りたいモードなのか常に示してくれていないと、色んな種類の仕事のチャンスが巡ってきたときに尚吾の顔を思い浮かべられない。だから、とにかくいつだって、自分の作品を書きなさい。アイディアを生み出し続けなさい。そうしないと何も始まらない」

鐘ヶ江にそう言われたとき、尚吾は、しばらくは〝勉強〟の時間も返上しようと誓った。そう伝えると、えええーと不機嫌になりながらも「でも確かに」と千紗は口を開いた。

「私も、玉木シェフの弟子みたいな感じで過ごしてるだけじゃダメなんだよね。毎日いっぱいいっぱいだけど、教えられることとは別に、自分の修業もしてあげないと」

だって、と、千紗は少し、目を伏せた。

「質のいい環境にいるだけじゃ、自分自身はレベルアップしないもんね」

九月に入る直前、尚吾は鐘ヶ江にオリジナル作品の脚本を提出した。

二時間を超えるか超えないかくらいのカット数の長編で、尚吾が愛する数々の映画のように、物語の展開そのものよりも心情の描写に重きを置いた作品だ。二組の二十代のカップルをメインの登場人物に据え、社会の価値観と自分の中にある感覚とのズレにより生じる問題に立ち向かいながら、自分たちにとってしっくりくる生き方を見つけ出す物語。鐘ヶ江は、他の仕事が立て込んでいる中、一週間も経たないうちにフィードバックをくれた。

――結論から先に言うと、まだ、脚本としてはものになってない。

鐘ヶ江は、最終面接のときと同じく、カメラのレンズのように両目を光らせて、言った。

――伝わってくるものが足りない。扱われているテーマに対してもっと考えを深めることができるはずだ。そこまで考えた跡が見えない。これでは、まだ世に出せない。

ファッション誌の棚から離れ、尚吾は再び、当て所もなく書店の中をうろつく。わんぱくな子どもたちの集合写真みたいに肩を並べている本たちは、その表紙に手を伸ばすことで、自分の中の刺激され慣れていない部分に触れられるような予感をくれる。

これまでも、脚本づくりに行き詰まったときは書店に足を運ぶことが多かった。それも、遡れば、祖父の記憶に突き当たる。祖父はよく、映画を観に行く前後に書店にも連れて行ってくれた。お目当ての映画の原作や関連本など、映画に関する書籍は勿論、そうではないものも沢山買い与えてくれた。だから尚吾は、頭に刺激が欲しくなったら書店へ行く。

だけど今、尚吾は初めて、この場所から逃げ出したい気持ちに駆られていた。

「ふう」

右肩にだけ引っかけていたリュックを足元に置き、販売台を見下ろす。書店の入り口にある、新刊や話題の本などがジャンルレスに置かれている場所だ。

肩を寄せ合うようにして所狭しと並んでいる〝世に出ている〟ものたち。

――これでは、まだ世に出せない。

ただの若いカップルの恋愛物語に終始しないよう、間違っても壁ドン炸裂なキラキラ映画なんかにならないよう様々な要素を取り入れた。ジェンダーギャップ、働き方についてのパート、今の社会を反映する色んな現象をキャラクターたちの道行に取り込んだ。それにしては最終的にありふれたところではない場所に着地できたと思うし、まさに今世に出されるべき作品になったと感じている。

視界の右端から、細い指が侵入してきた。女子高生が、尚吾の視線の先にある本を手に取ったのだ。昨今急増した、男性同士の恋愛をテーマにしたドラマで主演を務めていた俳優の写真集だ。尚吾は、ただ、その場に落としていただけの視線を、左右に動かす。さっき女子高生が買っていったような流行りの人物の写真集に、ドラマ化が決まっている医療系の漫画、作者が十代ということと、インスタグラムでシーンごとに写真つきで全文が公開されていることで話題になった、〝エモさ〟が売りの恋愛小説。視線を上下に動かす。猫の写真集、フォロワーが三百万人を超えるインフルエンサーの自伝的エッセイ、テレビ番組で話題になったダイエット法が掲載されている本、世界的にベストセラーらしいビジネス書の日本語版。

今度は左から、ベルトが太めの腕時計が巻かれた手が伸びてくる。四十代くらいの男が、ビジネス書を手に取って行く。

——これでは、まだ世に出せない。

いま目の前にあるものが世に出ることができて、自分の作品はそうなれない理由はなんなのだろう。ここに並んでいるものの中には、きっと、自分が作るものより質の低いものだって一つや二つあるはず、いや、もしかしたらほとんどがそうなのではないだろうか。

また、人の気配が近づいてくる。今度はどんな人が、どの世に出ているものを手に取っていくのか。そこに肩を並べられないのは何故なのか。

派手な色使いの表紙に躍る、大人気のダイエット法、の文字。

尚吾の頭の中で、昨日観た動画が蘇る。

ダイエット法。膨大な再生回数。製作のクレジット。

「あのー、すみません」

後ろから声を掛けられ、尚吾は思わず肩をびくっと動かしてしまう。よく考えれば、よく売れる本がまとめられているこの場所で、ただ突っ立っているなんてものすごく邪魔だったはずだ。

「ごめんなさい」

尚吾は足元に置いていたリュックを持ち上げ、その場から離れようとする。そのとき、「尚吾?」という聞き慣れた声が聞こえた。

「やっぱりそうだ」

偶然だな、と眉を上げる占部の胸には、すでに何冊もの本が抱えられている。

「いやいやいや、俺なんてお前の何倍ボッくらってると思ってるんだよ」

そう言うと、占部はズゾーッと音を立ててアイスコーヒーを飲み干した。書店に併設されているこのカフェは当たり前だが全席禁煙で、二人にとってはそこだけがつらい。

「そうかもしれないですけど、でも」

「俺からすると、お前がなんで今の時点でそんなに焦ってるのかわからんわ」

占部はプラスチックのカップをテーブルに置くと、足を組んだ。カップの側面を伝った結露が底に辿り着き、接着剤のように底面と天板を一つにする。

「だって監督補助になってまだ半年だろ？　やっと仕事覚えたくらいの段階で、これから二年半もある」

「それが、二年半もないっぽいんですよ、俺」

尚吾がそう言うと、占部の顔色が少し、変わった。真水に墨汁を一滴垂らしたような、そんな歪《ゆが》みが顔面に広がる。

「脚本のフィードバックもらったとき、鐘ヶ江さんから言われたんです。監督補助の期間が短くなるかもしれないって」

尚吾は自分がそう言葉にすることで、そうなってほしくはない未来に輪郭線を引いてしまったような気がした。

確かに、脚本にダメ出しされたからというだけでは、書店でぼうっと突っ立ってしまうほどショックを受けることはない。だけど人間は、一つ一つは大したことでなくとも、いくつかの事象が同時に発生すると必要以上に混乱するものだ。

「二年間に縮まるかもしれないんですって。会社的に、一人の社員を採算度外視で好きに動かせる期間はそれくらいが限界になってきたって」

「二年間」

そう繰り返した占部が、一瞬、視線を泳がせる。てことは、四分の一がもう終わろうとしているのか——きっと、鐘ヶ江を前にして尚吾が行った計算を、占部も頭の中でなぞっているのだろう。

「鐘ヶ江さんは何て？」

「縮めたくないって言ってくれてます」

——やっと仕事に慣れてきたばかりのときにこんな話をして本当に申し訳ない。僕としては、特に尚吾の場合、三年間という条件をはじめから提示していたわけだし、期間を短縮することはフェアじゃないと思ってる。ただ、会社の判断として固定給の期間が二年間ということになったとき、鐘ヶ江組の予算の中で三年目の給与を保証できるのか、まだわからない。いきなり結論だけ聞かせるのも不義理だと思うから、この時点でこういう話が出ているということは伝えさせてもらう。僕個人としては、独り立ちして世に出るためには三年間でも足りないんじゃないか、と思ってる。

「確かに、うちのテレビと映画の利益、どんどん下がってるって言うもんな」

占部がそう言いながら、カップに差し込まれているストローをくるくると回す。

「映画に携わる人材をじっくり育てるより、出どころが増えた動画広告とかの仕事をこなせる人をどんどん増やしていくっていう流れはまあ、論理ではわかるよな」

テレビと映画の利益が、どんどん下がっている——占部以外の社員からも何度も聞く言葉が、改めて、尚吾の五感に染み渡っていく。

今はもう、ドラマといってもテレビよりも有料配信サイトのほうが潤沢な予算があるという風潮がある。広告ひとつとっても、昔は何だってテレビCMだったが、今では商品ごとに広告を打つべき場所があり、形態も細やかに選べる。そうなると、新しく生まれたプラットフォームの構造を熟知しており、細分化されたオーダーにすぐに応えられるような若々しい会社にオファーが集まるのは当然だろう。NLTは大きな会社だが、だからこそ、時代への対応には時間が掛かる。

「そういう中で、監督補助の期間が三年っていうのは人材を塩漬けにしすぎじゃないかって話が出てるみたいで」

塩漬けという、自分の口に馴染みのない言葉を発したところで、「って、このへんは全部浅沼さんから聞いたんですけどね」と、尚吾は正直に白状する。

いつだって誰彼構わず酒を飲む相手を探している浅沼に声を掛けられたとき、尚吾は丁度ボツとなった脚本を抱えて帰路に就こうとしていた。いっそ話してしまえ、と打ち明けた監督補助の期間についての話を、浅沼は何故か既に知っており、様々な種類の酒を空けながら会社の内部事情について話してくれた。

——もう時代も変わってきてさ、いくら可能性があったとしても三年も待てませんよってことなんだろうね。監督補助以外の人たちはみんな給料も出来高制なわけだしさ。占部君はしょっちゅうオリジナルの脚本提出してたしよく頑張ってたと思うけど、だからって独り立ちできるレベルなのかって言われたらそういうことじゃないんだろうね。

「酒飲みって何であんな情報通なんだろうな。酒飲ませでもあるからか」

無理やり明るく振る舞っているような占部の様子を見て、尚吾は、ここは人から聞いた言葉であっても塩漬けなんていう表現をそのまま使うべきじゃなかった、と反省する。

「まあ確かに会社からすると、三年間も好きにやらせたところで利益出せない奴っていうのは、お荷物だよな」

占部は早口でそう言いながら、相変わらずストローを回し続けている。がらがらがらと、ストローにかき乱された氷がぶつかり合う音がうるさい。

「鐘ヶ江さんみたいに骨太なオリジナル作品を何年かに一作撮る監督も大事だけど、そうなれるかなれないかの判断はもっと早くしてくれってことだな。で、なれないなら金になるもの作るほうに早めにシフトチェンジしてくださいね、と」

占部はそう言うと、カップを持ち上げた。

もう、コーヒーは入っていないのに。

「ごめんな、俺のせいで」

観念したようにカップを置くと、占部がゆっくりと息を吐いた。

「俺が、三年間をドブに捨てる例を作っちゃったわけだ」

「いや、そうじゃ」

ないです、という声が、喉に引っかかって掠《かす》れてしまう。

「いやいや、いいんだって、わかってるから、自分の立場くらい」

「いやでも、ほんとに」

占部の瞳の中に、フォローを期待する甘い色の絵の具が、一滴注入される。

「浅沼さん言ってました。舟木美登利以外、実は監督補助からオリジナルだけで食えるような監督になった人ってまだいないいんじゃないかって。だから」

だから、何だと言うのだろう。

占部の瞳に宿りかけた一粒の光が、引き潮のように遠ざかっていく。尚吾は、どうにか次の言葉を探す。だからといって、占部があと一か月で監督補助のポジションを卒業することも、尚吾が監督補助でいられる期間が三年から二年にされてしまうだろうことも、何も変わらない。

「だから、何なんでしょうね」

尚吾は、自分が頼んだアイスティーに手を伸ばす。そして、ついさっき、自分も占部と同じように中身を飲み干していたことに気がつく。

「俺、よくわかんないんです」

苦し紛れにストローで氷をかき混ぜながら、これもさっき占部がやっていた行動と同じだ、と思う。

がらがら。がらがら。氷だけが鳴る。

脚本がボツになったこと。監督補助でいられる期間が短くなるかもしれないこと。そして、昨日の夜見つけてしまった動画のこと。頭の中に浮かんでは消える、整理のつかないことたち。

このままでは、沈黙がテーブルの上に正式に着陸してしまう。そう思った一秒前、占部が「ていうかあれだろ」と口を開いた。

「尚吾、脚本ボツくらったこと以外にもなんかあったろ」

「え、わかりますか？」尚吾は思わず、どこか甘えるような声を出していることを自覚し、少し恥ずかしくなる。

「あそこでボーっと立ってんのとか怖かったし。ボツくらっただけにしては暗すぎだろ」

そうですよね、と呟きながら、尚吾は、自分は本当はずっとこの話をしたかったのだと思い知る。世に出ているものばかりに囲まれ、知らない街で迷子になったような気分に陥っているさなか、偶然現れた占部はまるで光り輝く蜘蛛《くも》の糸に見えた。

「もう一杯、なんか頼んできますね」

尚吾が立ち上がると、「話長くなりそーだなー」と占部が笑った。

お互いに多忙で、一緒にゆっくり食事をしたり外に出かけたりすることが難しくなったものの、千紗がお風呂上がりなどにリビングでストレッチのようなことをしているのは把握していた。

「この数か月で、料理人ってほんと身体が資本だってわかった。今からちょっとずつでもトレーニングしとこうかなって」

連日の立ち仕事はやはり身体に響くらしく、かといってジムに通ったりする時間もない。千紗は身体のために家でできることを始めていた。

「YouTubeで検索したら、家トレの動画めちゃくちゃいっぱい出てきたんだよね。多すぎてどれ選べばいいのかわかんないくらい」

動画を再生しているスマホを床に置き、横目で画面を確認しながら、千紗は足を上げたり上半身をひねったり忙しそうだ。決してサマになっているわけではなく、むしろ、傍から見ているとちょっと滑稽で面白い。それでも、湯上がりの千紗の額はむいたばかりのゆで卵みたいに光っていてかわいかった。

若干の下心から、尚吾は千紗のスマホ画面を覗いた。そこには、ぴたっとしたトレーニングウェアを纏ったスタイルのいい女性——ではなく、タンクトップ姿の若い男が映っていた。

「自分と同じ性別の人の動画じゃないと、あんま参考にならないんじゃないの?」

返事の代わりに「うー」と唸った千紗は、動作が一段落したところで仰向けに寝転び、ワイヤレスイヤフォンを外した。

「色々観てみたんだけど、この人のやつが一番わかりやすいんだよね。ちょうど体勢が崩れそうになってきたときに注意事項出してくれるし、音声も聞き取りやすいし。ちょっとやってみたら？」

あんたも腹出てきてんだから、と、千紗がイヤフォンを渡してくる。尚吾は画面に向き合いながら、「イケメンだから観てんじゃないの」なんて言いそうになる幼い口を、理性のリボンでぎゅっと結ぶ。

「ボクシングジムのチャンネルでね、かなり人気っぽい。女性バージョンのメニューも紹介してくれるし、何より動画のつくりが丁寧なんだよねー」

尚吾は、自分の身体のゆるんでいる部分をこっそり掌で確認しながら、「ふーん、そんな特別見やすくもないけどね、普通じゃん」と返した。実際、内容も見せ方も何の変哲もないものだった。確かに、途中で挟まれる図解や、雰囲気を変えるためのアイキャッチには工夫が感じられるが、身体の引き締まった人間が淡々とトレーニング内容を解説するというごくありふれたもので、この前薦めた映画は一向に観ようとしないのにこんな粗い出来の動画ばっかり観て、と、尚吾は軽く苛立《いらだ》った。

それよりも尚吾は、この、表情の変化に乏しい青年に見覚えがあった。尚吾がイヤフォンを外すと、千紗はスマホ自体から音が出るように設定を変更した。

「この人、自分の身体の変化もアップしてくれてるんだよ。こっちの再生リストにいけば」

千紗が器用に画面を操っていく。その手慣れた様子だけで、千紗がこのチャンネルを頻繁に観ていることがよくわかる。

「ほら、この人自身のトレーニングと身体の変化を追ってる動画もあるの。さっきまで観てたやつは実用性が人気なんだけど、どっちかっていうとこっちのドキュメンタリーシリーズのほうがカッコイイって話題」

「ドキュメンタリー、ねえ」

鼻で笑うような仕草を見せる尚吾を気にも留めず、千紗は「これとかすっごくカッコイイよ」とサムネイルをタップする。ボクサーの身体の変化を追ったシリーズの何本目かだそうで、まず夕暮れの街並みがモノクロでたっぷりと映される演出から始まった。ありきたりなオープニングだ。

「まあ確かに、イケメンだとは思うけど」

それだけじゃね、と続けようとしたところで、千紗から「あのね」と諫《いさ》められる。

「カッコイイって言われてるのは、顔じゃなくて映像のほうだよ」

「は?」

思わず、棘《とげ》のある声が出た。「ほら」千紗が画面をスクロールし、コメント欄を表示する。YouTubeの動画じゃないみたい、この動画編集した人が撮った作品もっと観たい、全体的に昔の名作映画みたいでかっこいい――尚吾から見ると陳腐かつ雑なつくりをしている映像に対して、そんなコメントが何百件も寄せられている。

「昔の名作映画みたいって……音声も編集も演出も、初歩の初歩だけど。何か映画が侮辱された気分」

「そんな風に言わなくてもいいじゃん」

「うるさい。バッド評価してやる」

親指を下に向けたマークめがけて指を伸ばすと「やめてー」千紗が画面を上部へとスクロールしてしまう。すると、尚吾の指先が触れる予定だったところに、動画の概要欄を開くための箇所が滑り込んできた。

「でも実際、この動画もう五十万回以上再生されてるんだよね。すごいよね」

開かれた概要欄はとてもシンプルだった。記載されていたのは、このボクサーが所属しているらしいジムの名称と、公式サイトのアドレス。そして最後には、二行ほどのスペースのあとに、この動画を制作した者の名前。

Director: Ko Odoi.

紘　大土井。

「紘?」

「あ!」

千紗が急に大声を出す。

「どっかで観たことあると思った! あーもう今めちゃくちゃスッキリした、この人あれだね、尚吾たちの映画に出てたボクサー！」

髪型も髪色も変わってるから気づかなかったーずっとどっかで観たことあると思ってたーてか顔もちょっと変わったよね大人っぽくなってる気がする——興奮のまま早口で喚き続ける千紗が、そのときの尚吾には、遥か彼方にいるように感じられた。

紘。

紘が撮った映像が、何十万人もの人に観られている。

様々な言葉が尚吾の脳を去来したが、何より感じたのは、「紘がもう、世に出ている」ということだった。

紘がもう、世に出ている。俺のほうが絶対に、質の高い映像を作り出せるのに。

——どっちが先に有名監督になるか、勝負だな。

「私、ずっと紘君の撮った動画観てたんだ、あーびっくりした、何で気づかなかったんだろ今まで」

ここ最近、尚吾は、SNSを見ないようにしていた。開けば、溢《あふ》れかえる同世代クリエイターたちの〝作品を発表しました〟報告に、いちいち心を蹴飛ばされるような気持ちになるからだ。そのような投稿を目にするたび逃げ出そうとする心を押さえつけながら、尚吾はいつも、こう思っていた。

自分はこのまま何年も、作品を世に出せないのかもしれない。

占部さんのように。

「尚吾は紘君から聞いてなかったの？　昔の名作映画みたいでかっこいいってコメントした人、見る目あるじゃんねー」

楽しそうに話し続ける千紗の遥か彼方で、尚吾は、自分の心身が溶ける直前の鉄ほどに赤く熱くなっていることを自覚していた。


「なるほどね」

占部はスマホを尚吾に返すと、上半身を伸ばすように反らした。

「確かに、いかにも『身体』のボクサーパート撮ってた人の映像だなー。粗削りで対象の魅力に頼ってて、でも不思議と吸引力があって」

「ボツのことと、監督補助の期間のことと、この動画のことで、色々頭の中がぐるぐるしてて」

「つまりあれだろ」

占部は二杯目のコーヒーに口をつけると、そのまま視線を尚吾に向けた。

「どっちがいいんだろうなってことだろ。俺たちが選んだ道と、その、大土井君？が選んだ道と」

一瞬、書店の喧騒が遠くなる。

「俺たちは、世に出られるハードルが高くて、だからこそ高品質である可能性も高くて、そのためには有料で提供するしかなくて、ゆえに拡散もされにくい。大土井君は、世に出られるハードルが低くて、つまり低品質の可能性も高くて、だけど無料で提供できるから、ガンガン世の中に拡散されていく」

占部の口からいくつも放たれる対比の言葉が、スポンジケーキに染み込ませるブランデーのように脳に入り込んでいく。それだけで、占部がこの話についてこれまでどれだけ脳内で言葉を組み立ててきたのか、その過程も含めて伝わってくる。

「そんなの」尚吾は、応援歌でも歌うかのように言う。「俺たちが選んだ道のほうがいいに決まってます。こんな動画が名作映画みたいって持て囃されるの、やっぱり間違ってますから」

「俺もそう思ってた」

占部がふっと口元を緩ませて「そんな顔近づけてくんなよ」と笑った姿を見て、尚吾は、自分がテーブルを乗り越えんばかりに上半身を突き出していることに気づいた。

「でも、正直に言うと今はもう、よくわかんなくなってるわ」

予想外の言葉が、尚吾の顔に当たる。

「俺も鐘ヶ江さんからずっとボツくらってたけど、確かにわかるんだよ。書きながら、自分には何かが足りないってずっと思ってた。その何かが何なのかは結局わからなかったけど、何かが足りないことはずっとわかりながら書いてた」

占部が足を組み直す。

「その間、俺よりも何もかもが足りないって思ってた同世代の奴が、どんどん作品を発表していった」

何もかもが。

占部がそう言ったとき、尚吾は、占部の顔が鏡になったのかと思った。どうしたって認めたくない人の話をしているときの自分の表情を、そのまま見せつけられたような気がした。

「あいつだけは認めないって思ってたような奴らが、ガンガン世に出ていった。この三年間、ずっとそうだった。島から島へ渡り歩くみたいに、別のジャンルから映像に来て、ちゃちゃっと何か撮って監督って肩書だけ手に入れて、また別のジャンルに移っていくような奴もいた。作品自体がどうってことなくたって、時代は新しい表現者を新しいってだけで取り囲んでくれる」

占部が、半円を描くように丸めた右手を、テーブルの上に置く。

「周りが取り囲むと、そこに何にもなくったって、取り囲んだ人垣が輪郭になる」

同じように丸めた左手を、右手と繫げるようにして、テーブルの上に置く。

「そこになかったものが、そこにあるように見えるようになる」

ただの空間だった場所に、手で囲まれた円が生まれる。

「ないものを、あるように見せることがうまい奴らが、どんどん先へ行く」

占部はそう呟くと、ぱっと手を離した。

「ま、俺だけのことを考えると、独り立ちできなくてよかったのかもしれないけどな。何かが足りないって自覚しながら脚本を完成させるような奴を独り立ちさせないからこそ、鐘ヶ江誠人の監督補助ってポジションの価値が保たれてるんだろうし」

占部の手が離れたテーブルは、また、がらんどうになる。

「俺、映画監督としてストレートには独り立ちできなかったけど、鐘ヶ江さんが、ないものをあるように見せたりしない人だって分かってよかったとか、ちょっと思ってるかも」

尚吾は、手元に戻ってきたスマホの画面に視線を落とす。

「そんな鐘ヶ江誠人の作品が好きで、監督補助になったからな、俺」

動画の再生回数は、五十九万回を超えている。千紗にこの動画を見せられてから、九万回近くも、再生回数が増えている。

「すげえ再生されてるな、その動画」

占部が続ける。

「大土井君の実力がどうなのかは俺にはまだわからないけど、それを名作映画みたいだっていう人がこの動画を取り囲めば、少なくとも外からは、名作映画の形をした何かに見える」

ほんの短期間のうちに、九万人もの人に観られている。映画でいえば、興行収入一億円を優に超えるような数だ。

「でもそれって、監督補助って肩書を欲した俺たちにも言えることだしさ、尚吾もそんな」

「そんなの」

尚吾は、スマホの側面にあるボタンを押す。

「相手を騙《だま》してるってことじゃないですか」

画面がブラックアウトしたスマホを、そのまま裏返す。

「ないものをあるように見せるって、詐欺ですよね」

詐欺、と言ったとき、尚吾の口から唾が一粒、テーブルに飛んだ。

「そういうのっていつか絶対バレますよ。そんなやり方が続くわけない」

尚吾がそう言うと、占部はちらりと腕時計を確認しながら、

「そうだな」

とカップを持って立ち上がった。そして、

「そうだといいよな」

と、子どもにサンタクロースの存在について聞かれた大人のような声で呟いた。


帰りは、途中まで同じ電車だった。今度は座ることができず、ドアに近い座席の前で並んで立っていると、「ここ最近さ」と占部が不意に口を開いた。

「色んな人たちとやりとりするようになって思ったけど、鐘ヶ江監督ってやっぱ特別だわ」

ぐん、と、電車内の重力が前方の窓の方向に傾く。慌てて吊革《つりかわ》にしがみつきながら、尚吾は、座席に座っている女性の膝に自分の身体が触れてしまわないよう気をつける。

「俺も、鐘ヶ江さんは特別だと思ってます」

尚吾はそう繰り返したが、なんとなく、占部の指す「特別」とは違う意味合いのような気がした。

「俺、さっき、今度担当するかもしれないドラマの原作買いに行ってたんだよ」

そう話す占部は、電車の動きに合わせてふらふらと揺れてはいるものの、目線はある一点から動いていない。

「それも医療ドラマでさ、最近このジャンルまた増えたよなーって思ってたんだけど」

小声で呟く占部の視線を追うと、電車のドア横に設置されている広告に辿り着いた。再来週から放送が始まるらしいドラマのポスターが、額の中で光っている。

「でも多分、減った、ってことなんだよな。医療ドラマが増えたっていうよりも、大勢の人が共通して自分事だって思える物語が減ったんだ」

ポスターの中では、人気の若手俳優が、白衣を着てこちらをまっすぐ睨んでいる。

「皆がバラバラのもの追うようになって、本当は興味関心なんて人によって違うっていう当たり前のことがやっとちゃんとバレてきて……そうなると、人の生死を扱う作品の映像化がどんどん成立するのもわかるなって思う。キャストにとってもイメージいいし、共感できないイコール面白くない、みたいな層からの不評はあらかじめ省けるし」

力強いフォントで書かれた【命を、生きろ。】という文字が、ポスターの中の俳優の腹のあたりを大胆に横断している。

「で、そういう作品ほど、俺みたいな経験の浅い若手に監督の話が回ってきたりするんだよな。前例がたくさんあって大失敗しにくいっていうか」

尚吾は、視線をもとに戻す。

「監督補助じゃなくなった俺がこれから関わるところって、話を進めるうえでの最優先事項が、作品の中身や作り手の哲学っていうよりも、企画が成立すること、になりがちだよ、多分」

電車の窓に映る自分たちの姿を見つめる。

「打ち合わせしてても、本当はもっと皆思ってることとか考えてることとかがあるって分かるんだよ。でも、そこにあるものが、ないようにされてるときが、結構ある」

電車の速度が落ちる。

あるものが、ないように。

尚吾は、カフェのテーブルで見た円を思い出す。

ないものをあるように見せる人たちを見送った先に待つ、あるものがないようにされてしまう場所。

「ものを作るときに、いろんなこととの妥協点を探り合うんじゃなくて、質を高めることしか考えなくていいって、本当に特別な人にしか許されないことなんだって実感したよ」

尚吾は、窓に映る占部の表情を見つめる。

目的地を自分で選んで乗り込んだはずなのに、占部の表情はなぜだか、どこか知らないところに強制的に運ばれているようだ。

「あーあ。俺もオリジナル撮って、『日刊キネマの映画評』とか載ってみたかったなー」

窓の外の景色が、駅のホームに変わる。動き出す人の群れの中で、占部が「あ、俺乗り換えだ」と呟く。

「じゃあ」

尚吾から離れていく占部が、書き終えた手紙に封をするように、言った。

「お前は、がんばれよ」

下車する人々が生み出す空気の流れが、占部が密かに放った決意や激励をも一緒に何処《どこ》かへと連れて行ってしまうような気がして、尚吾はホームへ消えていく占部の背中をじっと見つめ続けた。

7

【ちょっとアンタ、星野料理長の動画に出とるてほんと⁉】

スマホのスピーカーからおもちゃ箱のバネのように飛び出してくる声に、紘は眉を顰めつつ、実はホッとしていた。夜も深い時間に普段は電話なんてしてこない母親から着信があれば、大抵の子どもは何か縁起の悪い出来事を想像する。紘も例に漏れず、島で暮らす家族に何かあったのかと思い、すぐに電話に出たところだった。

【さっき桑原さんとこの子から教えてもろてびっくりしたわ！　今日の動画よね？　今お父さんの携帯で探しよるけんね〜どんくらいに出てくっと⁉】

紘の予想に反し、聞こえてきたのはスキップでもするように語尾を跳ねさせる上機嫌な声だった。【あ、これかな、魚料理で上手に高タンパク質てやつかな？】楽しそうにそう言うと、すぐに、動画の前に流れる広告の音声が聞こえてきた。

「もしかして、この電話の用件、それ？」

【そらそぎゃんやろ】

堂々とそう言い切られたとき、紘は両脇の下に水気を感じた。一瞬でも悪い想像をしたからか、汗が湧き出している。

「なんかあったとかと思て焦るやんこっちは」

【こんボクサーの子、ほんとハンサムたい。顔、星野料理長の半分くらいしかなかっじゃなかね。後ろのほうに立っとるみたい】

動画を編集しながら思っていたことをいきなり母に言い当てられ、紘は変なところで血の繋がりを感じる。

【これあんたはいつ出てくっと？】

「いや、そもそも俺は出とるっていうか、スタッフとして映り込んどるだけやけん」

島の人間と話していると、自分の声の音程もテンポも、あっという間に島のそれに乗っ取られてしまう。ただ、声が大きくなりすぎることには要注意だ。この寮は想像よりずっと壁が薄い。

【あ、ちょっと映った！　お父さーん！】

母が突然大声を出したので、紘はスマホのスピーカーにそっと指の腹で蓋をした。【ここ、ほらお父さん、紘映っとるばい、星野料理長と話しとる！】騒々しい様子を聞いているだけで、父が面倒くさそうに相槌を打っている光景が簡単に想像できる。

星野料理長とコラボ動画を撮れないか――そう最初に言い出したのは、磯岡ジムの代表である磯岡弘道《ひろみち》の一人息子・大樹《だいき》だった。

今年三十五歳になる大樹は、磯岡ジム公式Channelを立ち上げた人物であり、町屋の寮に選手たちと共に住んでいるスタッフでもある。これまでも代表の血縁者らしくジムの運営を手伝っていたが、要が人気選手となってからは勝手に、要のマネージャー的な役割を担い始めている節がある。それだけならまだしも、チャンネルの映像制作を担当している紘に対して、表向きは「色々助かってるよ」等と感謝を表明してくるものの、心のどこかで「権限を分散された」と思っていることが丸わかりなのだ。いちスタッフという肩書では隠しきれない自己顕示欲と名誉欲が言動の節々から見え隠れしているのは、もともと弘道を師匠としてボクサーを目指していたが、芽が出ず仕方なく裏方に回ったという過去も影響しているのかもしれない。

「YouTube、紘君のおかげで良い感じに回ってるんだけどさ、そろそろマンネリ化してきてる気もするんだよね。俺たちのチャンネルもそれなりに知名度上がってきたし、有名な人とコラボってのもガンガンやっていきたいんだけど」

俺たちの、という修飾語に少し引っかかりはしたが、チャンネルがマンネリ化しているというのは確かに紘も感じていた。ただ、同意すれば大樹が図に乗ることが容易に想像できたので、紘は「どうっすかねえ」と返事を濁すに留まった。

磯岡ジム公式Channelは、試合に向けてトレーニングを重ねる要の身体の変化を追うドキュメンタリータッチのシリーズ、視聴者に様々なトレーニング方法を解説する教材的なシリーズ、この二本柱で成り立っている。週にそれぞれ二本ずつ投稿しているのだが、そのスタイルでチャンネルの運営を始めてから五か月目に入ったところで、ネタが尽きたわけでなくとも少しルーティン化されすぎているような気はしていた。

「他のチャンネルと比べると、飯系の動画が弱いんだよな。要も実際コンビニのサラダチキンとゆで卵ばっかりだろ？　だから料理系の人とコラボしてさ、高タンパク低糖質のメニューの紹介とかいいと思うんだよ。あの有名な、魚めっちゃさばく奴とかちょうどいい気がするんだけど」

星野料理長ですか、と尋ねる紘に、大樹は「そうそうそんな感じの人。登録者百万人超えてる人」と、登録者数で答えた。

「向こうこそ毎回魚魚でマンネリだろ。コラボ、意外とあっちが喜んだりして」

相変わらず少々不遜《ふそん》な物言いが気になったが、結局、大樹の言う通りになったのだ。

要の動画を制作することが決まってから、紘は、意識的に様々なジャンルのYouTuberの動画を観るようになった。学びは沢山あったが、そのうちの一つは、動画投稿者はとにかく常にネタを探しているということだった。ネタに恵まれているのは、企業が次々に新たな商品、すなわちネタの種を提供してくれるジャンルだ。ゲーム実況やコスメ紹介、子ども向け玩具の開封動画を主に投稿している人たちは、その業界が存在している限り動画で扱う対象自体には困らない。星野料理長が属する料理・食べ物系の投稿者もどちらかというとその系統だが、投稿歴が長く、演者が一人だと、ネタはあっても動画の構成がどうしても通り一遍なものになってしまう。実際、星野料理長の直近数か月の動画の再生回数は、莫大な登録者数に比べて少々物足りない状態に陥っていた。

ただ、とはいえ磯岡ジム公式Channelの登録者数と星野料理長の登録者数では、百万人以上の差がある。コラボなんて無謀な依頼なのではという空気が流れると、大樹は紙の煙草をたっぷり味わいながら言った。

「大丈夫大丈夫。星野なんとかが人気なのって正直、動画投稿始めたのが早かったってだけだろ。新しい人気者に飛びつきたいに決まってるって」

大樹の過剰な自己評価の高さは、行動力に直結するという意味では役に立つ。星野料理長は、多くのYouTuberやインフルエンサーを擁する事務所に所属しており、調べればすぐに問い合わせ先が分かった。星野料理長のマネージャーが〝リング史上最強の顔面〟という言葉を知っていたということもあり、話は予想以上にスムーズに進んだ。大樹の「新しい人気者に飛びつきたいに決まってる」という読みは、あながち間違っていないようだった。

新しい形のエンターテインメントを——星野料理長を始め多くのYouTuberが所属する事務所のサイトには、ページが切り替わるたびそんな文言が表示された。確かに、立派な撮影スタジオをいくつも持っていたり、従来の芸能事務所よりも設備が整っているだろうオフィスには先進性を感じたが、所属する人たちを頑《かたく》なに〝YouTuber〟ではなく〝アーティスト〟と呼称する姿勢に、紘は少し笑ってしまった。新しい形、新しい価値観を、と謳いながら、従来の物差しに基づく品質保証を喉から手が出るほど欲している気持ちがぬらぬらと輝いて見えるほどだった。その証拠に、大樹がまるで自分の手柄のように「うちの映像は有名な映画の賞を取った人材が手掛けているので」と話したとき、事務所の社員の何人かが目を光らせたのが分かった。結局、撮影後には名刺まで貰ってしまった。

【なあなあ、聞いとる？】

テーブルに置いたままにしていたスマホから、母の声が飛んでくる。

「ごめん、ちょっとぼーっとしとった」

【サインはやっぱ難しかかなあ？　星野料理長とはもう会わんと？】

「サイン？　星野料理長の？」

いかにも母親らしい要望と、作業の進んでいないパソコンの画面に挟まれて、紘は一旦、集中力の糸を潔く切ることにする。

「次会うときあったら頼んでみるけん」

【えーありがとう！　無理やり頼んだみたいでごめんねえ。ばってん今日のダイエット向きの魚料理、うまかごたったばって素人には難しかなあ】

喋り続ける母の向こう側から、日常的にカメラを向けられる前に比べると発声も滑舌も格段に良くなった要の声が聞こえてくる。

【明日、磯岡ジム公式Channelのほうでも星野さんとのコラボ動画がアップされます。こちらでは、腰の痛む方でもできる腹筋の方法、星野料理長も悩まされているという腰痛の予防に効く筋トレなど紹介していますので、そちらもお楽しみに！】

フィットネス解説系動画のときの要は、大樹の指示通り動くことを厭わない。要は、大樹が明らかに自分の名誉欲のために要を利用しているとわかる場面でも、大樹を拒否しない。自分を拾ってくれた場所への恩を大切にし、かつ、自分の身体を強くすることだけを考えているその姿勢は、結局、何を放り込まれたってアイデンティティが揺るがないくらい、強い。

紘は、編集ソフトの画面に映されている要の姿を見つめる。フィットネス解説系動画のときとは全く違う、この世界の光源のような両の目。

本物である人は、どんな環境に置かれても、その凄味が削られない。

要に対してそう感じるたび、紘は、YouTubeに動画を投稿することを頑なに拒んだ尚吾のことを、一瞬だけ思い出してしまう。

【明日はあんたんとこのチャンネルに星野料理長出《づ》っとやろ】

「え、あ、そうそう」

紘は、眠気の息の根を止める毒薬かと脳が勘違いするほど濃く淹《い》れたコーヒーを、一口啜る。

「編集大変やったけん、いっぱい再生してな」

投稿者同士でコラボ動画を撮るときは、お互いのチャンネル用に一つずつ、計二つの動画を撮ることがスタンダードとされている。今日は星野料理長のチャンネルで料理系の、明日は磯岡ジム公式Channelでトレーニング系の動画がアップされる。要以外の人物がメインで登場する動画ということで、ルーティン化していた編集作業に変化が加わり、想像以上に時間がかかってしまった。

しかし、と、マグカップを置きながら紘は思う。

「なんか、変な感じばい」

【何が？】と、母。

「いや、母さんが、テレビ以外でチャンネルとか言うとっとが」

数か月前では考えられなかったことだ。それは自分も含めて、だが。

【もうテレビば全然観んごとなったでなあ。あ、そや、あんた年末こっち帰ってくっと？】

まだ十一月なのに気が早いな、と思いつつ、そこに薫る母の思いに目尻が下がる。なんだかんだ言って一人息子が再び東京に行ったことが寂しいのかもしれない。

【帰ってこんとやったら早めに言うてな。お父さんと旅行行こかて話しとるところやけん】

「なんじゃそりゃ。まーでも実際帰れるかどうかわからんけんなあ」

予想外の発言に拗《す》ねたわけではなく、年末年始にしっかり休暇を取ることができるかどうか、まだ判断ができなかった。年末年始こそフィットネス関連の動画は需要が伸びそうだし、投稿スケジュールも変更なしということであれば、帰省は難しいかもしれない。

【なんね、そぎゃん忙しいと？】

「うーん、まあ」

【年末年始も休めんほどね？　数分の動画なんて、ちゃちゃっと作れるとじゃなかね】

無邪気な母の声に、紘の背中が椅子から離れる。

「今さ、ちょっと長か動画、作ってみよっとよ。YouTubeで要の映画みたいなやつば公開できんかなって思っとってさ」

喋りながら、こんなこと母さんに言ったところでしょうがないか、と思ったが、実際の返事は【ふうん、大変そうねえ】という元々低かった期待をさらに下回るものだった。

「まあそんな感じやけん。心配せんどって」

【心配しとっとはあんたじゃのしてサインもらえるかどうかやけん】

じゃ、と通話を切ったスマホをテーブルに置くと、紘は改めてパソコンの編集画面を見つめる。そこに映されているのは、ただ強くなりたいと願う男の肉体だ。その姿から放たれるオーラは、星野料理長の隣に立っているときと同一人物とは思えない。そんなものをレンズ越しに見せられてしまうと、もっと長く、より魅力的に、その対象を映し出したくなってしまう。

かつて尚吾と名画座で観た、様々な名作映画のように。

紘は編集画面を閉じ、YouTubeの管理画面を開く。明日アップする予定の動画がきちんと予約投稿の設定になっているかどうか、母と話しているうちに気になってきていたのだ。

磯岡ジム公式Channel。チャンネル登録者数70,561人。累計再生回数12,085,472回。

もう見慣れたはずの桁数なのに、ここにアップされている動画はほぼ紘が制作したものなのに、管理画面にログインするときは、いつだって悪いことをしているような気持ちになる。

ここ数週間は一つの動画の再生回数が二十万回を超えており、登録者数より再生回数のほうが多いという理想的な状態となっている——というのは大樹の見解で、紘は、登録者数とか再生回数とか、そういうことをあまり気にしていなかった。大樹は、管理者のみが知ることのできる視聴者の性別、年齢層などの情報から動画の広がり方を分析することが楽しいらしく、週に一度はその情報から読み取れることを頼んでもいないのに報告してくる。それだけならば別にいいのだが、ここ最近は、合っているかもわからない分析に基づいて動画の内容に注文をつけてくることが増えた。そのたび、「撮影と編集というポジションは奪われたが、チャンネルを司る者という立場までは譲らない」という大樹の野心が、鼻先までむわっと臭い立つ。

紘は、マウスから手を離し、コーヒーの入ったマグカップに触れる。夢を持った、そして夢破れた若者たちが数えきれないほど出入りした寮の中で、この一角だけが新進企業のオフィスのようだ。

町屋の夜は静かだ。町全体にどこか寂しさがこびりついているようで、東京らしくないその雰囲気が、紘は嫌いではなかった。

時刻は零時を回ったところ。隣の部屋に住む要は、明日のロードワークのためにもう床に就いているだろう。

いつの間にか、毎日映像に携わる生活をしている。携わり方の濃度だけ見れば、島のプロモーション映像や『身体』を撮っていたとき以上かもしれない。常に、次に撮るもの、次に編集する素材で両手がいっぱいだ。幸い意欲も体力もあるが、腰を据えて何かを考える時間は足りない。アウトプットにインプットが追いついていない感覚が怖い。だけど、とにかくどんどん動画を出し続けるというのが、大樹が絶対に譲らない方針のひとつなのだ。

動画の投稿を始めた季節も良かったのだろう、チャンネルが本格的に動き出したのが、偶然にも、間近に迫った夏に向けて体型を気にかける人が増えるタイミングだった。もともと〝リング史上最強の顔面〟というフレーズが一人歩きしていたということもあり、まずは女性視聴者が一気に食いついた。そもそもトレーニングなどダイエットにまつわる動画は需要も供給も多い活発なジャンルらしく、ひとつ人気の動画が生まれれば、あっという間に多くの視聴者のタイムラインに関連動画として掲載されるようになった。そのときに、サムネイルに必ず含ませていた要の整ったビジュアルが、大きな釣り針として機能した。

チャンネルの人気、知名度、収益の増加と、大樹の助言の頻度は比例していった。そのころはまだ、動画の編集方針などではなく、チャンネルの広め方に関する助言がほとんどだった。

的外れなものも多くあったが、その中で特に効果があったのは、登録者が三万人を超えたあたりから取り入れた、YouTube 以外のサービスで予告編を公開し、そのサービスのユーザーをYouTube に誘導するという試みだった。Twitter、Instagram、TikTok、それぞれで磯岡ジム公式Channelのアカウントを開設し、各ＳＮＳに合った画角、テンポ、ボリュームの予告編を作成し、公開したのだ。思わず全編を見たくなるように本編を切り貼りした短い予告編は、特に、YouTubeほど規約がまだ整っていない故おすすめ動画に載るまでのハードルが低いTikTokで大きな影響力を発揮した。TikTokのことを「若い子たちがダンスしたりする、よくわからないけどめちゃくちゃ流行っているらしいアプリ」とだけ認識していた紘は、YouTubeのコメント欄に突如現れた「TikTokから来ました」という文言の多さに心から驚いた。頭の中で、泉に、やっぱ紘さんって古いっすねえ、と笑われた気がした。

要の顔面、需要の多いジャンル、関連動画への登場、他のＳＮＳでのアピール……偶然の幸福が様々に重なったのだが、何より磯岡ジム公式Channelを人気アカウントにまで伸《の》し上げたのは、紘の編集能力だった。

――編集のクオリティ高っ！

――この画質で拝むイケメン、最高です。

――観やすいしためになるしカッコイイし、何これ無料で観ちゃっていいんですか？　編集はプロの方に任せてるんですか？

一本目の動画にそんなコメントが多く付いたとき、紘は、視聴者は一体何を観ているのだろうと思った。アップしている動画は、大樹から「いい加減、次を公開してもらわないと」とせっつかれたから続々と公開に踏み切ったものばかりで、肝心のクオリティは満足いく水準に全く達していなかったからだ。

そんな細かいところ、誰にもわからないから。

もう時間がないからちょっとは妥協することも学ばないと。

とにかく完成させなきゃ始まらないんだって。

大樹が放つ言葉は、『身体』を撮っていたころ、尚吾以外のサークルのメンバーが尚吾のいないところで零していた台詞と重なった。

結局、大樹に急かされる形で一本目の動画を公開したとき、紘の頭の中にはカメラを構える尚吾の姿が浮かんでいた。この動画を尚吾に観られたら、なんて言われるだろう。紘はまた、部室の壁に飾られているボードの中の尚吾に睨まれているような感覚を抱いた。

——どのチャンネルよりも観やすいです。

——顔面の強さを引き立てる編集に感謝。

——編集、外注なのかなーセンスいいなー。

降りかかるコメントの中で、紘ははっきりと気がついた。これは、自分の編集のクオリティが褒められているわけではない。他のYouTuberたちが、編集のクオリティをそこまで重要視していないだけなのだ、と。

トレーニング解説系の動画は、形式がほぼ決まっている。映像表現というより見やすさが大切なジャンルでは、少し本格的な編集を施すだけで、明確に差別化ができた。そして、このチャンネルにはトレーニング解説系だけでなく、要の身体の変化に重点を置いた、ドキュメンタリー系の動画もある。こちらでは編集のこだわりをできるだけ貫いた結果、こんなコメントまで付くようになっていた。

――スポーツブランドのＣＭみたい。

――これもうＰＶレベル。

――全体的に昔の名作映画みたいでかっこいい。

名作映画みたいでかっこいい。

名作映画。

――どっちが先に有名監督になるか、勝負だな。

「よいしょっと」

紘は椅子から立ち上がると、両手を伸ばして背中を反らせる。ぽきぽきと鳴く骨が、珍しく外で映像を撮り続けていた今日一日の疲労を代弁してくれている。

今日、要はとある番組の収録に参加していた。紘は磯岡ジム公式Channelで公開するメイキング動画を撮るために同行していたのだが、役目はなくとも大樹もついてきた。マネージャー、という肩書が記された名刺と併せて購入したらしい新しいスーツは、動きやすい服装ばかりのスタッフ陣の中で一際目立っていた。

今回要に出演依頼をしてきたのは、全国ネットのテレビ局ではなく、FlapTVという媒体だった。星野料理長の所属する事務所が運営しているインターネットテレビ局だ。YouTube 内に二十四時間いつでも何かしらのコンテンツが流れているチャンネルがあり、放送後はすぐに番組ごとに分割されてアーカイブ配信される。視聴媒体がパソコンやスマートフォンであること、放送中の番組も観始めた時点で冒頭までサーチできること等から、「テレビと違って、動画が途中から始まらない」「Flap っていう名前の通り、ホントにテレビから羽ばたくって感じ」と、主に十代、二十代の間で好評を博している。

ニュースに音楽番組にオリジナルドラマ、番組のラインアップ自体は全国ネットのテレビ局と遜色ない。視聴形態に加えてテレビ局と大きく違うのは、いわゆる芸能人やタレントではなく、YouTuberやインフルエンサーと呼ばれる人たちでほぼ全ての番組が成り立っていることだ。音楽番組に出演する歌手も、ドラマを構成する役者陣も、そのジャンルに属するYouTuberやインフルエンサーばかりなので、クオリティに関しては厳しい意見が多いものの、視聴者数は右肩上がりに伸びているという。【出演資格：新世代スター】というキャッチコピーも、チャンネル開設当初大きな話題になった。

要に出演依頼があったのは、そのFlapTV内の名物番組だった。

上半身のストレッチを終え、紘はマグカップを手に取りキッチンへと向かう。コーヒーを温め直すべく、電子レンジのスタートボタンを一応、そっと押す。そうしたところで元気よく動き出す電子レンジの音は軽減できないのだが、明日に向けて英気を養っているはずの要に対するせめての礼儀だ。

マグカップとアイコスを抱え、枯葉や虫の死骸だらけのベランダに出る。洗濯ものも十分に干せないほど狭いスペースだが、ないよりはましだ。

FlapTVの編成は運営に関わる人の意向が存分に反映されているらしく、全国ネットのテレビ局では深掘りされてこなかったジャンルの番組が徐々に増えている。eスポーツ、2・5次元の舞台、格闘技、性産業、カジノ、世界の大学で行われている最新の研究——それぞれ、これまでスポットライトが当たらずともそこに眠っていたスペシャリストたちの活躍の場となっており、最近では音楽番組やドラマよりもこちらのほうが話題になることも多い。

要が今参加しているのは、FlapTVの中でも人気の番組、『闘魂・輪廻転生《りんねてんしょう》』だ。

番組の内容は、怪我《けが》などで引退を余儀なくされた二人の伝説的アスリートが、原石と称される次世代選手をそれぞれ選定、育成し、最終的にその次世代選手同士で試合をするというものだ。伝説的アスリートと次世代選手との出会いから育成までのパートは収録で行われ、最後の試合は生配信される。伝説的アスリートはいつしか、自由に肉体を動かすことのできる若い選手にかつての自分を重ね、選ばれた次世代選手は、様々な技を伝授してくれる師匠のためにももっと強くなりたいと願うようになる。そんな、世代を超えて感情がクロスすることで生まれる人間ドラマがシーズン毎に話題を呼び、女性のレスリング選手という縛りで行われた前シーズンなど、最後の試合の同時視聴者数が八万人を超えた。番組公式ハッシュタグは、全国ネットで放送されている数々の番組のそれを抑え、しばらく日本のトレンド一位に君臨していた。

今シーズンは、若手の男性ボクサー縛りでメンバーが選出されており、要は次世代選手枠の一人として声を掛けられた。「これは絶対に受けるべき」と鼻の穴を膨らませた大樹は、勝手にOKの返事をしていた。いつしか要に関わるあらゆる物事のジャッジは大樹が行うようになっており、要も、ジムの代表を務める大樹の父親も、そのことに関してはあまり気にしていないようだった。

つん、と、冬の始まりの匂いがする。街並みに都会っぽさはないが、狭い土地に小さなアパートがぎゅうぎゅうづめに建てられているこの感じは、それはそれで東京らしい。目に映る幾つかの窓辺の光を消すように、紘は、二階から見える景色に向かってふうと煙を吹きかける。

今日は、収録パート最後の日だった。毎回メイキング用の映像を撮るために同行しているが、生放送の試合に向けた最後のトレーニングということで、現場は緊張感に満ちていた。企画が始まるまでは、たった二、三か月の交流でお互いにそこまで影響を与え合うものなのかと思っていたが、要を教える元ボクサーの表情も、元ボクサーに教わる要の表情も、初回収録のときのそれとは明らかに異なっていた。

紘は、夜の闇をスクリーンにし、これまでレンズで捉えてきた様々な愛《いと》しい瞬間を映し出す。

新たに取り入れたトレーニングを経て、本人の与り知らぬところで変化してゆく肉体。これまでとは違う筋肉の動かし方を教わることで、鮮やかに軌道を変えるパンチのフォーム。元ボクサーの言葉を受け取るときの、要の真剣な眼差し――今でも飽きることなく映像に携わることができているのは、被写体が要だからだ。紘は改めて、そう感じる。

広大な海面や豊かな山肌が、そんなつもりはなくとも四季を映し出してしまうように、要のボクシングへの真っ直ぐな精神が作り出す端正な肉体は、その中に眠る心を炙《あぶ》り出すたったひとつのキャンバスとなる。本人は、ただそこで心身を鍛えることだけを考えているはずなのに、その真摯さゆえ、声なき声が肉体に滲《にじ》み出てしまうのだ。自然でも、人間でも、本人が意識しないところから声なき声が染み出ている様子は、見る者をそこに縛りつけてしまうほどの魅力を発揮する。

龍川清之の顔のアップのみで成立している、映画『門出』のポスターのように。

名作映画みたいでかっこいい。そんなコメントを見つけたとき、紘は視界のピントが脳の中心に合ったような感覚を抱いた。なぜなら、それは、ドキュメンタリーシリーズの映像を編集しているときにまさに自分自身で意識していたことだったからだ。

大樹の出世欲の養分にされているのでは、と思わず紘が心配してしまう場面でも、要はひたすら強くなることだけを見据えており、ジムの収入になるならば、そのお金で設備をより整えてもらえるならばと、要求に応え続けていた。そんなふうに、心に不純物のない状態で何かに向き合っている人間の表情は、かつての名作映画に名を連ねていた名優たちのそれと通ずるものがあった。

龍川清之や行田領監督のように、余計なものをすべて撥《は》ね除け、とある一つの道を究める人。要のように、降りかかるものすべてを受け入れたとして、目標に向ける気持ちの強度が全く削られない人。やっていることは真逆のように見えて、そこに宿る凄味は実はすごく似ているのではないかと、紘はそう思うようになった。

一服を終え、紘は室内に戻る。風雨に晒されたベランダ用のサンダルは、使うたび今回こそちゃんと洗わねばと思うのだが、結局後回しにしてしまう。

『闘魂・輪廻転生』の収録に参加する要をレンズ越しに見つめながら、紘はいつしか、要のことを本当に名作映画に出てくる名優の如く撮りたいと思うようになっていた。『身体』を撮っていたのはプロテストに向かう期間だったが、そのときに見られた変化よりも大きな何かが要の心身を激しく揺さぶっているのは、誰の目にも明らかだった。指導者を替えるというのはそれほどまでに影響を及ぼすことなのかと、メイキング用に撮影した映像を観直すたび新鮮に驚いてしまう。そして、驚くだけでなく、向上心ゆえの素直さと優れた身体能力を持つ者にしか訪れないだろうその尊い変化を、本人が無意識に周囲に与えてしまっている声なき影響を、視聴者や要を応援してくれている人たち、何より要本人の眼前に突きつけたい欲望に駆られるのだ。

パソコンデスクに腰を下ろし、編集ソフトを再び開く。一時停止されたままだった要の姿に迎えられる。

どうせやるなら、今YouTubeで公開しているドキュメンタリーシリーズよりももっと丹念に丁寧に磨き上げて、本人にとっても視聴者にとってもサプライズ的な贈りものになると面白い。微細な、だけど確かな変化を感じ取ってもらうためには、数分ごとにブツ切りにするのではなく、この三か月の道程を一息に観てもらうのが一番だ。それならば、二時間の大長編を、動画を分けることなく広告をつけることもせず、磯岡ジム公式Channelで公開するのはどうだろう。そうなると、公開のタイミングは『闘魂・輪廻転生』の最後の試合が生配信された直後しかない。要の注目度が最大値まで跳ね上がったところで、一気に公開するのだ——。

マグカップのコーヒーに口をつける。少し肌寒い部屋の中で、想像以上の苦味に紘は顔をしかめる。

二時間の映像を制作しようと決めたとき、まず頭を過ったのは泉の声だった。いま自分たちが対価として支払っているのはお金じゃなくて時間だとか、本気の一作に向き合うのは疲れるだとか、機材を借りたときに聞いた言葉たちは、しばらく、紘の頭の中で揺れていた。そして、次に頭を過ったのは大樹の存在だった。広告のない二時間の動画なんて再生回数を稼げなくて効率が悪い、もともとドキュメンタリー系動画よりフィットネス解説系動画のほうが人気なのだからそっちを沢山アップしたほうがいい——飛んでくる反対意見が容易に想像できた。

だけど、やりたい。

やりたいのだ。

そう感じる瞬間が繋がって、いつのまにか映像を作ることで生活ができるようになっているのだ。

時計を見る。深夜の零時四十一分。『闘魂・輪廻転生』の生配信の日まで、あと一週間もない。

「よし」

誰にともなく紘がそう呟いたとき、画面の中の要の両目が、さらに強く光った気がした。


「毎日投稿」

紘は、大樹の口から放たれた言葉を再度確認するように、繰り返した。

「そうそう。『闘魂・輪廻転生』が終わった辺りから、動画を毎日投稿に切り替えてもらうから」

事務室の外側から、若い肉体が鍛錬に励む音が聞こえてくる。スパーリング中の掛け声、サンドバッグに拳が弾ける音、種類の違う様々な音色が、二人の間に生まれた気まずさを曖昧にしてくれている。

紘はその日、『闘魂・輪廻転生』の最後の試合に合わせて公開する大長編のため、さらなる素材を求めて磯岡ジムを訪れていた。だが、カメラを準備している途中、大樹に「お、ちょうどよかった、ちょっと話あるから」と声を掛けられてしまったのだ。大樹は、何かを提案するとき、相手に選択肢を与えない言い方をする。

「あの番組の注目度を利用しない手はねえよ。客が増えたタイミングで数打たねえと」

大樹が紙の煙草に火を点ける。大樹はアイコスを煙草と認めていない。

YouTubeの世界では、一時《いっとき》〝毎日投稿〟という言葉がまるで長い歴史から生まれた四字熟語の如く浸透していた。事実、人気のチャンネルは（一時的にでも）動画を毎日投稿する形式を取っていることが多かった。大樹は、磯岡ジム公式Channelもそれをやってみようと言っているのだ。

「年明けぐらいには、サブチャンネルってやつも作ろうと思ってる。メインチャンネルで毎日投稿、サブチャンネルで裏側のゆるい動画、みたいな。な、人気YouTuberって感じだろ？」

そう語る大樹の向こう側から、ビー、というタイマーの音が飛んでくる。外の世界がどんな季節でも、リングの上だけはいつだって真夏の様相だ。

「毎日投稿にプラスして、サブチャンネルですか」

紘はまた、自分に言い聞かせるように繰り返す。

アーティストのライブ映像や映画など、様々な映像作品のパッケージにいつしかメイキング映像が収録されるようになったように、YouTuberが運営するチャンネルにもメインとサブという文化が根付いている。登録者数が十万人を超えるような人気YouTuberとなると、しっかりと編集した企画ものをメインチャンネルで投稿、字幕すらつけていない撮って出しのような映像をサブチャンネルで投稿、というのが王道の運営方法となっており、中にはメインもサブもどちらも毎日投稿しているようなチャンネルも存在する。むしろサブチャンネルのほうが投稿者たちのプライベートに近い部分を見られるということで、アイドル的人気を得ているYouTuberほどサブチャンネルの人気が高い。

「俺、ここ最近ずっと、人気の奴らの動画観て回ってたんだけど」

大樹の口元が歪む。

「今はもう、クオリティの時代じゃないってことがよくわかったよ」

こちらを向いている煙草の先端が、腐りかけた銃口のように、じわじわと黒ずんでいく。

「まず完全に、質より量。面白いかどうかより毎日顔見せてるかが大事。いかに視聴者の毎日にあるスキマ時間に滑り込むか、ここが勝負なんだよな。内容は、YouTube 内で流行ってることを何でもいいからとにかく真似とかでいい。あとはバズり待ち。本当に面白いことやってる奴はごく一部。大体はこっちのケースだな」

いつもなら、近くで煙草を吸い始めた人がいると自分も吸いたくなるのだが、今はなぜか、慣れているはずの煙草の匂いがやけに苦々しく感じられる。

「そういう人たちもいるみたいですね」

「そういう奴らばっかりだろ」

大樹は、まるで灰でも落とすかのように、紘の言葉を簡単に振り払う。

「うちもさ、もうある程度客ついたし、もうどんな内容でも逃げ切れるだろ。もっと再生されるためには、あいつが人目に触れる回数を増やすってのが一番いい」

——シッ、シッ。

「プラットフォームに合わせた発信方法にシフトするっていうのは、基本だろ」

おいしそうに煙草を味わう大樹の向こう側から、空気が漏れるような音が聞こえてくる。

要がパンチを繰り出すときに吐き出す息だ。

「あの」

――シッ、シッ。

徹夜で編集した動画の中で、何度も何度も聞いた音だ。

「毎日投稿は難しいです」

要は今この瞬間も、高みを目指している。

妥協せずに、こだわり続けることによって。

「これ以上、動画一本当たりにかける時間を短くすることはできません」

大樹の吐き出した煙が繭《まゆ》となり、ジムから聞こえる音が遮断される。

「これまで通りのクオリティを保つためには週四投稿が限界です。むしろ、今ちょうど準備しているものにはもっと時間を」

掛けたくて、と言いかけたところで、紘は一度口を噤《つぐ》んだ。頭の中には『闘魂・輪廻転生』の最後の試合に合わせて大長編を公開する構想があったが、今そんなことを話せば目の前の男に反対されるに決まっている。たった一本の動画に時間と手間を掛けたいという気持ちは、今の大樹には到底伝わらないだろう。

「いつも、丁寧に動画作ってもらってありがたいと思ってるよ」

紘が次の言葉に迷っていると、大樹は新たな煙草に火を点けた。

「チャンネル登録者がここまで増えたのも、お前のおかげだと思ってる」

人が肯定から話し始めるとき、それは次の衝撃を受け止めさせるためのクッションだ。紘は、腹の底にグッと力を込める。

「だけど時代は、質より量なんだわ」

大樹の口元がやけに優しく緩む。

「お前も最初のほうは言ってたじゃねえか。とにかくやってみましょう、とにかく動画作ってアップしてみましょうって」

頭の中に、泉の声が蘇る。

――俺、いいことだと思うんですよ。動画投稿とかするときの、とりあえずクオリティ気にせず世に出しちゃえって感覚。百点まで質を高めてから、っていうほうが無理ですもん。

「自分の発言に、責任持てよ」

蘇った泉の声を、大樹の吐く煙が覆い隠していく。

磯岡ジム公式Channelに関わることになったときは、確かに、泉の言葉に背中を押されていた。そして実際に今、これまで撮ってきた映像と比べればクオリティにはこだわっていない作品を世の中に公開している。室内から外に出たときは画面が一度白く飛んでしまうし、声が聞きとりづらいところはテロップでわかりやすく補っている。映画を撮っていたころはそんな編集を施すなんて考えられなかった。だけど、それでもきちんと広告収入は発生するし、何十万人もの人に観てもらえている。

紘は思い出す。中央シネマタウンで『身体』の特別上映を行ったとき、たった一回なのに座席が埋まらなかったこと。その様子を見て、ぼんやりと、このやり方で生計を立てるのは難しいんだろうなと感じたこと。

そんな立場にいながら、大樹の言うことに頷けないのは何故だろう。どうせ再生されるのだから毎日投稿すればいいという論理に今さら同意できないのはどうしてだろう。数打ちゃどころか打てば打つだけ当たるような道を選んでおいて、本当にそうなりかけた今、何かが自分の足を止めている。

「よし、わかった」

紘の沈黙が面倒になったのか、大樹がパンと手を叩いた。

「まあ、体力的に無理なら仕方ない。現時点で動画を編集できるのはお前だけだし、身体壊されたら元も子もねえし」

大樹はいつの間にか、紘が毎日動画を投稿できない理由として、体力的な側面をピックアップしたようだ。そうすれば、込み入った話をせずともこの議論を終えられるという企みが透けて見える。

「投稿数を上げるのが無理だって言うなら、広告の数を増やす。それでどうだ？」

この代案が出てくる時点で、大樹が動画を毎日投稿したい理由は、視聴者の存在ではなく自分たちの収益にあるということがより明確になった。YouTubeでは、十分以上の動画には複数の広告を付けられる。ひとつの動画ごとに発生する収益は、その動画がスキップなしでどれくらい再生されたか等によっても額が変動するので予想しづらいが、広告の数を増やせば収益は確実に上がる。

大樹はとにかく、実入りを増やしたいのだ。

「少なくともフィットネスシリーズの動画は、構造上、今より広告を増やすことは難しいです。それは大樹さんもよくわかってると思いますけど」

最後の一言に、大樹の眉がぴくりと動く。だけど、負けるわけにはいかない。

フィットネスシリーズの動画は、まず要によるトレーニング内容の説明が行われ、その後要と一緒に十分ほどの実践ができるような構造になっている。そのため、広告を差し込んでいるのは動画の最初と最後のみだ。トレーニング実践中に広告を差し込むというのは、あまりにも視聴者の存在を軽視している。

「他の動画だって、無理やり十分以上に引き延ばしたところで間延びするだけです。そんなチャンネル、良識ある視聴者は離れていくと思います」

「良識、ねえ」

大樹が、フッと鼻から息を漏らす。

「俺は少なくとも、今の視聴者に良識なんて感じたことないけどな」

大樹の視線が一瞬、リングがあるほうへ泳ぐ。

「試合の結果じゃなくて要の外見ばっかり気にしてよ。勝ち負けがハッキリしてるリングの上のほうが、遥かに良識があるように見えるね」

勝ち負けがハッキリしているリング。再生回数という可塑性《かそ》にまみれた指標によって、対価が変動するプラットフォーム。

「ルールなんてあってないような場所で良識とか言ってても、損するだけだぜ」

シッ、シッ。要がパンチを繰り出す音が、ジムのほうから聞こえてくる。

戦う者の音が、紘の五感を刺激する。

ボクサーは常に、リングの上で生み出したものでしか測られない。どれだけ人気があるのか、どれだけ努力したかなんて関係なく、最新の試合結果でのみ、ボクサーとしての価値を定められる。

毎日投稿しているからすごい、人気だからどんな動画を差し出しても喜んでもらえる、内容を薄めたっていいから収益を増やすほうを選ぶ——そんな世界とは対極に位置するリングの上で、要は今も、誰に見せるわけでもなく鍛錬を積んでいる。

シッ、シッ。

「そうだとしても、それでも」

紘は口を開く。

「ないものをあるように見せるのは、違うような気がするんです」

大樹の表情が渋くなる。

「人気を得るためには投稿数を増やす、流行を取り入れるっていうのはよく聞く話ですけど、それを目的にして走れる感覚が、俺にはありません」

紘の目の前で、大樹が、溜息《ためいき》と共に煙を吐き出す。

「視聴者に効果的なトレーニング方法を共有することがこのチャンネルの目的なわけで、それなら今のままで十分なんです。中身のないものを無理やり引き延ばして人目に触れる機会を増やしたって、それだと本末転倒っていうか」

「だから、転倒しないんだよ」

大樹は、まだ長い煙草の先端を灰皿に押し付けた。

「今ついてる客を相手にしている以上、俺たちは転倒しない。本末、で留まれる」

今ねじ伏せられたのは、煙草の先端だけではない。紘はそう感じた。

「お前が中身のあるものをっつって動画出さないくらいなら、要が猫と戯《じゃ》れてる動画でも出してくれたほうが客も喜ぶ。そんなことしてたら結果的に良識ある視聴者を失うとか、そういう、これまでの時代の論理が通じる話じゃないんだよ」

これまでの時代の論理。その言葉が、重く響く。

「知ってるか？　ちょっと前、ありえない利回りの投資を視聴者に売りつけようとして炎上した奴がいただろ。あんなの、完全に悪人だよ。たとえ法律に違反してるわけじゃないって言っても、道徳に違反してる。ただの詐欺だからな、あんなの」

道徳、という言葉が大樹の口から出てきたことに、紘は驚く。

「知ってます。そのあと活動休止を発表した人ですよね」

そのニュースに関しては紘もよく覚えていた。多くの視聴者を抱える配信者が、言葉巧みに実現し得ない新技術を動画で紹介し、投資を促すというものだった。そのニュースを教えてくれた尚吾は、「こんな奴がちやほやされてるの、おかしいよな」と怒っていた。

「他にも、選挙掲示板に自分の写真貼って警察沙汰になった奴とか、街にいる一般人の容姿を貶《けな》すゲームをしてた奴とか、とにかくYouTuberで問題起こしたバカは沢山いる。謝罪に次ぐ謝罪、ネットニュースがそんな風になってた時期、あっただろ。そのたび、そんな奴らはほんの一部で、他のYouTuberは違う！みたいな擁護の雰囲気があったけど、今はそこからもまたフェーズが変わった」

ふう、と大樹が煙を吐く。

「問題起こした奴らは皆、すぐ復帰して今はもう前と変わらず楽しくやってんだよ。問題起こして謝罪、までしかニュースにならねえし、そこで世間は散々叩いて終わりって感じだけど、どいつもこいつもすぐに復活してる。芸能人じゃそうはいかねえけど、こっちは膨大な数の動画の精査をAIが担当してるような無法地帯だ、すぐにまた活動を始められるし逃げ道はいくらでもある。まあ、一回のミスで人生全部終わらされるのもどうかと思うけど、もう政治家かYouTuberってレベルだろ、〝転倒〟がなかったことになるあの感じ」

「でもそんなの」

「世間が許さないんじゃ、って言いたいかもしれないけど、それも無駄だ」

バカ、や、無駄、という強い響きを持つ言葉を、紘は自分の鼓膜から引き剝がそうとする。

そうしないと、要が鍛錬を積んでいる音が聞こえない。

「俺、分かったんだ。今の時代、百万人の世間が断罪しても、十万人の信者がいればその中で生きられる。どんなに非道な行為でも、大勢の人前でやればそれはパフォーマンスになって、ファンがつく。どれだけ炎上したとしても、情報量が多い今、すぐに全部が有耶無耶《うやむや》になる。どこもかしこも埋め立て地、都合良く上書きし放題だ」

やっと、紘の耳に、聞きたい音が戻ってくる。

「お互い、もう何だっていいんだよ」

シッ、シッ。

遠くで手招きをするみたいに、要が拳を突き出している。

「だとしたら、その中ではもうできないです、俺は」

紘は気づくと、そう言っていた。

「どうせ皆忘れるから、じゃなくて、皆にずっと覚えていてほしいって思いながら、手を動かしたいです」

大樹が面倒臭そうに、ソファの背もたれに身体を預ける。

「すぐに忘れられてしまうとしても、せめて、そのときの自分にとっての百点のものを世に出そうって、そう思っていたいので」

「あー、そっか」

思い出したように、大樹が口を開いた。

「お前ってまだ二十二歳とかなんだっけ。勝手にジムのスタッフくらいな感じで話してたけど、あれだな」

大樹は、自分自身と紘を交互に指す。

「俺と同じ、夢破れた組だったたな」

シッ、シッ。

「映画監督になれなかったんだろ？」

ビー。

タイマーの音が、何かに明確な線を引くように響く。これはきっと、休憩を示す音だ。

ということは、今から耳を澄ませたって、もうあの音は聞こえてこない。

肉体においては、何かを都合良く埋め立てることなんてできない、ないものをあるようにすることなんて絶対にできないのだと示してくれる、一秒ずつの鍛錬の音。

「俺、YouTube始めて、こんな天国みたいな世界があるんだなって思ったよ」

大樹の言う天国という言葉には、幸福な響きが全く伴っていない。

「そのときの自分にとっての百点が求められてるわけじゃない。毎日投稿してること自体をすごいって言ってくれる人がいる。動画長くして広告いっぱいつければ実入りは増える。ないものをあるように見せられるし、そういう奴でも勝ち続けられる」

大樹の瞳が、一瞬、翳《かげ》る。

「かっこよく見えるようにリングに立つだけで沢山の人から称賛されるなんて、そんな天国、俺はもっと早く知りたかったよ」

リング。

の上に、この人もいたんだ、かつて。

ふと、紘は、そう気がつく。

要のように、拳ひとつで、誰の目にもわかる形で今の自分の百点を見せつけることができて、勿論その逆で零点をはっきりと晒してしまうこともあって、ないものをあるようになんて絶対にできなくて、どれだけ美しいフォームでどれだけ渾身のパンチを繰り出してもその瞬間に当たらなければ意味がなくて、それまでの努力より最新の試合の勝敗に何もかもが司られる世界に、この人もいたのだ。

そして、そこから、立ち去らなければならなかったのだ。その後はずっと、鎮火しきらない燻《くすぶ》った思いを抱えたまま、ジムをどうすれば存続させられるのか、リングを目指す若者たちを支えながら考え続けていたのだ。

その時間を経て辿り着いた、無限にパンチを繰り出せる、かつ、いつかどれかが当たれば有効打になる天国みたいな場所。

「てっきりお前ももう俺くらい諦めてるかと思ったけど、そうだよな、まだ二十二とかだもんな。金が足りなくてどうしようもないとか、そういう状況に陥ったこと、ねえよな。こんな風に稼げる時代になったこと、手放しで喜べる域じゃねえよな」

紘は、目の前の男が、リングの上に立っていた時間のことを想像してみる。

「ただ、このチャンネルのメインの管理者は、俺なんだわ。俺が立ち上げたチャンネルに、お前を招待して、色々いじる権限を与えてるってだけなんだわ」

興奮に輝く百万の瞳に三百六十度を囲まれて、拳を繰り出す男。その日のために編んできた文脈を全て脱ぎ捨て、今このときに全てを賭ける男。

「だから、やろうと思えば、俺はお前の権限を制限できる。アップされた動画を突き返すことだってできる」

想像の中で闘う大樹の姿は、今の要に重なる。

「それに、さっきお前は視聴者に効果的なトレーニング方法を共有することがこのチャンネルの目的だとか言ってたけど、違うから。ジムの運営資金稼いだり、ジムの入会者増やすことがこのチャンネルの本来の目的だから」

要はこれからも、ジムの看板を背負って闘い続ける。リングから降りるしかなかった大樹は、自分なりのやり方で、要の背負う看板を守り続けていく。

「それだけ、わかっとけよ」

大樹は立ち上がって、どこかへ行ってしまう。やけに高い体温と、煙草の臭いだけが、大樹の形をしたまま向かいのソファに残っている。

深く、息を吐く。

ひとり残された紘は想像する。近々訪れる、『闘魂・輪廻転生』の最後の試合の日を。

目の前に広がる、試合会場の風景。人々の興奮が一所に集まり、世界を動かす心臓のように躍動している。その中心にあるリングに注がれる視線の源は、その周囲、三百六十度どころではない。生配信を通して、時間と空間を超えた興奮が、先を争ってリングに集っている。

紘は想像する。そんなリングの上で披露される、要の肉体が生み出す軌跡のすべてを。それは、この世界の中にある、人の手で作ろうとしてもどうにもならないものたちに並ぶ美しさだろう。島を包み込む海の波、故郷を縁取る遥かな稜線、『門出』のポスターから確かに迫ってくる視線。自分にレンズを向けさせるものたち。

紘は、想像の上で膨らんでいく映像を、頭の中で編集し始める。『闘魂・輪廻転生』の配信終了と共に公開する予定の、二時間の作品。それに今の自分の百点をぶつけることが、磯岡ジム公式Channelにまつわる最後の仕事になることを確信しながら。

8

日刊キネマ映画評番外編。『ROAD TO LAST FIGHT』、監督・大土井紘。

『闘魂・輪廻転生』の裏側を追った動画が「まるで名作映画のよう」だと話題に。突如、新進気鋭の映画監督をはじめ業界から注目を集めることになった注目作とは？　今回、この連載としては初めて〝YouTube上の動画〟を取り上げます。

文章を読みながら、尚吾は、全身を構築するすべての骨が、ひとつずつ順番に、ただの冷たい鉄にすり替えられていった気がした。本文を追っていくうち、鉄の冷たさに体温が吸い取られ、そのままパソコンデスクの前で凍結してしまいそうだった。

昨年末、YouTubeに投稿された一本の動画が映像業界を騒がせている。投稿者は、『磯岡ジム公式Channel』。登録者はもうすぐで十万人といった中規模のチャンネルだが、〝リング史上最強の顔面〟という言葉に聞き覚えがある人は多いのではないだろうか。磯岡ジムとは、現在人気実力共に右肩上がりのボクサー・長谷部要が所属するジムのことで、『磯岡ジム公式Channel』とはその名の通り、磯岡ジムが運営している公式YouTubeチャンネルなのだ。〝リング史上最強の顔面〟こと長谷部要がプロ仕込みのトレーニングを解説するチャンネルとして主にダイエッターから注目を集めていたが、その動画の編集レベルの高さから密かに映像業界内でもファンを広げており、これまでも「映像がプロみたい」「名作映画みたい」というコメントが多く見受けられていた。

そんな中、昨年末、長谷部要が『闘魂・輪廻転生』第四シーズンの最終回に出演した。生配信には番組史上最多の十一万人以上の視聴者が集まり、番組のハッシュタグはツイッターの世界トレンドランキング二位にもなった。そして、その生配信の終了と共にチャンネルに投稿されたのが、約二時間に及ぶ動画『ROAD TO LAST FIGHT』だったのである。その評判が日刊キネマ編集部に届くまで、そう時間はかからなかった。

日刊キネマの映画評。

に、自分の作品が載ること。

そこで、星五つの評価を得ること。

に、ずっと、憧れていた。

尚吾は、逃げ出しそうになる身体を、気力でぐっと抑え込む。逃げちゃダメだ。そう誓えば誓うほど、視線は泳ぐ。

鐘ヶ江誠人の監督補助という役職に就いたとき、尚吾は、この映画評に取り上げられる人材候補として、同世代の中では一歩リードした感覚を抱いていた。まっとうで、上質で、古き良き日本映画の系譜を継ぐ人間として、選ばれた気でいた。

それが、番外編って。

新年早々なんなんだよ。マジかよ。ふざけんな。冷え切ったと思っていた全身の骨が、途端に、液化するほど温度を上げる。この連載は硬派であることに定評があったのに、劇場公開されているわけでも何かしら賞を獲ったわけでもない、YouTubeに投稿されたただの動画を持て囃すのか。自分が大切にしているものが脅かされている危機感に、全身が赤く光るほど熱くなる。この連載だけは、そんな軟派なことをしないと思っていた。そんなことを許さないから、映画評としての価値が保たれていたのに。

『ROAD TO LAST FIGHT』では、その名の通り、長谷部要が番組のオファーを受けてから最終

回に行われる試合までをどう過ごしたか、その過程が描かれている。特筆すべきはその描き方だ。二つのパートが交互に描かれるのだが、そのうちの一つは正攻法で長谷部の姿を追うシーンである。極力、長谷部の肉体以外の情報を排除しているのが特徴だ。テロップなどは勿論、音楽すら加えておらず、長期に亘る取材で集めたのだろう長谷部のトレーニング風景や試合風景、そして四季折々の街の風景がじっくりと映し出されていく。速いテンポで情報を注ぎ込めば注ぎ込むほど良しとされているようなYouTubeの世界の中で、その真逆に位置するような構成だ。

もう一つのパートは、逆に、いかにもYouTubeといった映像である。密室の中で固定カメラに向かって一人語りをする長谷部の姿は、人気YouTuberそのものだ。そのパートは速いテンポで進み、効果音やテロップなどの情報がてんこ盛りに加えられている。そのシーンは、長谷部の肉体の変貌や季節の変化からは程遠いところにある。

つまり、その空間だけ時の流れから取り残されたような、いかにもYouTubeな映像を適宜挟むことによって、そうではないシーンから読み取れる肉体の微細な変化が鮮やかに輝くのだ。いつしか私たちは少しずつ、パンチを繰り出すときの音、体の動きや目の鋭さの違いなどが、季節を経るごとに変わっていることを見極められるようになっていく。観ているうちにこちらの視力を上げてくれるような演出には、目を見張るものがある。

約二時間という長尺であることは勿論、広告が一つもついていないということも、YouTubeらしからぬ点だ。ただ、そのおかげで集中力が中断されることなく、まるで劇場で観る映画のよ

うにじっくりと細部を味わうことができる。

本気で言ってんのかよ。尚吾は、骨の形をした鉄が融解して、すべての毛穴からいよいよ溶け出ていくような居心地の悪さに身震いする。怒りが湧くたび、この身体を営むあらゆる機能が、目の前の世界に対して白旗を上げていくのがわかる。いま座っている椅子からやがて立ち上がる自分を想像することが、全くできない。

鐘ヶ江から合格をもらえない没ネタばかりが記されているアイディアノートが、窓の外に広がる雪景色と同じく白く発光している。週明けからはまた、鐘ヶ江の作品の撮影が始まる。そうなる前に少しでも自分の作品を、と、年始早々誰もいないオフィスに出てきたのに、癖でアクセスしてしまったウェブサイト内の連載に全てのやる気を削《そ》がれてしまった。

やわらかい細胞が積み重なっただけのような身体が、だらりと椅子の座面の上に載っている。もう手遅れでしかない火事の現場をぼうっと眺めるみたいに、尚吾は記事の最後の部分を視界に流し込んでいく。

ただ、やはり長尺ということもあり、初速はそこまでよくなかった。この動画がここまで拡散されたのは、若い世代に絶大な人気を誇るインフルエンサー・天道奈緒《てんどうなお》が「何これ。イケすぎ。」の一言と共にＳＮＳに動画のＵＲＬを投稿したことがきっかけだ。続いて、かねてから『闘魂・

輪廻転生』の大ファンを公言していた映画評論家の譲《ゆずり》ユズルが「この動画は番組のファンとしてもありがたいし、映画ファンとしても驚きを隠せないレベルの出来……ラストシーンなんて、『門出』の雰囲気すらあるのでは」と投稿し、映像業界の人間にも一気に知られるようになった。今や、監督を務めた大土井紘に作品のオファーをするべく接触を試みるプロデューサーもいるという。

そして大土井紘という監督、なんと、三年前のぴあフィルムフェスティバルのグランプリ受賞者なのだ。歴史ある賞による権威が全く機能しない場においても存在感を示すとは、まさに次世代を象徴するクリエイターといえる。

今回は番外編ということで初めて劇場公開のされていない作品を取り上げたが、Netflix配信の作品がアカデミー賞にノミネートされた例から見ても、このコーナーで扱うべき作品の範囲についても再考すべき時期がやってきたのかもしれない。この作品はこれまでと同じ基準での評価が大変難しいため、今回、恒例の星の評価はなしとさせていただく。

「これまでと同じ基準での評価が大変難しいため、ねえ」

背後から突然、そんな声が聞こえた。尚吾は巨大な虫が耳元を掠めたみたいに、「わっ」と声を上げてしまう。

「ちょっと、びっくりさせないでくださいよ!」

「あんたが勝手にびっくりしただけじゃん。このやりとりベタなコメディ映画みたいでサムいからやめて」

ただでさえ寒かったのに、と話す浅沼の鼻は確かに赤い。まるで年末年始の宴会の名残りが未だにそこに留まっているかのようだが、勿論そんなわけはない。浅沼がついさっきまで感じていただろう外の世界の寒さを想像して、尚吾の上半身が少し震えた。

浅沼はフリーのスクリプターだが、鐘ヶ江組は、フリーのメンバーにも基本的にNLT本社に入るためのICカードを配布する。特に鐘ヶ江が意見を求めることの多い浅沼には絶対だ。

「入り口からここ来るまでずっと見てたけど、あんた全っ然動かないね。年末からずっとそこに座り続けてたのかと思ったよね」

「そんなわけないですよね」

浅沼はマフラーを外しながら、「意外と誰もいないもんだね〜」とぼやくと、フロアの奥に向かってまっすぐに突き進んでいく。もしかして、と思っていると、案の定、バカンと派手に音を立て、冷蔵庫の扉を開けた。

「もしかして、酒飲むために出社したんですか？　わざわざ？　一月四日に？」

たまらずそう尋ねる尚吾に向かって、浅沼は「若造にはわかんないかもしれないけどね、バツイチ独身が行く親戚の集まりとか地獄そのものだから」と首の骨を鳴らす。浅沼は五、六年ほど前に離婚していて、子どもはいない。

「ここ来たら誰かいるだろと思ったけど、よりによってあんただけとはね」

「すみませんね期待外れで」

「ほんとだよ。まあでもいないよりはマシか。真冬のオフィスで一人で酒盛りとかほぼ地縛霊だもんね」

もう飲んでいるのだろうか。すでにいつもより言葉数が多い浅沼に対し、尚吾は早速、若干の面倒くささを覚える。

「普通誰かつかまえてから家出ますよね。僕がいるのもほんと偶然ですからね」

「占部が監督補助だったときはフットワーク軽くてよかったなーっと。お、思ったより色々残ってる、ラッキー」

占部が監督補助だったときは。

——あーあ。俺もオリジナル撮って、『日刊キネマの映画評』とか載ってみたかったなー。

浅沼が、冷蔵庫から続々と缶ビールやおつまみなどを取り出す音を聞きながら、尚吾はふうと溜息をつく。

仕事納めの日は、十五時を回ったころから社内でもお酒を飲み始めていいことになっているらしく、その文化を初めて体験した尚吾は少々面食らった。しかも、その瞬間のために、これまで夏のお中元や様々な機会で取引先などからもらっていた酒類は部署ごとに厳重に保管されており、それらの封印を一気に解く一夜は、翌日から休暇ということを差し引いても想像以上の解放感があった。あの部署にはつまみに崎陽軒のシューマイが大量にあるらしい、あの階では役員が昔取った杵柄《きねづか》でバーテンダーをやっているらしい――色とりどりの噂が行き交い、まるで人気アトラクションだらけのテーマパークのような雰囲気だった。

「あんたあの仕事納めの日ですらあんまり飲んでなかったもんね。何なの、かわいこぶってんの？　無駄だからねそれ」

浅沼がばふんと豪快に冷蔵庫を閉める。「うるさいなあ」と呟きながら、尚吾はふと、自分の体温が平熱の状態に戻っていることに気づく。浅沼が出社してこなかったら、身体中から力が抜けた状態で再び固まってしまい、いよいよ再起不能になっていたかもしれない。

一月四日、金曜日。この日を休みにしてしまえば週末と繋がるということで、会社としては今日までが年末年始休暇となっている。といってもカレンダーなど関係なく制作が動いているチームも多いのだが、鐘ヶ江は昔から、年末年始に関してはきちんと休みを取るタイプらしい。

ただ、会社が入っているオフィスビル自体は営業をしているため、ＩＣカードさえあれば誰でも出社はできるということだった。その話を聞いたとき、尚吾は、一月四日は出社しようと決めた。千紗はその日が仕事始めだったし、どうせ家にいても集中できない。

「……」

「僕は飲みませんよ」

いつしか右頬にぴったりとくっつけられている缶ビールの冷たさをいよいよ無視できず、尚吾は後ろを振り返る。「はあ？　じゃあこんな日に何しに来てんの。別に今日やんなきゃいけない仕事ないじゃん。普段お酒飲んじゃいけない場所で飲む酒が一番おいしいのに」初めて聞く論理をまるでこの世の真理のように披露する浅沼は、ついにプルトップに指をかける。

シュッ。耳元で、アルミ缶から気持ちよく空気が放たれる。その音はまるで、デスクに広がるノートを真っ白く塗り替えるような爽快さがある。

「え、もしかして」

ビールを一口飲むと、浅沼が言った。

「脚本書くために出社してんの？」

尚吾は無言で頷く。

「え、ちょ、もしかしてなんだけど、仕事納めの日にあんまり飲んでなかったのも、家帰って脚本書くため？」

「まあ、そんなとこです」

マージーでー、と目を見開くと、浅沼はごくごく喉を鳴らした。尚吾からするとタダ酒のためだけに出社している浅沼に対して全く同じ言葉を返したいところだが、そうしたところで「その通りですが」と胸を張られるだけな気がして、やめておく。

「あれらしいね、最近結構ガンガン監督に提出しまくってるらしいね」

偉いじゃん、と肩を小突いてくる浅沼の軽さが、尚吾の卑屈さを引き出す。

「提出するだけなら誰でもできますから」

オリジナルの脚本は、長いものから短いものまで、書き終えては鐘ヶ江に提出し続けている。どの作品でも、今たくさん公開されている流行の映画とは比べ物にならないくらい、ジェンダーの問題や古い価値観への違和感など、現代社会の問題点を深く鋭く突いているつもりだった。鐘ヶ江は、年明けから新作の長編映画の撮影に入るという慌ただしいスケジュールの中、提出すれば毎回何かしらのリアクションをくれた。だが、それはどれも尚吾の期待するものではなかった。

「これまではずっと、何かが足りないって言われてたんですけど」

「うん」と、浅沼。

「最近は、何が足りていないのか、自分で気づかなきゃいけないって言われてて」

「グエッ」浅沼が盛大なげっぷをかます。「ごめん、何だっけ」

「もういいです」

尚吾はノートに向き合い直す。やはり、相談する相手が間違っていたようだ。

「あー拗ねちゃった、ごめんごめんって。何が足りないのか自分で気づけって話ね」

「聞いてたんじゃないですか」

尚吾は不貞腐れながらも、誰かとこういう話をするのは久しぶりだなと思う。占部が鐘ヶ江組を離れ、千紗ともゆっくり話す時間を取れていない。寝室を分けていると確かに喧嘩《けんか》はしないもののの、あの就寝前独特の、暗闇の中で寝転んだまま何故かたらたらとそのとき心に抱えていることとを話してしまうような時間は、なかなか生まれてくれない。

「飲まないならせめて、つまみくらい食べれば？」

ほれほれ、と、浅沼がまるで動物に餌付けをするように魚肉ソーセージを振りかざしてくる。尚吾は「いらないです」と断りつつ、デスクの上に置いてあるシェイカーをちらりと見る。少し前に、食事の時間を短縮するためにと購入してみたものだ。

人間の生命活動に必要なすべての栄養素を、手間をかけずに摂取できる「完全栄養食」。寝食の時間も惜しいような場面を効率的にサポートします――そんなキャッチコピーが目に留まったとき、さすがにこれはやりすぎかなとも思ったが、好奇心が勝った。何度か使用してみているが、想像以上に腹持ちがよくて驚いている。

だが、楽しそうに酒を呷《あお》る浅沼を見ていると、そこまでして脚本を書くための時間を捻出しようとしている自分がひどく馬鹿らしくも感じられてくる。

「やっぱりいらないです。いただきます」

「お、珍しい。雪でも降るんじゃないの」

「もう降ってます」

それに、考えあぐねているときに一人で唸り続けていても仕方がないということは、ここ数か月で散々痛感した。こういうときは、人と話したり身体を動かしたりして、悩みの種から一度離れたほうがいい。

「そういえば、この子」

尚吾のパソコン画面を顎でくいと指すと、浅沼が一口ビールを含んだ。

「一回、うち来たんだよね」

そこでやっと、尚吾はさっきまで自分がどんな記事を読んでいたのかを思い出した。そうだ、自分は今、紘が日刊キネマの映画評に取り上げられている世界にいるのだ。

「うちに来たって、紘がですか？」

「こう？　誰それ」

浅沼は一度首をかしげると、爪の先でトントンとパソコンの画面を突《つつ》いた。

「こっちこっち。天道奈緒」

尚吾は改めて、パソコンの画面を見つめる。そこには、紘が紹介されているという衝撃によって、実はほとんど認識できていなかった後半の文章があった。


この動画がここまで拡散されたのは、若い世代に絶大な人気を誇るインフルエンサー・天道奈緒が「何これ。イケすぎ。」の一言と共にＳＮＳに動画のＵＲＬを投稿したことがきっかけだ。


天道奈緒。その名前は尚吾もよく知っている。

二十代後半の世代のインフルエンサーの中では、知名度もキャリアも頭ひとつ抜けた存在だ。

きっかけは、もう七、八年前くらいになるだろうか、今はもうなくなってしまった、十秒以内の短い動画だけを投稿できるSNSで話題になったことだった。主に若い世代のユーザーがダンスをしたり一発ギャグをしたり、という形で使われていたサービスだったが、天道奈緒はその中で、新しい言葉で昔ながらの価値観をばさばさ斬っていくという動画を投稿していた。その新鮮な物言いが人気を博し、本人のビジュアルの良さもプラスに働いたのか、あっという間に人気者になったのだ。

そのバブルは活躍の場をテレビやネット番組に広げてからも続き、最近では、自身の生き方について綴《つづ》ったエッセイがベストセラーとなったことで、ますます注目を集めている。かつて海外に住んでいたという経験から、個性が尊重されない日本社会を変えていきたいという思いを強く持つようになった——そんな内容のインタビューを、幾度となく目にした。

なぜ彼女のことをこんなにも詳しく知っているのかというと、最近、映画に推薦コメントを寄せる人物としてその名前を頻繁に目にするからだ。人気の俳優が集ったエンターテインメント系というよりは、現代社会の生きづらさに光を当てたような作品の広告でよく見る。

「天道奈緒がNLTにいたんですか？」

意外に思いながらそう尋ねると、浅沼は「ううん」と首を横に振った。

「あんたみたいに、監督補助の面接受けに来たんだよね。四年くらい前だったかな」

「えっ」

驚きがそのまま声になる。天道奈緒はよく、自分で自分の肩書を決めない、というような発言をしている。一つのフィールドにこだわらず、人や場所に縛られることなく活動することをモットーとしているはずだ。監督補助というのは、そのスタンスの真逆に位置する。

「あー出た出た、俺は認めてないぞって顔。あんたってほんと、映画一筋みたいな人しか認めないよね。まだ若いのにベテランの技術さんみたい」

「別にそんなこと」

浅沼の言う通りだった。だからこそ、映画の推薦コメントに天道奈緒の名前を見つけるたび、古き良き街並みに聳え立つ高層マンションのように、邪魔だと感じてしまうのだ。

「そういうとこ、占部にそっくりだよね」

「占部さん？」

予想外の名前に、尚吾は反応する。

「確か、占部と同じ日に面接来たんだよね、この子」

尚吾は、天道奈緒と占部の年齢を照らし合わせてみる。確かに、そういうことが起きていたとしてもおかしくない。

「そのときはまだうちに舟木さんがいたから、舟木さんが代わりに対応してたと思うけど」

舟木さん、という言葉に、尚吾はどこか心がむずがゆくなるような感覚を抱く。舟木美登利。鐘ヶ江の初代監督補助を三年間務め上げ、その後独立し、今も全国規模で公開されるオリジナル作品を手掛けている数少ない映画監督だ。ぴあフィルムフェスティバルで『身体』を評価してもらえた喜びは、尚吾の全身を未だに巡り続けている。

「天道さんは、面接、落ちちゃったんですね」

「まあ、ちょっと有名な人ってだけで何か実力があるわけじゃなかったからね。でも」

カンと、まるでカチンコのような音がする。

「今はそれで十分だもんねえ」

浅沼の持っていた缶の底が、テーブルを打った音だ。

「最近、FlapTVってところでオリジナルドラマの監督してたよ、この子。本出したりテレビ出たりしたのは知ってたけど、今でも映像撮りたかったんだってちょっとびっくりした」

今度は、ぷしゅ、と新たな缶が開けられる音がする。浅沼の飲むペースはまるで、シーンが次から次へと変わっていくYouTubeの動画みたいに、速い。

「浅沼さん、FlapTVのドラマとか観るんですね。あれって十代向けの内容ですよね?」

「そりゃ、推しが出てるんで」

そうだった、と、尚吾の身体から一瞬、力が抜ける。もともとは韓国の男性グループアイドルが大好きだった浅沼は、いつしか国籍を問わず若い男性アイドルそのものに心を奪われる性質を身につけたらしい。いつだって、新しく推す対象を求めてあらゆるメディアをチェックしている。

「よく観れますね。そういうドラマって、演技とかひどいじゃないですか。同じ十代でも國立彩映子とかとは大違いっていうか。俺、最後まで観てられないかも」

「わたくし、推しには特に演技力とか求めておりませんので」

美しい顔が拝めればそれで万々歳なので、と、浅沼が空に向かって手を合わせる。

「で、ドラマ、どうでした？」

尚吾は、極力、顔の筋肉を動かさないように努める。悪い感想を聞き出すために今の質問をしたことは、自分が一番わかっている。

肩書をひとつに絞らないことを誇り、その時々に盛り上がっているフィールドに顔を出す人たち。自分が脚本を書きあぐねている間にフィットネス系のYouTuberになったかと思いきや、また自分の視界に入ってきた、紘。

——俺よりも何もかもが足りないって思ってた同世代の奴が、どんどん作品を発表していった。あいつだけは認めないって思ってたような奴らが、ガンガン世に出ていった。この三年間、ずっとそうだった。

頭の中で、占部の声が蘇る。

「あー、面白かったよ。主演はスーパースターズとかいう全っ然知らない人たちだったけど、推しはいっぱい映ってたし、あと」浅沼の視線が一度、天を仰ぐ。「ドラマ本編の後にすぐ監督のインタビューが流れたんだけど、これまでみたいに大きな事務所の力とかがなくても自由にやっていける時代になりました、それを表現しました！みたいにもう自分で言っちゃってて」

少し声が途切れたと思ったら、ごくり、と浅沼の喉が鳴った。

「終始、ワシ今の時代を反映した人間なんでっせ～！って気持ちが前に出すぎてるところが、面白かった」

「そこ面白がってる人は少数でしょ」

そう軽口を叩きつつ、尚吾は心にかかった靄《もや》の存在を見逃せない。

いくら内容がひどくたって、〝オリジナルドラマを監督し、全世界に配信した〟という経歴が天道奈緒には手に入ったのだ。そういう活動の積み重ねにより、彼女には、日刊キネマの映画評内で「この人が薦めていた」と名前が出されるくらい、何かが担保されていく。そして、彼女の一連の動きを文章にするとき、文字に表出する部分だけを美味しく舐め取ったどこかの誰かが、彼女をまた新たな地平へ連れていくのだ。こういう新世代の人材を知っている、ということを自分の肥料にしたいだけの誰かが。

占部の声が再び聞こえてくる。

――島から島へ渡り歩くみたいに、別のジャンルから映像に来て、ちゃちゃっと監督して、肩書だけ手に入れて、また別のジャンルに移っていくような奴もいた。作品自体がどうってことなくたって、時代は新しい表現者を新しいってだけで取り囲んでくれる。

尚吾は思う。

自分にとっての紘が、占部さんにとっては天道奈緒なのかもしれない。

ものを創る仕事をしていれば、誰だって、その人の活躍を目にした途端、全身の骨が溶解して元の姿に戻れなくなるくらい自分自身を保てなくなるような人が、いる。

「ドラマ観たあと、あーだこーだ怒る占部の顔見たくなってＬＩＮＥでＵＲＬ送ったりしてたんだけど」

浅沼はそう言うと、ぐっと首を伸ばし、尚吾の顔を覗き込んだ。

「必要なかったみたい。あんたがまさに今そんな顔してるわ」

はは、という笑い声に乗って、アルコールの臭いが届く。

「実は、あんたの脚本、いくつか読ませてもらっちゃったんだよね」

食べないとなくなるよ、と、浅沼は、先ほど冷蔵庫や戸棚から調達してきたおつまみを次々に口の中へと放っていく。

「鐘ヶ江さんが、こういうのは色んな人の意見があったほうがいいからって。私にもいくつかコピーして渡してくれた」

勿論、いずれ沢山の人に観られる映画にしたくて書いた脚本だ。だけど目の前にいるたった一人に読まれたというだけで、どうしてこんなにも恥ずかしくなるのだろう。

「マジですか？　それなら鐘ヶ江さんも一言相談してくれればいいのに」

「相談されたとして、やめてくださいって言うわけ？」

そうじゃないですけど、と口ごもりながら、尚吾は腹の中心に力を込める。きっと今から、浅沼の感想を聞くことになる。そう思い、真っ白いノートの上でペンを握ったままの拳を握りしめると、そこに浅沼のげっぷが降りかかった。

「ちょっ、汚！」

ごめんごめん、と笑いながら、浅沼がパソコンデスクにあるティッシュに手を伸ばす。そのまま洟《はな》をビーッとかむと、ティッシュを丸めながら、

「みんな、焦ってんだよね。まだ全然若いのに」

と言った。

浅沼が、上の世代からよく聞くような決まりきった言説を垂れ流すことが意外で、尚吾は思わず身体から力を抜いてしまう。まだ若いんだから、人生は長期戦なんだから、そんなに焦らなくてもいい――浅沼はそんな、判で押したようなことを言わない人だと、尚吾は勝手に思い込んでいた。

「それ、上の世代の人みんな言いますけど、別に俺、同世代の活躍に影響されて焦ってるとかじゃないですから」

尚吾の視界に、パソコンの画面が映る。そこには相変わらず、憧れの場所で紘が褒められている現実がある。

「確かに短期間でいっぱい脚本出しましたけど、それは別に焦ってるからじゃなくて、監督補助でいられる期間が短くなるって聞いて」

「ううん、まだ若いんだから大丈夫とかそういう話じゃなくて」

ぽい、と、浅沼が丸めたティッシュをゴミ箱に投げ入れる。その表情からは、もうすっかり、酔いが引いている。

「なんて言うのかな、あんたの脚本だけじゃないけど、作品だけじゃなくて自分ごと受け入れられようとしすぎっていうか、むしろ作品より自分を愛してもらおうとしてるっていうか……天道奈緒のドラマとか観てても、まあ、そんな気がしたって話」

なんか最近鼻炎ぽいんだよねと、浅沼はさらにティッシュを引き抜く。

「ていうか、監督補助の期間が短くなる件については普通に焦ったほうがいいんじゃない。それは単純に時間がなくなるわけだから」

「さっきの、どういうことですか」

そう訊き返しながら、尚吾は、赤くなりつつある顔を丸ごと隠してしまいたい衝動に駆られていた。それは、今から詳細に説明されるだろう事柄に、すでに五感が反応し始めているからだった。

うーんとひとしきり唸った後、浅沼は「例えば」と口を開いた。

「私が鐘ヶ江監督の映画を好きになったのって、答えじゃなくて問いをくれるからなのね」

浅沼は、初めて行く街を初めて乗る車で運転するような速度で話し続ける。

「別に、いいこと言ってるう〜！ってなるから鐘ヶ江作品を好きになったわけじゃないっていうか。勿論今は、鐘ヶ江さんのこと人として好きだし尊敬してるけど、初めに何作か観たときは鐘ヶ江さん本人のことなんて全然関係なくて、なんか、観終わった後に、自分にとって大切なものって何だろうとか、いま一番会いたい人って誰だろうとか、なんかそういう問いみたいなのが頭に残る感じがしたの。今の時代の生き方はこれ、みたいな答えを言いたがる人って多いけど、鐘ヶ江作品って、私は答えを知りたいっていうより自分で考えたい人間なんだって気づかせてくれたっていうか」

そういえば、自分が鐘ヶ江監督作品を初めて観たのは、好きだと思ったのは、何がきっかけだったのだろう。尚吾は思い出す。

——質のいいものに触れろ。

祖父だ。

いつもそう言っていた祖父が、観せてくれたのだ。

「時代を反映してるかとか、多様性やマイノリティに理解があるかとか、そもそもそういう観点でジャッジする気も起きないっていう感じ。ていうか、最新の価値観を反映してるからって映画としてクオリティが高いわけでもないしさ。そもそも、一作で多様性描こうとしてる人多すぎじゃない？　多様性って一人でやるもんでも一作でやるもんでもなくてさ、同時代に色んな人がいて色んな作品があること、じゃん。色んな極端が同時にあるっていう状態が〝多様性〟なわけで、私たちは一つの極端でしかないわけじゃん。そんなの当たり前だったはずなのに、そこがごちゃ混ぜになってる感じない？　今って」

いま浅沼が話しているのは、天道奈緒のことではない。自分が書いた脚本への感想だ。尚吾は「そうですね」などと相槌を打ちつつ、本当はろくに思考できていなかった。

だって、脚本を書きながら、そのことばかり気にしていたからだ。ただの若いカップルの恋愛物語に終始しないよう、間違っても壁ドン炸裂なキラキラ映画にならないよう、様々な要素を取り入れることばかりを心掛けていた。ジェンダーギャップ、働き方についてのパート、今の社会を反映する色んな現象をキャラクターたちの道行に取り込み続けていた。そのたび、まさに今世に出されるべき作品になったと自負していた。

すでに世に出ている作品たちの隣に並べては、自分の脚本のほうが世に出るべきものなのに、と、心の中で吠えていた。

「逆に、壁ドンばっかりだからってクオリティが低いわけじゃないし、アイドルだからって演技がひどいわけでもないじゃん。倫理的に最低な人間ばっかり出てくる最高な映画、ゴロゴロあるし。そんなこと誰だってわかってると思うけど、なんか今って、あっちもこっちも色んな方向に目配りしてるみたいな話が多くない？　バーンって突き進んでみれば意外とそれでいいかもしれないのに、全方向に対して〝大丈夫ですよ〜あなたの生きづらさもナデナデしてあげますよ〜社会が良い方向に変わる答えが描かれてますからね〜〟みたいな空気のものばっかりだよね、特にあんたたちの世代が創るものって」

目配り、という言葉が、ノートやパソコンに向かっているときの自分の実感にまさに当てはまる言葉に思えて、尚吾はむず痒《がゆ》くなる。自分は今までずっと、脚本を書いていたのではなかったのかもしれない。ずっと、世界に目配りをしていたのかもしれない。

「でも、答えって答えとして差し出されても意味ないいんだよね。私は答えより問いが欲しい。シロでもクロでもなくて、グレーを描けるのがフィクションじゃん。だけどあんたも天堂奈緒も、なんか、答えを持ってる人間に思われようとしてる気がする。それって逆に、こっちからすると何かが足りない感じがする」

何かが足りない。

鐘ヶ江からは、何度もそう言われた。この数か月、どの脚本を提出しても、そう返ってきた。

「答えを持ってる人間に思われたいって気持ち、心当たりあります」

尚吾は、体の向きを変えて座り直す。

「何でそうなっちゃうんですかね」

尚吾は、浅沼の目を見て、これまで何度も何度も見聞きしてきた借り物の言葉をぶつけてみる。

「コンプライアンスとか、視聴者が不快に思う箇所があったらすぐに悪影響だって指摘される世の中とか、そういう時代が僕らに目配りさせるんですかね」

「それもあるだろうけど、私、別のところにも原因がある気がしてて」

尚吾は、姿勢を正して集中する。自分でも、それだけが原因ではないような気がしていた。だけど、脚本に向かいながら目配りをやめることができない自分は、確かに存在するのだ。

「この子、確か、自分のYouTubeチャンネルも持ってるよね」

この子、が天道奈緒を指していることを確認し、尚吾は頷く。

「何かのSNSで有名になって、今コメンテーターとかもやってるよね。半生を書いたエッセイもすごく売れてて」

はい、と、また頷く。頷きながら、いま紘がいる場所は天道奈緒の始まりに近いのかもしれないと感じた。同時に、何かが違う、と、より思考の解像度を高めようとする自分もいる。

「これも、古い人間の戯言《たわごと》かもしれないけど」

浅沼は口を開くと、何かをごまかすように缶ビールを持ち上げた。

「誰でも発信できるプラットフォームに広告がついたのって、私からすると結構怖いんだよね。影響力と金銭がイコールで結び付くって大丈夫なんだっけって思ったり思わなかったり」

思わないんかい、と、浅沼が自分で自分に突っ込んでいる。真面目な雰囲気で話していることが、今さら恥ずかしくなってきたらしい。

「どういうことですか」

「あんたさっきからそれしか言わねえな」

浅沼が新たに、なぜか冷蔵庫の中で年を越したらしいスナック菓子の袋を開ける。

「なんて言うんだろ、今までは、特に個人での活動ってことになると、有名になるだけじゃ対価は発生しなかったわけじゃん。有名で、かつ、何かできることが必要だった。むしろ本人が有名じゃなくても、その人に何かしらの技術とか、生み出せるものがあれば、そこに対価が支払われてた」

でも、と、続ける浅沼の口の中で、スナック菓子が粉々に砕ける。

「個人が持つアカウントに広告費が支払われるようになった」

あんた食べないの、と差し出されたスナック菓子に、尚吾はやっと、手を伸ばす。

「今ではもう常識っぽくなっちゃったけど、登録者とかフォロワーがある程度いればあなたの投稿に広告つくようになりますよーって仕組みって、とんでもなくない？　いくら老害とか古いとか言われようと、私はずっと気持ち悪い。だって、影響力があるとか有名だとかっていうのはあくまで〝状態〟なわけ。中身じゃない。再生回数が多いっていうのはその人の状態で、大切なのはどんな中身が再生されてるか、でしょう」

なんつーか、と、浅沼が頭をかく。

「マイノリティに配慮があるから素晴らしい作品、みたいな評とかあるけどさ、それだって作品の中身じゃなくて〝状態〟なわけじゃん。製作者が色々と配慮してるっていう状態。そこを作品の評価として第一に挙げるっていうのは、私、モヤモヤするんだよね」

話逸れたけど、と、浅沼が一口ビールを啜る。

「確かに、誰でもどんなことでも発信できるようになったのはすごいことだと思うよ。古いしきたりやルールがなくなって既得権益が揺るがされて……爽快ですらある。でもそれって、誰からもどんなことも受信しちゃうってことなんだよね。発信はすっごく多様化して誰でも色んな方法を学べるけど、受信するときに気をつけるべきことって全然学べない。古いルールはなくなったけど、新しいルールは追いついてない」

浅沼は、見つけた枝毛を割きながら続ける。

「たぶん、今までの、有名になるだけじゃ対価が発生しないっていうのは、一つの秩序でもあったんだと思う。大きな音を出すだけじゃダメ。〝状態〟を整えるだけじゃダメ。むしろ注目が集まる状態にする前に中身の品質をきちんとしましょうっていう、ある種当たり前の秩序」

品質、という言葉が、尚吾の耳にべったりと張り付く。

「で、それは多分ね、受け手にとっても大切な秩序だったんだと思う。創作者の〝状態〟を気にしないで創作物っていう〝中身〟を楽しむための秩序」

ばり、と、尚吾の口の中でも音を立ててスナック菓子が崩れていく。チーズの風味がするそれは、風味がするというだけで、本当は何で味付けされているのかよくわからない。

「Aっていう人自身が広告に使われたときと、Aっていう人が生み出したものが広告に使われたときと、受け取る雰囲気って全然違うじゃん。たとえば、環境保護の活動してますって企業のCMに出てる芸能人に対しては『立派な人なんだろうな〜』って勝手に思っちゃうけど、そのCMの映像を担当した人には特に何も思わない。むしろ、その人の存在すら考えない」

尚吾はついに、缶ビールにも手を伸ばす。

「だから芸能人の不祥事とかがやけに叩かれるしCMも降板とかになるわけだけど、最近はその図式が、CMの映像を担当した人、つまりクリエイターっていうか、クリエイターって呼ばれたい人たちとか、そういうところにも当てはめられていってる気がするんだよね」

尚吾の手元で、プシュという音が想像よりもずっと小さく鳴る。

「そうなると、その図式を利用する、悪い意味で頭のいいクリエイター志望が出てくる。中身より状態を整えたほうが、すぐにリターンがあることに気づく奴らが出てくる。で、問題なのが」

もうぬるくなった液体が、口の中にあるスナック菓子の欠片《かけら》たちを浸していく。

「問いより答えを持っている人のほうが、どうしても状態が整って見えるってところですわ。わかる？　いま全部繋がっちゃったの。中身より状態を整えたほうが手っ取り早くリターンを得られる、問いより答えを持っているほうが状態が整って見える。こうなるともう、作品を作品だけで評価するなんて至難の業だよね。それとこれとは別だよねってものがどんどん、知らないうちに一緒くたにされていく」

スナック菓子とアルコール。本来別々だったものたちが、尚吾の口の中でひとつになっていく。

「私たちっていっつも、自覚がないまま搦《から》め取られてるんだよね、いろーんなことに」

知名度と価値。創作者の人格と創作物の質。それとこれとは繋がらないはずのものを繋げる数多《あまた》の不格好な等号に、ぐるぐる巻きにされていく。

「みんな、生まれた時代で頑張ろうとしてるだけなのにね」

浅沼が、ふっと息を吐く。

「でも、その生まれた時代ってのが、中身より状態勝負の芸能人のCMまみれの世界なんだから、創作者も自分にいいイメージが還ってくるようなものを創っちゃうのもしょうがないのかもね。難しいね」

はー難しい難しい、と、結局何も解決させる気がないときに使う言葉を連発しながら、浅沼は指の腹についたスナック菓子の粉を舐める。

「どうすればいいんですかね」

尚吾は、口の中にあったものを一息で呑み込む。

「どうすれば、もっとシンプルに、クオリティのことだけ考えて脚本書けるんですかね」

浅沼が小さな声で、「ヒーかっけー」と茶化してくる。

「どうすれば、そこにある創作物だけを見て、質がいいのか悪いのかを判断できるんですかね」

新進気鋭の才能だから。再生回数が多いから。あの人が推薦していたから。時代に合った発信方法だから。今の社会を反映しているから——この世界のあらゆる場所に無理やり嵌め込まれた等号を全て抜き取ることができたとして、じゃあ、この世界の何処を踏みしめれば自分の足で立つことができるのか。

「そんなの、私にわかるわけがないんですよね～」

ぐいんと背中の筋を伸ばすと、浅沼がまた、豪快なげっぷを放った。

「私だっていま女のバッイチに偏見たっぷりの映画なんて観たら内容の評価とかブレブレになるかもだしね。ていうか、そういう自分が信用できなくて監督やめてスクリプターになった、みたいなとこあるしね〜」

「え⁉」

尚吾の口からも、ぐふっと小さなげっぷが漏れる。

「浅沼さん、監督だったんですか？」

自分のげっぷに眉を顰めながら、尚吾は、こうしてアルコールを摂取することも久しぶりだと自覚する。ここ最近、千紗と晩酌をすることもなかった。

「そーですよおー！　私がもともと監督志望だった浅沼由子ですよおー！」

体が伸びて声がよく響くようになったのか、浅沼はまるで発声練習でもしているかのように声を張り上げる。

「私も昔はちょっとした賞とか引っかかったりしてたんだからねえ」

「全っ然知らなかったです、俺」

思わず感情のままに声を漏らす尚吾に向かって、浅沼は「あんたとはそういう話したことなかったかもねえ」と大欠伸をする。

「もうね、いやんなっちゃったんだよねえ。人によって評価の基準が変わる世界も、いちいちブレる自分も」

浅沼が「欠伸したら涙でちった」とティッシュで目元を拭っている。この人は、一度ふざけないと、真面目な話をするスイッチを入れられないのかもしれない。

「私、自分で監督してたときから結構細かいところ気にするタイプでさ、まあ、もともと職能的にはスクリプターに向いてたんだろうね」

浅沼は、酒飲みの印象が先行してか、大雑把な仕事をする人間だと思われることも少なくない。当初は尚吾もそう誤解していた一人だったが、一度現場に入ってしまえば、とにかく細やかな確認作業が必要なスクリプターとしての能力がとても高いことがすぐにわかる。シーンの繋ぎに矛盾が生じるようなミスをしているところは見たことがないし、台本の準備稿から本編の映像の長さを試算する尺出しの作業では、特殊能力のような正確さを発揮する。

「でも、本当にスクリプター向きだったのは、精神面のほうだったんだと思う」

「精神面?」

尚吾が訊き返すと、浅沼は「そう」と頷く。

「学生時代にいなかった? 体格良いから絶対スポーツやったほうがいいのにガッチガチに文化系の子、とか。でもさ、長く一緒にいるうちに気づくんだよね、この子、人と競ったりするの、精神的に向いてないんだなって」

特定の旧友の顔を思い出しているのか、浅沼の表情が少し、やわらかくなる。

「逆に、体格的には恵まれてないけど心は闘争心むき出しでコンタクトスポーツで活躍しまくりみたいな子もいてさ、でもやっぱり体格的なハンデがあるから一流にはなれない、みたいなさ……そういうの見てると、心技体っていうの？　外見的に向いてるものと内面的に向いてるものが一致するってすごく幸福なことなんだなーとか思うわけ」

器と中身が合ってるっていうかさ、と話す浅沼はいつも、飲み会の場で、パッケージの割に中身がジュースのような酒を忌み嫌っている。

「私、映画撮るの好きだったけど、心がね、人によって評価の基準が変わる世界でまっすぐ立っていられるほど強くなかったんだよね」

記録、とも呼ばれることがあるスクリプターの能力は、〝ミスがない〟という、誰の目にも明らかな物差しで証明される。スクリプターとしての能力の低い者は、それ以外の分野でどんな活躍をしたところで、スクリプターとして評価されることはない。

「監督時代はね、賞の選評とか気にしてないフリしてめちゃくちゃ気にしてた。何を撮っても〝〇〇に似ている、センスが独自のものではない〟とか〝テーマの扱い方が少し古いのではないか〟とか、挙句〝作者の性別を知らない状態で鑑賞したかった〟とかさー、もう意味わかんないこと言われ続けて」

忘れられない言葉いっぱいあるわ、と、浅沼が笑う。

「でもさ、次なんか撮ろうとするとちゃっかりその言葉に影響されてたりもしたんだよね、実は。

人の作品観るときも、あの監督のアレっぽいなーとか、いかにも男の作品だなーとか、そういうことばっかり考えちゃうようになってさ。そんなんの繰り返しで、色々うまくいってなかったときに、昔お世話になった人にスクリプターやってみないかって声かけてもらって」

スクリプターとしての浅沼が果たす仕事は、生み出すもののクオリティは、年齢にも性別にも社会の風潮にも、何にも左右されない。

「自分の能力の有無が誰にでもわかる状況で作業できるっていうのが、想像以上に心地よかった。そこでならまっすぐ努力できる気がしたし、実際そうだった」

世界共通のルールの中、公衆の面前で勝利を収めるべく、日々鍛錬を積み重ね続けるアスリートのように。

「映画撮るのは勿論好きだったし、監督辞めたときはもっとモヤモヤするもんだと思ったんだけど、私、映画を作ることより映画の現場でみんなといることが好きだったっぽい。好きだなーって思える作品を作る一員でいられることが、私にとっては大事だったみたいなんだよね。今ごろ、器と中身がやっとしっくりきてる感じするもん」

時間かかったよねえ、と笑う浅沼の隣で、尚吾は「そうですか」と何でもない相槌を打つことしかできない。

頭の中が散らかっている。

自分が向き合うべき問題がどこにあるのか、それは何なのか、摑《つか》めるようで摑めない。

かつては共に同じ作品を撮った人の名前を視界に入れただけで、何もかも手につかなくなってしまうほど心を砕かれていること。

厳しい選考を経て高品質で伝統ある環境に辿り着いた自分が足踏みをしていて、野良から飛び出した紘のほうが先に世の注目を浴びている現実を受け入れられないこと。

いつしか、脚本の内容よりも世界への目配りに力を注いでいたこと。知らず知らずのうちに、本来は繋がらないものを繋げてしまう等号を幾つも手にしてしまっていたこと。所詮、人や時代ごとに取って代わる評価基準と共に揺らぐような自分であったこと。

その世界から降りることを選んだと、つい先ほど話してくれた人を前にして、尚吾は何を言えばいいのかがわからない。

「いろいろ話したけど、結局、自分が愛されることが目的の人は、この業界に向いてないような気がする。お金も人ももう、とっくに別の場所に流れてるから」

浅沼が口を開いたとき、世界を裏返したように、パソコンの画面が暗くなった。ずっとカーソルを動かしていなかったので、スリープモードに切り替わったのだ。

「結局、自分じゃなくて自分の創作物のほうが愛されてほしいっていう人じゃないと、最後まで粘れない世界なんだと思う」

真っ暗になったはずなのに、尚吾は何故か、その画面の中にはいくつかの文字が表示され続けている気がした。

「でも、中身より状態を整えれば手っ取り早く色々なことが成立するのが現実だし、そんな現実の中にいたら、判断基準もどんどん歪んでいくのは当然なんだよ」

大土井紘、天道奈緒。アクセスしていた記事の中にあった二人の名前がまだ、暗い闇の中で光っている。

「あんたも占部も、状態より中身を優先する人なんだと思うよ、元々は」

浅沼の声が優しくなる。

「こんな、誰も出社しない年始の雪の日にひとりで脚本書きに来ちゃうくらいには、中身を磨きたい人なんだと思う」

ヤバイからあんたの行動、と、浅沼がちゃっかり茶化してくる。

「私はそこまでじゃなかったし、今はもう当事者としてそういうことを考える体力もない。シンプルにクオリティのことだけを考えたいとか、そういうことで悩んでるあんた見てると、もどかしいし、なんかちょっと、その青さが羨ましくもある」

馬鹿にしてるわけじゃないからね、と、浅沼が付け加える。

「あんたが考えてることって多分、だいぶざっくり言っちゃえば、この世界とどう向き合うかって話なんだよ」

窓の外では、雪が降っている。

「おかしな等号だらけの世界に対して、自分はどういう判断基準を持つのかっていう話」

世界を四角く切り取る窓枠の中を、白くてやわらかい雪が、ふわふわと揺れながら落ちていく。

「そういうことを根詰めて考えられるのって、人生の中で本当に一瞬なんだよね。世界と向き合うとき、こちら側が自分ひとりだけでいい時間。立場とか責任とか生活とか、そういうことを脱ぎ捨てて世界と向き合える時間」

天から落ちて地で溶けるまで、雪の姿を見ることができるのはほんの一瞬だ。

「その一瞬の中でどういう問いを立ててどれだけ考え尽くしたかっていうのが、映画監督になるような人にはすごく大事なんだろうなって思うよ」

その一瞬をきっと、占部はもう通過してしまったのかもしれない。その一瞬がこの、監督補助としての時間なのかもしれない。尚吾は、代わる代わる落下していく氷の結晶を見つめる。

「その時間に考えることから逃げちゃうと、変だなーって等号も見逃しながらぼんやり生きていくことになるから。バランスが大事とかさ、どうせ誰もが行き着くつまんない答えで早々に自分を甘やかすことになるから。私みたいに」

ってうるさいわ、と勝手に自分にツッコミを入れると、浅沼は、声のトーンをひとつ下げた。

「ねえ」

黒いパソコン画面の向こうで、白い雪が閃《ひらめ》く。

「答えのないことを考えていられる時間って、本当に贅沢なんだよ」

言葉が静かに降り積もる。

「あんたはもっともっと考えてさ、なんとなく答えが見つかるようなことがあったら、私にも聞かせてよ。私、またギャーギャーうるさいかもしれないけど、聞いてみたい」

浅沼はそう言うと、「ちょっとトイレー」と椅子から立ち上がった。

ひとり残された尚吾は、誰もいないオフィスを見渡す。雪が降っているのは窓の外なのに、つむじの真ん中の部分に、冷たい何かが一粒ずつ重なっていくような気持ちになる。

ここは、間違いなく、自分が辿り着きたかった場所のひとつだ。質の高い人やものばかりに囲まれた新生活を、千紗と一緒に喜び合ったことは記憶に新しい。

だけど、日刊キネマの映画評がいま取り扱いたい対象は、大きなスクリーンでは見るに堪えないだろう編集が施された紘の動画で、占部が果たせなかったことをいま叶えていっているのは、目配りの技術に長《た》けた天道奈緒だ。

それが今の世界だ。

質、価値、再生回数、誰かの評判、受賞歴、時代に合った発信の方法、物語に反映された価値観。人や時代によって揺らぐ評価基準と、どうせ一緒に揺蕩《たゆた》ってしまう自分の中身。

そのうえで考えるのだ。この窓枠の内側にいられるうちに。

雪の粒が、どんどん大きくなっていく。気温はまた下がっているのだろう。帰り道の心配をしながら、尚吾は、デスクに広げられたノートがまた一段と白く染め直されたような気がした。

9

「いや、なんか、ここ通うようになって目の疲れとか超減ったんですよ、ほんとに」

画面の中で喋り始めた女性は、二つの掌をまるで新体操のリボンのように軽やかに動かし続けている。紘は、FlapTVのスタッフとして働くようになって、若い世代には、何かを話しているとき口よりも手をよく動かす人が多いと知った。

「どこで診てもらっても目の霞《かす》みが取れなくて困ってたんですけど、ここでもらった目薬使ったら一気に解決したんです。コンタクトもここで紹介してもらったやつに変えたらすごく快適になったし、休みの日は定期検診も兼ねて結構来ますね。さっきの診察でわかったと思うんですけど、ここのお医者さん色んな話聞いてくれて、結構癒しなんですよねえ」

天道奈緒はそこで言葉を切ると、紘の隣にいた宇井野《うい の》ディレクターが「はい、ＯＫ」と手を叩いた。天道の表情に特に変化はなく、そのことからも、カメラを向けられている状態が彼女にとっていかに自然なことなのかが推し量れる。

「今日はここで終了です、お疲れ様でしたー」

そんな声だけ聞くと大所帯の撮影班のようだが、そこにいるのは紘と宇井野と天道、三人だけだ。

天道にはマネージャーがいるらしいのだが、「今日はだらっと密着する感じですよね？　ならいなくても別に困らないかなって」と、集合場所に一人でやって来た。三月のはじめの東京はまだまだ寒いけれど、天道は思いっきり脚の出たホットパンツを穿《は》いていた。密着中、寒くないんですかと尋ねた宇井野に対し、天道は明朗快活にこう答えた。

「オシャレは基本、我慢ですから。ていうか、オシャレに限らず、自分が好きなものを貫くって、どこかでサムい目で見られたりするわけじゃないですか。そこで負けない、負けてやらないってことが大事だと思うし、それが私のモットーなんですよね。私は私なんで。誰かに好かれるために服選んでるわけじゃないんで」

丸ごと諳《そら》んじているかのような物言いに紘は少し鼻白んだが、宇井野はその言葉を聞きながら満足そうに頷いていた。そのとき紘は、なるほど、こういうことを言うのが売りの人なんだな、と、名前しか知らなかった〝天道奈緒〟の立ち位置を悟った。

FlapTVのスタッフになって数か月。視聴者層である十代に人気のインフルエンサーたちと触れ合う機会が一気に増え、それに伴って、その土からその野菜は採れないだろうという言葉を見聞きする機会も増えた。

先ほどの、その服で寒くないかという問いを人生観で押し返すようなやりとりはいい例だ。大人たちはまさにFlapTVのような場所で、これまでにはなかった方法で名を上げ始めた若い世代の人間を担ぎ上げる。大人たちは自分の物差しからすると〝新しい〟彼ら彼女らから、〝古い〟側の自分たちを突き刺してくれるような格言めいた言葉を引き出そうとする。何だかサボってるよなと感じるが、その構造を理解し意識的に相手の期待に応えられるような人、まさに天道奈緒のような人材が担がれるまでに立ち会うと、いちいちうんざりすることにも疲れてしまう。

ただ、それでいて天道奈緒的な彼ら彼女らは、発生源すら突き止められていない風の中を恐れることなくクルクル自由に踊っているようなしなやかさがあり、紘は不思議と親近感も抱いていた。いつ止まるかわからない渦の中で、確かに薫っているはずの不安や目的をあえて見定めない。高所にはいるけれど決して何処にも飛び立っていかない風見鶏のように、何かを忙《せわ》しなく動かし続けてはいる。

今日は、FlapTVの中でも人気のコンテンツである『情熱大陸2・0』の収録だった。紘は初めてこの番組に携わったとき、何でも2・0を付ければいいと思っている中年的なセンスに早速辟易《へきえき》した。ただ、宇井野曰く、十代の視聴者はその2・0の意味をそもそもよく理解していないから大丈夫らしい。じゃあ何のための2・0なんだろうと思いながらも、紘は自分がカメラを向けることになる対象に関する資料を丁寧に確認した。

ジャンルを問わず0から1を生み出す、早熟な天才クリエイター・天道奈緒——番組が用意しなかった。

た煽《あお》りを読んだとき、紘は、自分はこの名前を知っている、と思った。だが、宇井野に「お前、この人に動画褒められてなかったっけ？」と言われるまで、記憶と現実のピントはなかなか合わなかった。

「お疲れ」

天道奈緒の背中がしっかり遠ざかると、宇井野がスイッチを切った声を出した。

「ていうかお前、ほんとに立場明かさなくてよかったの？　御礼言えたかもしれないのに」

「大丈夫です」

紘も、機材を片付ける。といっても、カメラをケースに収めるくらいのことだが。

「ふうん。でもあれだな、名刺渡しても、こっちから説明しなきゃ意外とわかんないもんなんだな」

意外と、という言葉にこそ、紘は意外性を覚える。説明したところで、思い出されない可能性のほうが高いだろうに。

ここ数か月で、バズるという表現が当てはまる現象がいかに一過性の出来事であるかを、紘は痛感した。たとえ今日、天道奈緒に対して「大土井紘です、『ROAD TO LAST FIGHT』を観ていただきありがとうございました」と頭を下げてみたとして、彼女はピンと来なかったに違いない。確かに天道奈緒のＳＮＳでの投稿が『ROAD TO LAST FIGHT』の再生回数に大きく寄与したことは事実だ。だが、本人は日々あらゆることについてＳＮＳ上で言及しており、そのとき言いたかったことにこの動画の何かがハマったというだけなのだ。彼女は、動画の内容に感銘を受けたわけではない。

そしてそれは、天道奈緒に限った話でもない。世の中全体に当てはまる構図だ。皆いつも、何か言いたい。その材料を探している。

「ちょっと俺挨拶してくるわ、眼科の人たちに」

宇井野がそう言い、顎で建物の入り口を指す。最後の眼科は天道の思いつきで寄った場所であり、それでも快く撮影に協力してくれたのだ。

「じゃあ俺、ちょっと煙草吸ってきます」

紘はそう返しながら、早速、さきほど撮った素材を頭の中でパズルのように組み合わせ始める。全部で二十分間の映像を三つに分けて配信する予定だ。一本目だけしか観てもらえない、なんてことにならないよう気をつけなければ。

「俺もあとで行くわ。近くに吸えるとこあった?」

「さっき渡った橋のところに喫煙所ありましたよ」

「さすが」

眼科の中へ消えていく宇井野に手を挙げると、紘は目をつけていた喫煙所に向かう。

暦の上ではもう春らしいが、街の色も道行く人々の服装も、まだまだ一つ前の季節を引きずっている。頭の中ではほぼ編集が終わったも同然なのに、すぐにでも作業に取り掛かりたいと思えていない自分の体温の低さに、紘は心身ともに春の訪れは遠いなと思う。

磯岡ジム及び磯岡ジム公式Channelとの関係は、昨年末で解消された。表面上の理由は、大樹を含めたジムのスタッフが、動画制作のノウハウを紘から学び終えた、というものだった。大樹は、要のいる場所では「役割を終えたあなたは、円満卒業です。今までありがとうございました」という体を絶対に崩さず、その一貫した態度はいっそ清々《すがすが》しいほどだった。

最後の仕事としてアップした動画『ROAD TO LAST FIGHT』の反響は、想像以上だった。再生回数は勿論、二時間近くの分量があるものの、視聴者の動画内の滞在時間もかなり長かった。広告は、大樹に何と言われようとも最後に一つしか付けなかったが、発生する収益は視聴者の滞在時間によっても左右されるため、結果的に普段の動画と遜色ない利益を生んでいたはずだ。

知名度のある映画サイトで取り上げられたときは、学生時代の友人などから「すごいじゃん！」の一言と共にURLが送られてきたりした。アクセスした先の文章の中にある様々な人名や単語を紘はよく知らなかったが、それはつまり知らない世界が自分に目を向けたということで、心は熱くなった。

ただ、その現象は、毎日大量の新作が誕生し続けている巨大プラットフォームの中で打ち上がった、一瞬の花火に過ぎなかった。

この世界は濁流だ。ほんの数分で、画面を流れていくサムネイルは様変わりする。人気の動画が生まれては、すぐにどこかへ流されていく。そして、濁流の中をある程度の期間泳げたとしても、それはあくまである巨大な一つのプラットフォーム内でのことで、現実に続く岸に指が触れる予感はなかった。映画サイトの評の中には〝今や、監督を務めた大土井紘に作品のオファーをするべく接触を試みるプロデューサーもいるという〟なんていう文章もあったが、実際にそんなことはなく、ただただ突然打ち上げられた花火に一瞬照らされただけだった。そして、濁流を照らす光はそんな一瞬の花火の連なりで、輝き続ける一等星があるというわけでもないのだった。

それは、バズる、という言葉の響きから受ける印象そのものに似ていた。名もなき者が話題に上り、一瞬で有名人になる。だが、忘れ去られるのも一瞬。力強い音が響いた気はするが、何だ何だ、と思っているうちに、もう次の音が鳴っている。人々の目に映っているのは、特徴的な音を轟かせた発生源の正体ではなく、たくさんの音が鳴っている賑やかさそのものなのだ。誰がどんな音をどんなふうに鳴らしたのかはどうでもいい。そこらじゅうで色んな音が鳴っている喧騒の中で踊るのが、楽しいのだ。たとえ大樹のようなやり方で無理やり音を鳴らしている者が多数を占めていたとしても、皆、音が鳴っていることが楽しいのだからそれでいい。

でも、人々を踊らせる音符の一つに収まったとして、紘は不思議と嫌な気持ちにはならなかった。それよりも、『ROAD TO LAST FIGHT』を制作しながら通常のフィットネス系動画も投稿していたときのような、「最低限の質を保ったままどこまで量産できるか」というルールから抜け出せたことに安堵《あんど》していた。チャンネルを離れる最後の数週間は、ジェンガにでも興じているようだった。時間も知恵もないが、投稿数を減らすことは許されない。そうなると、この要素を抜いてもまだ再生数は落ちない、ここを抜いてもまだ動画は成立する、というように、本当はそんな箇所は一つもないはずなのに、抜き取ってもいい部品を見つけ出す作業の繰り返しだった。

大樹たちが動画制作のノウハウを会得《えとく》したというのは完全なる嘘だったが、紘は、真実をきれいに覆い隠せるよう様々な言葉を用いて編まれた絶縁状を素直に受け取った。これまで、磯岡ジム公式Channelから支払われていた金額に不満は全くなく、それどころか、これだけ稼げているならば外部のスタッフを減らして利益を独り占めしたくなるのも当然だろうと思うほどだったので、特に揉め事もなく紘はチャンネルから離れることになった。すぐに引っ越すことは難しいだろうということで、寮には一月末まで住まわせてもらえた。ただ、大樹も暮らす空間に留まり続けることは気まずく、紘としては早く出てしまいたかったのだが、次の仕事が決まっていないとなると家賃以外の条件で住むエリアを絞ることすらできず、結局ジム側の温情に甘えることにした。

退寮することが決まってから、一度だけ、要から一緒にロードワークをしないかと誘われた。二人きりでのロードワークなんて初めてだったので、紘は「ついていけるわけねえじゃん」と笑ったが、「ペースは、合わせるから」と返す要の表情を見て、紘は誘いに応じることにした。

要は、大樹の言うことをそのまま信じているわけではなさそうで、走っている間、終始何かを訊きたそうな表情をしていた。だけど、それでいて、リング上と自身の肉体以外の場の治安に対して無頓着な様子はそのままで、紘にとってはその様子がひどく心強かった。この男はこれからも、勝手に生まれて勝手に消えていくルールから外れたところに立ち続けるだろうと思った。

彼が向き合うのは自分自身だけでいい。そうしていることを許された人にだけ宿る輝きの中に、ずっと、いてほしい。紘はそんな願いを、日が昇っていく冬の朝の中に、白い息と一緒に潜ませた。


年が明け、動画の締め切りのない期間は、ひどく穏やかだった。四方に壁のない温かい水の塊にただただ浮かんでいるような日々の中で、紘はふと、母のことを思い出した。

磯岡ジム公式Channelから離れた今、きっともう星野料理長との接点は生まれないだろう。母にあれだけ頼まれていたサインをもらう機会は、二度と訪れないかもしれない。結局帰省もできなかったので、年始の挨拶も兼ねて、紘は年が明けた数日後、久しぶりに母に電話をした。

【何？　サイン？】

実家の番号に連絡をしても出なかったので、携帯の番号にかけ直した。すると、やたら騒がしい世界から、面倒くさそうな母の声が這《は》い出てきた。

【よかよそれは、星野料理長とかもう見とらんし。なんかずっと魚さばいとるだけやけん、飽きてしもた。それよりあんた、ネトフリの韓国ドラマ観とる？　あれ何であんな面白いん？　桑原さんとこに薦められて契約してみたばってん、何あれ、あぎゃんとがひと月千円ちょっとで見放

題でよかと？】

母はどうやら、今度は定額制の動画配信サービスにハマっているらしかった。【あの子のオススメには外れナシや】母が高校時代の彼女と未だに連絡を取り続けていることに相変わらず慣れない紘は、「じゃあサインはもういらんね」と言い残し、電話を切った。

電話を切ると、そんなわけはないのに、町屋という土地に暮らす人々の呼吸音のみに囲まれているような気持ちになった。空を埋め尽くしていると思っていた花火がすべて偽りで、天に鳴り響いていると思っていた音はすべて出鱈目《でたらめ》だったと種明かしをされたようだった。

紘は、もうすぐ出ていかなくてはならない部屋のベッドに寝転び、巨大な編集画面のような天井を見つめた。まず、目に見える部分から今の状況を整理していこうと思った。

自分は、職を失ったのだ。すぐにお金に困るわけではなかったが、ずっとこのままではいられない。

自分が尚吾とは違う道を選んだのは、凝り固まったルールから解放された場所で、ただただ心震えるものを撮りたかったからだった。だけど、自由に動き回れるように見えた場所にもすぐ、ルールは追いついてきた。そして、そのルールに殺されずやっていける方法をやっと見つけ出すころには、もうその次の新しいルールが姿を現した。拳で相手を倒すというような、勝敗が誰の目にも明らかな場所に立たない限り、次々に生まれるルールから完全に逃れることは、きっとできない。

――よかて思うものは自分で選べ。

紘はそのまま、眠るわけでもなく目を閉じる。瞼の裏にあるスクリーンが映し出すのは、いつだって、故郷の島に息吹《いぶ》く景色たちだった。四つの季節などでは区切れない、三百六十五色のグラデーションをまとった風景たち。

大人になって技術と資金を手に入れられれば、高校生のころに体育館で行った上映会をもっと大規模にしたような催しができると思っていた。だけど、それは幻想だったのかもしれない。あの山も海も体育館も、あの瞬間の島にしか、なかったのかもしれない。

――なあ、紘、よかて思うものは自分で選べ。どうせぜーんぶ変わっていくと。

結局、そのまま眠ってしまった。翌朝目を覚ますと、磯岡ジム公式Channelの概要欄に記載していたアドレスに、FlapTVの宇井野と名乗る人物からメールが届いていた。


「こんなところよく見つけてたな」

夕暮れを背負って喫煙所に現れた宇井野は、薄手のダウンジャケットのジッパーを首元まで上げていた。川に架かる橋の袂《たもと》にある喫煙所ということで、確かに、そうでない場所に比べて体感温度が低いような気がする。

宇井野は、要が出演していた『闘魂・輪廻転生』のスタッフだった。大樹が自身を誇示するためにFlapTVの関係者に紘を紹介していたとき、その場にいたらしい。その後、紘が制作した動画を観て、まずは契約社員という立場にはなるがFlapTVのスタッフに加わらないかと連絡をくれたのだった。

「このあと編集所戻って素材確認して、全体の構成決めようか」

「はい」

宇井野について、駅までの道を歩く。自分が六本木に勤めることになるなんて、町屋にいたころは全く想像していなかった。

紘は、宇井野からの打診を、宇井野が驚くくらいのスピードで受け入れた。勤務先が定まれば、物件探しは簡単だった。六本木まで都営大江戸線で一本の落合南長崎駅、その目白寄りのエリアに丁度いい物件があり、すぐに内見に行った。大学時代に住んでいた要町に近いというところも、勝手に、その街への信頼感を高めていた。

引っ越しは、要を始めとする寮生たちが手伝ってくれた。若い肉体と有り余るパワーは、人間一人分の生活用品などあっという間に運んでしまった。紘はその様子を見ながら、彼らから漲《みなぎ》る生き物元来の逞《たくま》しさをすごく懐かしく思うときが、きっとすぐに来るのだろうなと思った。

「そういえば、次のゲストからアンケートって返ってきた？」

「まだです。明日が締め切りと伝えてはあるので、戻してくれるとは思うんですけど」

来週は、美容系YouTuberの中では唯一、男性かつ登録者数が百万人を超えている人物に密着する。その男性は、FlapTVを立ち上げた会社に初期から所属する、いわゆる〝大御所〟らしく、前もって細やかなアンケートを取る等、不備がないようにと上から口酸っぱく言われている。

「俺、なんかこの人のこと、知ってる気がするんですよね」

「ええ?」宇井野が一瞬、茶化すように語尾を上げる。「お前、メイクとかするんだっけ?」

「しないんですけど、なんか、ここ最近とかじゃなくてずっと昔に見たことある気がして」

「へえ。まあそのジャンルでは有名な人だし、なんかで見たことあるのかもな」

宇井野はそう言うと、地面に下ろしたリュックからアイコスを取り出しながら、「ていうかあれだだな、今日の子、単独の密着番組にして正解だったな」と続けた。

天道奈緒は当初、FlapTVの視聴者層に人気のあるインフルエンサーたちを集めたトーク番組にキャスティングされていた。だが結局、その番組自体が別の企画と差し替えになった。宇井野や紘を含めたスタッフでいくら会議をしても、一体どんなトークテーマを放り込めばその場が盛り上がるのか、誰も確信を持てなかったからだ。

「トーク番組って聞いたときから、成立しない匂いプンプンだったけどな」

そう呟く宇井野は、もともと民放キー局のテレビ番組を製作していた。誰もが知るような人気バラエティ番組で、六年ほどADをしていたという。

「みんな、芸能人みたいに話す技術があるわけじゃないですもんね」

紘が同調すると、「っていうよりも」と宇井野は流れを止めた。

「関係性がないんだよな」

紘の右隣にいた男性が去って、新たに女性がやってくる。喫煙所は人の入れ替わりが激しい。

「俺たちがテレビを通して観てるものって、結局、文脈とか関係性なわけだから」

宇井野はそう呟くと、また煙を吐いた。だけど、その口から零れた言葉は、どこにも行かない。

文脈、関係性。

「俺、バラエティ作ってたときほんと痛感したんだよ」

また一人、喫煙所から足早に去っていく人がいる。

「例えばさ、海外で無茶なことやらされる芸能人Aのコーナーがあるだろ。何でもいいよ、裸踊りとか現地のヤバイもの食わされるとか」

でも、と、宇井野は一度、言葉を切る。

「俺たちが観て笑ってるのは、多分、芸能人Aの言動そのものじゃないんだよ。そのVTRをスタジオで観てる芸能人Bとの関係性とか、Aと業界そのものの関係性とか、そういうものをひっくるめて観てるんだよ」

今度は、スーツ姿の女性が喫煙所にやってくる。眉間に皺を寄せて、携帯の画面を睨み付けている。

「Aが芸能界の中で重鎮であればあるほど企画の無茶さが際立つし、BがAの後輩で、Aに昔イビられてたなんて文脈があれば最高だよな」

宇井野が、ふっと、表情を緩めた。だけどそれは、笑ったというよりも、表情筋をコントロールすることを諦めたという雰囲気だった。

「裸踊りもゲテモノ食いも、それだけじゃ別に面白くない。その世界の中で誰がどういう存在で、過去に誰と誰の間にどんな関係があって、ってことのほうが大事なんだよ。むしろそれさえあれば、裸踊りもゲテモノ食いも何もいらない」

喫煙所という一つの限られた空間に、性別も年齢も様々な人たちが集っては散っていく。だけど、何の関係性もない人たちが一時集まったところで、そこには何も生まれない。

「『闘魂・輪廻転生』だって、引退した人間とスター選手の卵って組み合わせがいいんだよな。あれがどっちもただの選手だったら、あんなにも人気番組になってない」

宇井野のアイコスは二本連続で吸えるタイプのものらしい。慣れた手つきでヒートスティックを取り替えると、「だから」と続けた。

「個人的に交流があるとかじゃない限り、人気インフルエンサーって肩書で揃えたからってトークが盛り上がるわけじゃないんだよな。話す技術とかそういうこと以前に、関係性も文脈もこれから構築されていく人たちなんだから」

紘の頭の中で、関係性も文脈もない中で輝く幾つかが、ちかちかと点滅する。

ただそこにあるだけで美しい故郷の景色。

立ち姿だけで人を惹きつける、研ぎ澄まされた要の身体。

「YouTuberの動画なんて何が面白いんだって言う人未だにいるけどさ、その人たちは単純にそのYouTuberのこと知らないだけなんだよな。YouTuberも芸能人も、やってる企画は大して変わらない。出演者と視聴者の関係性が成立してるのが、今のところテレビのほうが多いってだけ」

背中を反らせながら、宇井野が「あ、そういえば」と紘を見た。

「今テレビで話題になってる立原尚吾って、もしかして、お前と一緒に映画撮ってた奴じゃない？」

「あ、そうです」

最近知り合った人から尚吾の名前を聞くのは、とても新鮮な感覚だった。紘は煙を吐き出しながら、「よく気づきましたね」と呟く。

数日前、人気女優、國立彩映子がとあるニュース番組で特集された。英語の勉強を重ね、二十歳にしてハリウッド映画のヒロインの座を勝ち取ったということで、かなり長尺の特集だったらしい。その中で投げかけられた、「日本で新たにタッグを組みたい監督はいますか？」という質問に対し、國立が尚吾の名前を挙げたのだ。尚吾の名前は一瞬、検索ワードランキングの二位にまで上り詰めた。

「すげえよなあ。理由も真っ当だったたし。やっぱ才能あったんだな」

一度、あるブランドのプロモーション映像の現場でご一緒した方なんです。そのとき立原さんは、確か、助監督みたいな立場でした。ラストシーンの演出がなかなか決まらなくて、しばらく撮影が止まってしまったんです。最終的に立原さんのアイディアが採用されたんですけど、その演出が私の中ですごくしっくりきて……小さな仕草の変更があったんですけど、それが絶妙だったんです。そのあと、過去に監督されたという作品も観たんですけど、色んな所に細かなこだわりを感じられて、びっくりしました。神は細部に宿るっていうのかな、そういうことを久しぶりに感じました。大切なのに忘れがちになってしまうじゃないですか、そういうことって。だから、是非、一緒にお仕事してみたくて――そう話す國立の美貌も大きな話題となり、尚吾の名前は一瞬の花火では終わらず、拡散され続けている。

「立原君って今何してるの?」

「鐘ヶ江誠人監督のスタッフやってます」

「マジ!? エリートだな～」

才能あるやつは違ぇよなぁ、と、宇井野は何故かけらけら笑う。

「ていうかさ」

一瞬強く吹いた風に、紘は、上半身をきゅっと縮こまらせる。

「俺は結構お前が謎なんだけど」

「謎ですか?」紘は思わず笑ってしまう。

「だって、ぴあフィルムフェスティバル獲ったあとにそのへんのジムのチャンネル手伝うとか、あんまり聞いたことないって。それこそ鐘ヶ江監督みたいな人のとこ行こうとか思わなかったわけ？」

もう、吸い終わってしまう。紘は、最新型ではない自分のアイコスの非力さを若干愛しく感じながら、「そうですねえ」と煙を吐く。

文脈とか関係性。さっき宇井野から聞いた言葉が、体の中に充満していく。

「俺はその、何とかフェスティバルってやつが生む文脈が、わかんなかったんですよね」

スーツ姿の女の人が、喫煙所を去っていく。

「審査員のこと誰も知らなかったんですよ、俺。だから、あの賞を獲ることが業界的にどういうことなのかとか、いまいちピンと来てなくて。それは今もですけど」

宇井野が「うーわ、やなやつ」と口元を緩める。そんな茶化しも、今の紘は気にならない。

「お世話になっている名画座が、特別上映してくれたんですよ。いつも通ってた劇場で、映画好きが集まる場所で」

一瞬の夕暮れが、どんどん終わっていく。

「でも、人が全然来なくて」

夜の予感がする。

「チラシとかに、なんとかフェスティバルグランプリ受賞、とかでっかく書いてくれてたんですけど、そういうのも意味なくて。あのとき、今時賞とかそういうの、もう頼れないんだなって思ったのかもしれません。尚吾はすげえ嬉しそうでしたけど」

がらがらの劇場を思い出そうとしたのに、紘の脳裏にはなぜか、島の人々でいっぱいの体育館の映像が浮かんだ。

「そりゃ嬉しいだろ。自分の映画が初めて映画館で流れるんだから。嬉しいだろ普通に」

「でも、人に観てもらえてないんですよ？　映画を上映する目的って、映画を上映することじゃなくて、人に観てもらうことじゃないですか」

体育館では、もう一回、もう一回、の声に応えて、何度も上映が繰り返された。

「どれだけすごいもの作っても、人に観てもらえる場所に置かないと意味ない気がしていて。俺は美しいと思ったものを撮るのが好きなんですけど、その出どころとして人があんまりいない場所を選ぶのってどうなんだろうとか思っちゃって」

そのあと島のＨＰに映像がアップされたときも、みんな観てくれた。もしかしたら島民全員が再生したかもしれない。

「そんなこと考えてたら、仕事の依頼が来たんですよ」

また、新しい人が喫煙所にやってくる。関係性も文脈もないので、その人がいきなり刃物を掲げて襲い掛かってこないとも、誰にも言いきれない。

「大学の紹介ムービーを作ってほしいって話だったんですけど、俺たちが撮った映画って、ネットで公開とかしてなかったし、特別上映くらいでしか観る機会なかったはずなんですね。大学の人にＤＶＤとか渡した記憶もなかったんで、何を観て依頼してくれたんだろうと思ってそう訊いたんです。そしたら」

完全に力尽きたアイコスを一瞥《いちべつ》して、紘は言った。

「賞を獲ったからだって」

「はあ」宇井野がつまらなそうに頷く。「まあ、そりゃそうだろ」

「俺、その賞の名前も正確に言えないんですよ。審査員の顔もコメントも覚えてません」

アイコスを仕舞ってしまうと、なぜだかいつも、途端に嗅覚が鋭くなるような気がする。煙草の匂いに浸りながら、紘は続ける。

「尚吾は初めて金銭が発生する映像仕事だって喜んでましたけど、俺はその金銭がなんか怖かったんですよね。気持ち悪いっていうか……俺にきた依頼じゃなくて、賞の名前とかその賞が持ってる歴史とか、そういう、俺自身とは関係ないところにある文脈に金が払われてる気がして」

言いながら、青いな、と思った。宇井野の顔にそう書いてあるのも、すぐにわかった。

だけど。

「俺、そういう文脈とか関係性みたいなものからできるだけ外れたくて、こうやってフラフラしてるのかもしれません」

——よかて思うものは自分で選べ。

「賞とかそういう文脈で誰かに選ばれるんじゃなくて、自分がここだと思った場所を選べる人になりたいのかも、って」

街のずっと向こう側に、暗闇の気配がある。「なるほど」という宇井野の呟きが、夜の予感を呼び寄せる。

「もらったのが映画の賞だっただけで、映画じゃないとダメってわけではないってことか」

実際、映画は好きだし、何でもいいわけじゃない、と思う。でも——そう思い言いよどんでいると、「いや、わかるよ」と宇井野は煙を吐いた。

「俺も転職したとき、テレビが好きな自分と、同世代とか若い世代にもっと観てもらえる場所に行きたい自分がせめぎあったから」

話戻すけど、と言う宇井野の口から、煙が広がっていく。

「俺、バラエティ長くやってて思ったけど、世の中にあるものって結局、文脈とか関係性、もっと言うと歴史とか背景とか、そういうものから完全に脱することってできない気がする」

宇井野がちらりと、腕時計の盤に視線を落とす。

「番組で一億円の絵とか扱うときも、何でこれが一億もすんだよとかずっと思ってたけど、今はなんとなく、世の中にあるものって全部繋がってんだよなって思う。繋がってるっていうより、知らないところで影響し合っちゃってる、とかのほうが近いかな。お互いが影響し合ってることにも気づかないくらいの距離感で、何もかもが関係してるんだよ。貨幣ですら毎日価値が変わるんだからさ、お前だけそこから逃れるなんて無理なんじゃない」

時刻は十七時半ちょっと前。

「俺も、お前に興味持ったのは、もともとはぴあフィルムフェスティバルでグランプリ獲った奴っていうのがきっかけだったからな。そのあと『ROAD TO LAST FIGHT』観て声掛けようって確信したわけで、はじめから作品だけ観るってことにはなかなかならない。その人の本当の能力を知っていくにも段階があるって考えれば、賞とかそういう文脈も、影響し合う情報のひとつだって思えるかもな。賞に色んなものを託しすぎる奴は、その後ちゃんと終わっていくし」

日没だ。

「成し遂げた結果の中身のみで判断されるってもう、百メートル八秒で走るとか不治の病治すとか、そういう世界じゃん？」

宇井野は地面に置いていたリュックを背負うと、「てか、まず、目治せば？」と紘の顔を覗き込んだ。

「目？　ですか？」

「今日ずっと気になってたんだけど、どっちもすっげえ赤い」

ここ最近、コンタクトを着けたまま寝てしまう日が増えていたからだろうか。確かに、目にずっと違和感がある日が続いている。

「特に混んでなかったし、お前、さっきの眼科で診てもらったら？　確か十八時までやってるから、間に合うだろ。編集所来るのはその後でいいから」

編集所にそんな目の奴いたら怖えし、と笑った宇井野の姿が見えなくなるまで、紘はひとり、喫煙所に立ち続けた。何の文脈も関係性もないけれど、どこかで影響し合ってしまっているらしい人々が行き来する様子を、無言で眺めていた。

「何か撮り忘れですか？」

「え、あ、いえ」

受付に保険証を提出した途端そう尋ねられたので、紘はたじろいでしまう。まさか受付に眼科医本人がいると思っていなかったし、その眼科医がカメラマンの顔まで覚えているとも思っていなかった。

「前に、テレビの方で、撮り忘れがありましたって急にいらっしゃったことがあったんですよ。よくあることなのかなと思いまして」

眼科医の穏やかな低い声は、聞いているだけで落ち着く。紘は、患者として訪れてやっと、天道奈緒がプライベートでここに通う理由を本当の意味で理解できた気がした。

「患者さんということでしたら、症状をこちらに書いていただきまして、その後はそちらのソファで少々お待ちください」

閉院まで二十分というタイミングだったが、他に患者はいなかった。壁に貼られた〝その姿勢、目を悪くしていますゞという文言の書かれたポスターには、経年劣化なのか、全体の色に斑《まだら》がある。

「大土井さん、どうぞ」

診察室に入ると、先ほど受付にいた眼科医が出迎えてくれた。天道奈緒を前にしたときと同じく、全く迷いのない動作で、紘の両目を診察していく。

「もともとアレルギーはないですか、花粉とか」「睡眠は十分にとれて……なさそうだね」「コンタクトはどのような種類をお使いですか」

次々と質問を繰り出しながら、見込みのない選択肢を捨てては、疑いなく、答えまでの道のりを突き進んでいく。その揺らぎのない一通りの軌跡が、今の紘には眩《まぶ》しい。

「長い間コンタクトも替えていないようなので、せっかくなら今の状態の視力も測っていきますか？」

ありがたい申し出に、紘は甘えることにする。それに加えて、不思議と、少しでも長く眼科医の動作を見ていたいという気持ちがあった。

「おでこを、そこに付けてくださいね」

目の状態を測る機械に顔を嵌め込むと、レンズの向こう側にある気球が、はっきり見えたり輪郭を歪ませたりする。昔みたいに、右、左などと口で伝える視力検査だけでなく、今では短時間で、たった一つの正解を出すことができる。誤魔化しや曖昧さの欠如は時に冷たさに直結するが、今の紘には、数値による確定的な判断基準がある世界はとても優しく感じられた。

——百メートル八秒で走るとか、不治の病治すとか、そういうことでもしない限り、お前の望む世界にはいけないかもな。

アスリートや、医者。誰の目にも分かる形で、文脈や関係性とは離れたところで、成果を出す人々。

「コンタクトの長時間使用と睡眠不足が重なって、目のピントの調節機能が少し衰えているようです。よく効く点眼薬を出しておきますよ」

想像以上に低下していた視力に驚きつつ、処方された点眼薬の使用方法をしっかりと聞く。柔らかい口調だけど迷いのない言葉の数々にやけに羨ましさを感じながら、紘は目を保湿する成分のあるコンタクトレンズの資料を受け取った。

「もし撮り忘れがあれば、いつでも言ってくださいね」

紘が席を立とうとしたとき、眼科医はそう言った。

きっとそれは冗談だった。紘もそんなことはわかっていた。

「すみません、ひとつだけいいですか」

だけど、重石でも埋め込まれたみたいに、腰が座面から浮かなくなってしまった。

「先生みたいに、問題のある数値をどれだけ変化させられたか、みたいな、誰の目にもわかりやすく結果が出る仕事をしていても」

紘は一度、唾を飲み込む。

「前後の文脈に影響されてばっかりでうんざりしたり、揺るがない価値はどこにあるんだろうって迷ったりするんでしょうか」

失礼なことを言っているという自覚はあった。自分の耳で捉えた言葉はとても無礼で非常識で、そんな物言いを初対面の人にするなんてどうかしていると思った。

「ああ」

眼科医が、デスクに体を向けたまま、紘を見る。

「悩んでいらっしゃるんですね」

そして、身体ごと、紘に向き合ってくれる。

その瞬間、不思議と、自分の中にあるもやもやが全て見抜かれているような気持ちになる。

「答えになっているか、わからないのですが」

眼科医は、もともとやわらかい声を一層やわらかくすると、院内を見渡した。

「うちにある機械は、ここにあるものが全てです。それでなんとか、二十年近く、ここで眼科を続けています」

かち、と、時計の針が動く。

十八時。

「この二十年間、視力改善という大義名分のもと、色んな技術が生まれました。でも、後遺症について患者様に明確に説明できるものは、少ないんです。研究が進んでいるものもありますが、それでもまだ不十分なものが多い」

確か十八時は、本来なら閉院している時刻だ。

「私たち眼科医の使命は、患者様の目の健康を守ることです。ですが、中には、そうではない使命に突き進む人もいる」

眼科医の視線が一瞬、紘から外れる。紘の知らない誰かを思い出しているのかもしれない。

「利益を得ることを目的とした眼科は、後遺症の研究が進んでいない技術もすぐに導入して、安価で提供します。何か問題があっても公にはせず、何食わぬ顔で経営を続けます」

つまり、と、眼科医が紘の目を見つめる。

「どんな世界にも、信じるものを揺るがそうとしてくる人間はいるということです」

本来ならば閉院している時間に、治療とは関係のない話題に真正面から向き合ってくれる人。

紘は、今の自分はきっと、決して今日初めて会った人には見せない表情をしているだろうと思う。

「医学の世界は確かに、数値で様々なことが定義されているように見えると思います。でも、そういう場所にも、都合のいい文脈に挟み込むことでその数値をだまくらかすような、悪い遺伝子が存在するんです」

悪い遺伝子。紘は、声に出さずに繰り返してみる。

「だからきっと、どんな世界にいたって、悪い遺伝子に巻き込まれないことが大切なんです。一番怖いのは、知らないうちに悪い遺伝子に触れることで、自分も生まれ変わってしまうことです」

眼科医の声が少し、低くなる。

「見えない文脈に挟まれて、いつの間にか」

眼科医はそう言うと、「カメラ、回しておかなくてよかったんですか？」とわざとらしく首を傾《かし》げた。

10

シンクに水がぶつかり、音が砕け散る。

「そういえば」

千紗が、タオルで手を拭きながら尚吾のほうに振り返る。尚吾は、ダイニングテーブルに広げたノートに向き合ったまま、つむじで千紗の声を受け止める。

「結局、長期ロケってまた延期になったの？　それともなくなっちゃった？」

流れるように続く「お茶飲む？」という問いかけに、尚吾は首を振る。購入時と比べて忙しさが増した今、一日に複数回訪れてしまう食事の時間を短縮できる完全食は、今や尚吾にとって人切な相棒のような存在になっていた。ただ、ドリンク形式であるため、さらに液状のものを摂取すると頻繁にトイレに立たなくてはならなくなってしまう。

「一応延期って聞いてるけど、具体的にいつに延期になったのかとかはよくわかんないんだよな」

尚吾は、ペンと脳を動かしながらそう答える。「ふうん、困っちゃうね」声が近づいたことから、千紗が向かいの椅子に腰を下ろしたことがわかる。

一月の終わりごろから本格的に始動する予定だった鐘ヶ江監督の最新作の製作は、暗礁に乗り上げている。昨年の後半は、監督補助としてその脚本チェックやロケハン、メイン以外のキャスティング等を鐘ヶ江と共に行いつつ自分の脚本を進める日々だったが、年が明け、全体的なスケジュールの再調整が必要という通知が突如スタッフに伝えられた。衣装合わせや脚本の読み合わせ等のスケジュールが一旦バラされたものの、それ以来、三月下旬の今も、動きは止まったままだ。

すぐ近くで、千紗がお茶を啜る音が聞こえる。

これまで監督補助として様々な現場に立ち会い経験を積んできたが、どれも、オリジナルの長編映画ではなかった。潤沢な予算の代わりに頷きづらい注文も増えるような、スポンサーありきの現場からも学べることは多かったけれど、やはり鐘ヶ江誠人の真骨頂はオリジナルの長編映画だ。尚吾は、本領発揮ともいえる現場にやっと携われることをずっと楽しみにしていたので、延期の連絡をもらったときは肩透かしを食らったような気持ちになった。しかも今回は、鐘ヶ江が幼少期を過ごした長崎が舞台のオールロケ作品ということで、業界内でも注目度が高かったのだ。

「浅沼さんとか他の人たちも、詳しい理由わからないの?」と、千紗。

「んー。なんかあんまり突っ込んだこと聞けない雰囲気なんだよな。チームも一回解散になっちゃって、だからみんな空いたスケジュールに別の現場入れてるんだけど、そんな状態でまたいきなり集合かけられても集まれるかどうかわかんないし」

酒量と仕入れる情報が比例することでお馴染みの浅沼でさえ、今回の延期に関してはすすんで言及しようとしない。そして尚吾も、その理由をなんとなく察している。

鐘ヶ江は、健康面に問題を抱えているのではないか──そんな予想をいざ検証しようとするたび、尚吾は、すべての内臓が数センチずつ体内を落下していくような気分に陥る。

【映画製作というのは、体力も気力も想像以上に必要です。ゼロの状態から一つの作品が生まれて最終的にパッケージとして販売されるまで、数年かかります。そうなると、あと五作撮るとして約十五年。最近よく、自分はあと何本の映画を監督できるのかしっかり逆算して動かなければと考えます】

鐘ヶ江はここ数か月、インタビューなどでこのようなことを頻繁に口にするようになった。だが、いざ本人を目の前にすると、全身から漲る創作への活力に驚かされるばかりで、自分の父親よりもずっと年上だということをすっかり忘れてしまう。そういうとき、尚吾は、年齢や肩書、おそらく性別までをも取り払う最大の感情は尊敬だと感じる。余計な文脈を削ぎ落とし、そこにある心のみと向き合うことができれば、人間関係は実はシンプルになる。

だからこそ、改めて年齢を調べて驚いたのだ。『門出』のときにはもう映画の現場にいたのだから当然なのかもしれないが、六十五歳とは、一般的には勤労の場から退いてもおかしくない年齢である。

「そういえば」

尚吾はペンを置く。

「玉木シェフは、もう現場から身を引いたんだっけ?」

顔を上げると、いつものように髪の毛を高い位置でまとめている千紗が、ゆっくりと首を振った。

「そういうわけじゃないよ。うちから移っただけで、あっちでは料理長としてキッチンに立ってる」

鐘ヶ江の年齢を調べたとき、尚吾はなんとなく、千紗の上司であり敬愛する料理人・玉木曜一の年齢も調べた。偶然にも、玉木と鐘ヶ江は同い年だった。

千紗は、玉木曜一に師事すべく目白にあるフランス料理店『レストランタマキ』に就職した。玉木の手さばきを見て学ぶ日々が続いていたが、昨年末、玉木は『メゾン・ド・鏡泉《きょうせん》』という店に移った。料理長として引き抜かれたのだ。

「こっちに来てくれる日もあるけど、もうほとんどあっちにかかりきりかな。やっぱり、就任したての今が一番忙しいみたい」

玉木が店を移ってから、千紗は少し痩せた。本当に体重が落ちたのか、表情や雰囲気が肉体をそう見せているのかわからないが、その両方かもしれない。

『メゾン・ド・鏡泉』の〝鏡泉〟は、遡れば江戸時代に呉服店を営んでいたというルーツを持つ企業〝鏡泉ホールディングス〟に由来する。一九〇〇年代初頭に株式会社化された鏡泉ホールディングスは、今は全国で百貨店や駅ビルなど多数の商業施設を経営している大企業だ。商売の特性上、店を構える街全体の活性化を担う役割も期待されており、特に規模の大きな百貨店の近くでは劇場やコンサートホールなどの文化的施設を運営するケースも多い。さらには、百貨店に出店している様々な食品会社、洋酒やビール、清涼飲料水の製造・販売等を行う企業グループと提携したレストランも併せて経営することで、買い物、観劇、食事と、少し古い時代に一般的とされていた休日のスケジュールを丸ごと鏡泉系列の空間で賄《まかな》える状態を作り出している。

玉木は過去に一度、『メゾン・ド・鏡泉』と同規模の店の料理長を務めたことがあり、ワインに造詣が深い玉木にとって、世界中のワインを仕入れられることも、そのワインを主体にしたオリジナルのメニューを展開し続けられることも、どちらも忘れ難い日々だったという。四十代を前に、自分の目の届く範囲で全てを完結させた空間を作り出したいという思いから独立し目白に『レストランタマキ』を構えたが、人生の最終局面が近づくにあたって、もう一度、大きな規模の店にチャレンジをしたいという思いが芽生え始めていたらしい。そんなタイミングで、歴史ある大企業という盤石の土台の上に立つ『メゾン・ド・鏡泉』からオファーがあった。

『レストランタマキ』のキッチンから離れることを決めたとき、玉木は、千紗をはじめとする従業員たちにこう言って頭を下げたという。

――皆には本当に申し訳ないと思ってる。だけど、自分の料理人人生を考えたとき、何かにチャレンジできるのは、多分、今が最後なんだ。

店の採用方針、給与形態、様々な事柄を〝次世代の料理人の育成〟という観点で決めてきた玉木の口から零れ出た〝自分の料理人人生〟という言葉。千紗には、その言葉が、玉木が何十年もの道のりの果てに辿り着いた小ぶりのキッチンにいつまでも響き渡って聞こえたという。

その話を聞いたとき、尚吾は、最近どこか翳があるように見える鐘ヶ江の顔を思い浮かべた。監督補助の期間が三年から二年になるという話も、制作会社の人員の問題というよりも、鐘ヶ江が自分の監督人生を考えてのことなのかもしれない。三年で一人を育てるようでは、間に合わない――そう感じたのかもしれない。

「鏡泉のシェフなんて超すごいことだから、新人の私が行かないで欲しいとか言えるわけないんだけどさ」

千紗が一口、お茶を啜る。

「でも、一年経たないうちに玉木さんが別の店に行っちゃうなんて、全然予想してなかったな」

年が明けて、もうすぐ三か月になる。尚吾も千紗も、今の環境に飛び込んで、もうすぐ一年になる。

月日は様々なものを変える。

千紗はもうフィットネス動画を観ながらストレッチをしていないし、多忙ゆえ二人揃って〝勉強〟と称した外食ができなくなってもうどれくらい経つかわからない。そして、中央シネマタウンは無期限の休館となった。丸野内支配人が体調不良により業務に携われなくなったのだ。

「ほんと、想像してなかったことばっかり起きるよな」

中央シネマタウンは、今後も映画館として営業を続けていくのかどうか、親族を含めたスタッフ全員で話し合っているらしい。尚吾の実家にその旨を告げるハガキが届いており、それが転送されてきたのだ。

中央シネマタウン。一年前の今頃、紘と二人で『門出』を観たあの赤い座席。

月日は様々なものを変える。時代を進化させ、肉体を老化させる。だけど、その中で発生する変化は、悪いことばかりではない。

「それ、國立彩映子？」

開かれたノートを指しながらの千紗の問いかけに、尚吾は「そう」と答える。絵コンテの中で躍動する國立彩映子は、表情も何も書き込んでいない棒人間なのに、こちらに笑いかけているように見える。

ハリウッドデビューが決まった國立彩映子が注目している監督として尚吾の名前を挙げてから、突然、社内の人たちから声を掛けられる機会が増えた。そのうちのほとんどは「一緒に組んで、WEBドラマやCMのコンペに出さないか」というもので、前からオリジナリティに注目していた、というような一言が加わるケースも多かった。鐘ヶ江の新作のスケジュールが延びている今、どれかの企画に参加してみるのも一つの手かもしれないと思っていた矢先、國立彩映子の所属する事務所からこんな連絡があったのだ。

渡米する前、國立は横浜で開催される映画祭でアンバサダーを務める。その映画祭のオープニングムービーを、國立主演で撮ってくれないか。

「細かい演出を評価してくれての依頼だから、嬉しいよね」

千紗の言葉に、尚吾は頷く。

──色んな所に細かなこだわりを感じられて、びっくりしました。神は細部に宿るっていうのかな、そういうことを久しぶりに感じました。大切なのに忘れがちになってしまうじゃないですか、そういうことって。

國立が尚吾の名前を挙げたときはただただ動揺と驚きで頭がいっぱいだったが、その理由を改めて咀嚼《そしゃく》したとき、たった数秒の演出を認められた喜びに打ち震えた。そしてそれは、たった数秒の演出に頭を悩ませ続けてきたこれまでの時間を、丸ごと認めてもらえたような感覚でもあった。

そんな細部にこだわっても誰も気づかない、という揺らぎに負けないこと。差し出す相手を騙したり、軽んじるような気持ちで、ものづくりに臨まないこと。

これまで手放しかけては握り直し続けていた様々な細部たちに宿っていた神様が、一斉に、こちらに向かって笑いかけてきたような気持ちになった。

「大切なのに忘れがちになってしまうこと、ね」

千紗が、國立の言葉の一部を呟く。千紗は、ニュース番組内の該当シーンを、何度も観返している。

紘の名前は、『ROAD TO LAST FIGHT』の映画評以来、目にしていない。あのあと、編集担当として携わっているらしいジムのチャンネルを覗いてみたが、動画のクオリティは低下の一途を辿っており、それに伴って再生回数も下げ止まらないようだった。特に、年が明けてから数か月の動画は、大切なのに忘れがちになってしまうことどころか、動画制作者の「長谷部要という人気者を動画に出しておけばいい」という驕《おご》りとさぼりがはっきりと見て取れる代物だった。紘が脚光を浴びたときは、この品質でこんなにも持ち上げられるなんておかしい、と苦々しい気持ちに全身を蝕《むしば》まれたのに、いざ品質も注目度も落ちるところまで落ちてしまうと、旧友の現状を案じる身勝手な自分がいた。

「結局、先輩と組んでコンペに出すことはしないの?」

「ああ」ペンを動かしながら尚吾は答える。「占部さんから声掛けてもらえないかなとか思ってたんだけど、その前に映画祭の話が来たから」

占部さん、最近全然会えてないし——その言葉が、もごもご動かす口の中でチョコレートのように溶けていく。

——ものを作るときに、いろんなことの妥協点を探り合うんじゃなくて、質を高めることしか考えなくていいって、本当に特別な人にしか許されないことなんだって実感したよ。

電車の中で聞いた声が蘇る。かつては、すぐそばで毎日聞いていた声。

占部さんは今、何の作品を担当しているのだろうか。これまで信じてきた場所に宿る神をこれからも信じ続けようと思える場に、いるのだろうか。

視線を感じ、尚吾はペンを置く。顔を上げると、椅子の上に三角座りをしている千紗の膝小僧が、二つ並んでこちらを見ていた。

無言の時間が流れる。

それぞれ、もう夕食は済ませている。だが、お茶を丁寧に啜りながら、千紗はダイニングテーブルからなかなか立ち去らない。

「そっちはどう?」

気を利かせて、尚吾はそう尋ねた。尋ねておきながら、何がだろう、と思った。

「どうって?」

「え、えーっと」

まだ話したいのかなというお窺《うかが》いから生まれた問いかけに、中身はない。玉木料理長が店を離れた話はさっきしたし、と焦りながら、尚吾は、さっきまで自分が何の話をしていたのか思い出す。

「ほら、俺は占部さんとなかなか会えなくなったけどさ、千紗の直属の先輩、外国人みたいな名前の、何だっけ」

「栗栖さんね。ほんと全然覚えないよね」

「その人。その人とはどうなの？　玉木料理長いなくなって、その人が代わりに料理長になったんじゃなかったっけ？」

かつて千紗から聞いた話の記憶を辿りながら、尚吾は続ける。うっすらだが、料理長が代わった、ということを言っていたような気がする。

「順調？」

尚吾がそう尋ねると、千紗はそのままの色の唇で一口、お茶を啜った。そして、ヘアゴムを取り、高い位置でまとめていた髪を下ろすと、口を開いた。

「本物の料理、っていうのが玉木さんの口癖でね」

電灯の光が、肩から垂れる千紗の髪の毛を滑り台のようにして流れていく。

「食べるときも、提供するときも、料理人なら本物にこだわれって」

よく見ると、千紗の手元には一冊の本がある。

千紗の愛読書である、玉木曜一の自伝だ。

「最近、その口癖をよく思い出すんだよね。直接聞けなくなっちゃったからかな」

カバーも外されぼろぼろになった背表紙が、不思議と、今の千紗の表情に似ているように見える。

「最近、本物っていうのがどういうことなのか、よく考えるんだよね」

椅子の上で小さく体をたたんでいる千紗の姿を見ていると、尚吾は、鼓膜に染み込んでいったかつての言葉たちが蘇ってくるような予感を抱いた。

「値段なのか、人気なのか、作る側なのか、食べる側なのか……何が決めるんだろうって」

俯《うつむ》く千紗の向こう側に、アルコールで顔を赤くした浅沼の姿が蘇る。

──あんたが考えてることって多分、だいぶざっくり言っちゃえば、この世界とどう向き合うかって話なんだよ。

何か、掛けられる言葉があるような気がする。千紗に伝えられることがあるような気がする。

尚吾が口を開こうとしたとき、「なんかさ」と、千紗が声のトーンを一つ上げた。

「こういう話、前のほうがよくしたよね」

そう呟く千紗の頬に、睫毛《まつげ》の影が落ちている。

「そう?」

尚吾は首を傾げながらも、確かにそうだなと感じた。図星であるがゆえに、語尾に付けたクエスチョンマークのニュアンスが過剰になってしまったような気がする。

千紗は尚吾の手元に置かれているボトルに一瞬、視線を飛ばした。

「そうだよ」

呟く千紗の睫毛の影が、かすかに揺れる。

その睫毛にマスカラが塗られた状態で一緒に出掛けたのは、いつが最後だっただろうか——尚吾がそう思ったとき、千紗はまだ半分以上もお茶が残っている湯飲みを手に取り、「片付けちゃお」と立ち上がった。


四ツ谷で降りて徒歩五分ほど。大きな芸能事務所のため、これまでも何度か行ったことのある場所だ。だけど、監督補助やアシスタントとしてではなく監督という立場で訪問するだけで、少し緊張する。

「改めまして、國立彩映子のチーフマネージャーの湯川恵《ゆかわけい》です。このプロジェクトでは監督さんということで、よろしくお願いします」

湯川に続き、二名の女性と挨拶をする。國立のマネージャーチームは、現場も含めて主に女性で構成されているらしい。

今日は、渡米前に國立がアンバサダーを務める横浜の映画祭、そのオープニングムービーの打ち合わせだ。「國立は別の現場に入っておりますが、本人のイメージは聞いておりますので、共有しつつ」そう語る湯川は若々しく、とても四十代後半には見えない。発言一つ一つが明朗快活で、真っ直ぐに伸びた背筋にはあらゆることを正しくジャッジしてくれそうな一種の冷たさが宿っている。こんな人が自分をマネジメントするチームのトップにいてくれたら、それだけでとても心強いだろう。

「映画祭の責任者が今こちらに向かっておりますが、ちょっと電車の遅延で遅れているみたいですね」

尚吾、國立彩映子チーム、映画祭チーム。今日はキックオフ的な打ち合わせということで、三者の顔合わせの要素も強い。映画祭の責任者とは、会場となる横浜の映画館・ヨコハマアートシネマの支配人だ。名物支配人として有名なその人と尚吾は、これまで何度か顔を合わせる機会があった。

「お茶、コーヒー、水もありますけど、飲み物はいかがいたしますか」

湯川はそう言いながら、テーブルにいくつかの資料を置いた。その背表紙たちが、尚吾のほうを向いている。

「あ、じゃあお水でお願いします」

そう答えながら尚吾は、自分の視線が、数ある背表紙のうちの一つに吸い込まれていくのを感じた。

昨年、とある文学賞を受賞した小説。昨日、占部が資料室の棚に返していた小説だ。

「今まで、國立の次のドラマの打ち合わせだったんです」尚吾の視線に気づいたのか、湯川が眉を下げる。「デスクに戻るタイミングがなくてそのまま持ってきてしまったんですけど、失礼でしたね」

向かいの席に湯川が腰を下ろしたと同時に、先ほど名刺交換をした中で最も若い女性が会議室を出て行く。飲み物を準備しにいったのだろう。

「全然、そんな。今のうちに打ち合わせしておかなきゃいけないことも多いでしょうし、大変ですよね」

海外での撮影を終えた後、國立が連続ドラマに準主役として出演するという噂は聞いていた。

「帰国後の作品、医療ドラマなんですね」

若い俳優を実力派に見せるには格好の場だ——なんて、いつか占部と話したことが少しも声色に滲まないよう、尚吾はわざと感心したような表情を作る。実際、國立はそんな小細工をしなくとも各局から指名が殺到するようなポジションにいるのだ。

「そうですね。脳神経内科が舞台で、新人の研修医の役なんです。患者役にどんどんすごい方が決まっているので、演技合戦、期待しててください」

湯川はそう言うと、ちらりとタブレットに視線を落とした。丁度、約束の集合時刻になったあたりだ。

「医療ドラマのトレンドも、どんどん移り変わってきましたよね」

映画祭スタッフの到着まで時間がかかると判断したのだろう、話題を自然に拡張してくれる。

「昔は病院を舞台にしたコメディも多かったけど、今は少なくなりました。人の命を扱う場所を舞台に笑いを取るな、みたいなクレームでも来そうな空気で」

「確かにそうですね」

会議室に残っているもう一人が、ドアのほうを気にしている。そろそろ、飲み物を取りに行った女性が戻ってくるころだろう。

「ドクターヘリみたいな派手な現場の話は映画ばかりで、ドラマはどんどん現実に寄り添うテーマになってる感じがします。産婦人科医や助産師が主人公のドラマがヒットしてるのも、ここ数年ですよね。脳神経内科のドラマ企画が通ったのだって、つまり現実でも高齢の患者が多いっていうことです。アルツハイマー型認知症の患者と新人研修医っていう組み合わせが主題になることが、まさに時代ですよ」

高齢の患者。

目の前にある背表紙が、昨日の景色の一部となる。

尚吾は昨日、会社の地下にある資料室にいた。この地下のスペースはもともと、映画やドラマのプロット制作や監修、時代考証等に使われた書籍を溜め込んでいる倉庫的な場所だったらしいが、あるとき一念発起した社員がジャンルごとに整理してみたところ、それだけでちょっとした蔵書を誇る資料室と相成ったという。あまりに専門的な知識となると太刀打ちできないものの、大抵の調べ物はここでどうにかなる。

最後の挑戦のため店を移った玉木シェフが鐘ヶ江と同い年であること、今後の監督人生で撮れる作品数について鐘ヶ江が言及していたこと、鐘ヶ江組の新作が止まっている理由が体調にまつわることではないかと案じていること――頭の中の喧騒《けんそう》から逃れたいとき、どこにいても誰かに遭遇してしまう狭い会社の中で、資料室は貴重な逃げ場だった。

だけど昨日は、逃げ場が逃げ場として機能してくれなかった。どの棚を見ても、ここ最近の映像業界のトレンドと共に増えた病気や健康にまつわる本が目についた。そのたび、鐘ヶ江の〝監督生命〟は、予想外に短いのかもしれないという不安が尚吾を俯かせた。

今後の長期的な撮影計画を会社が本人に確認しているらしい、その結果によっては会社と鐘ヶ江組の経理関係を切り離して分社化する可能性もあるらしい、その噂を聞きつけた優秀な社員がすでに何人か転職を決意して動き出しているらしい――資料室の中を進むたび、意識的に聞かないようにしている無責任な噂話の尾を踏みつけているような気持ちになった。撮影が止まっているにも拘《かかわ》らず固定給が発生している以上、鐘ヶ江組のメンバーではない社員から、好ましくない目線を向けられることは仕方がないと思っている。ただこれまでは、そういう目線を向けられたとて、それを跳ね返す精神的な強さがあった。それなのに、班のトップである鐘ヶ江の存在が揺らいだ途端、こんなにも打たれ弱くなるなんて――尚吾は、鐘ヶ江の現状と共に知った自分の矮《わい》小《しょう》さにも、落ち込んでいた。

だから、暗く空気も冷たい資料室の中で旧知の人の姿を見つけたときは、自分の表情が一気に緩んだのがわかった。

「占部さん」

すがるような声が出てしまったことがとても恥ずかしかった。なんだか、すごく久しぶりに会った気がしたのだ。

「おお、いきなり出てくるからびっくりした」

そう言う占部の手元には、昨年とある文学賞を受賞した小説があった。それを棚に戻しながら、占部は「もう他のところが映像化権獲得してるんだってな、これ」と、つまらなそうに呟いた。

棚の中に戻っていく表紙が纏う文字。〝脳神経内科が舞台のヒューマンドラマ〟。

「今の俺、医療系詳しいぞ〜」

占部としっかり話したのは、書店でばったり会ったあの日が最後かもしれない。尚吾は、少し上司っぽさが増したような気がするその横顔を見つめながら、監督補助としての占部と交わした最後の会話を思い出す。

ないものをあるように見せる人が、先へ進む世界。

あるものが、ないようにされてしまう業界。

帰りの電車の中ふらふらと揺れていた、二方向のやるせなさ。

ないものを、あるように。

あるものが、ないように。

「そういえば」

棚の一部となった本から指を離すと、占部が尚吾のほうを見た。

「鐘ヶ江さん、どうなの？」

「え？」

やっぱり、占部の耳にも噂は入っているのだ。尚吾は、少し距離感のある問い方から、この人はもう鐘ヶ江の元から離れた人間なのだと再確認する。

「俺も、よくわからないんです」

正直にそう答えると、占部は、

「お前はどう思ってるの？　班の人たちと、話し合いとかはしてるの？」

と食い下がった。尚吾はまた阿呆《あほう》みたいに、「話し合い？」と声を漏らしてしまう。

「いや、もしかしたら色々、今後もっと状況変わるかもしれないし。班の人たちの意見とかは、早くからまとめといて損はないんじゃないかなって」

言葉とは裏腹に、占部の表情には悲しみの色が見えない。想像以上にあっさりとした物言いに、尚吾は自分を省みる。人間が衰えていくことにここまで落ち込んでしまうのは、自分がまだ若いからなのだろうか。丸野内支配人が倒れたこと、中央シネマタウンが休館となってしまったこと。

流れていく時間の速度を、そんなものだと受け入れられないのは、自分が未熟だからなのだろうか。

「占部さ――」

「占部ー、こっち！　こっちにあった！」

資料室の奥のほうから、占部を呼ぶ声がする。「おーマジかでかしたー」と声を飛ばすと、占部は、じゃあ行くわ、と尚吾に向かって右手を挙げた。

離れていく背中が、電車の中から占部を見送ったときの景色に重なる。

ないものを、あるように。

あるものが、ないように。

それができないのは、人間の肉体だ。

尚吾は突然、そう思った。

鐘ヶ江誠人が持つ唯一の肉体。それだけは、ないものをあるようにも、あるものをないようにも、いかようにもできない。鐘ヶ江が現場を止めざるを得ないような状況になって初めて気づくなんて。

占部が戻した本の背表紙を見つめながら、尚吾は独り、しばらくその場に立ち続けていた。

「遅れまして申し訳ございません～！」

会議室のドアが開いた音で、尚吾は我に返った。

ヨコハマアートシネマの支配人が、「いやーまいりましたよ遅延遅延で！」と悪びれる様子もなく空席の前へと移動する。いつのまにか、テーブルには人数分のミネラルウォーターが配られている。

「相変わらずパワフルですねえ」

苦笑する湯川に、支配人は「はいこれお土産です！」と紙袋を差し出す。ヨコハマアートシネマは規模こそ小さいが、地元のラジオ局で番組を持っている支配人の人柄もあり、地元にしっかり根付いている人気の映画館だ。

「オープニングムービー、君が担当すると聞いて嬉しかったよ」支配人が突然、尚吾のほうを向く。「鐘ヶ江監督には先代のころからずっとお世話になっているから。鐘ヶ江組の監督補助なんて、映画好きからすると嫉妬しちゃうなあ」

「えーと、そろそろ始めてもいいですか？」

湯川がくすくす笑いなら、ホチキス留めされた数枚の紙を尚吾の手元に差し出した。尚吾は、もう上の空にならないよう、心をきゅっと引き締める。

「それでは、國立が映画の歴史を辿るというイメージで、絵コンテなど固めていきますか」

打ち合わせはやはり、湯川主導で進んでいった。途中、話が逸《そ》れたとしても國立及び事務所の希望に沿うよう湯川が巧みに主導権をキープしていたのが流石《さすが》だった。ＣＧをメインで使うような撮影はあまり経験がなかったが、鐘ヶ江組にいる間は挑戦する機会の少ない表現になるだろう。やってみたい。尚吾は純粋に、気分が高まるのを感じていた。浅沼や他のスタッフたちも、きっと面白がってくれるはずだ。

「ちなみに、撮影なのですが」湯川はここで一度、尚吾を見た。「たとえば、うちと契約している映像制作チームと組む、というのはいかがですか。うちに所属しているアーティストのMVなどを担当しているチームなんですけど、予算規模的にもそのほうが自由にできるのかなと」

國立の事務所はとても大きく、俳優部の他にモデルやミュージシャンも多数在籍している。先ほど話題にのぼった医療ドラマの主題歌も、所属のアーティストが担当するはずだ。

でもせっかくならば、浅沼を始めとする鐘ヶ江組の人たちと創りたい――というより、止まってしまっている現場に新たな企画を持ち帰り、またみんなで映像を創りたい。

尚吾は、正直にそう伝えた。すると、湯川が、両側の女性陣と目線を交わし合ったのがわかった。

「立原監督のお気持ちもわかるのですが、今、鐘ヶ江組は製作を停止していると伺っておりまして」

不安そうに口を開いた湯川を見て、尚吾は密かに衝撃を受ける。鐘ヶ江の体調のことは、想像よりも広い範囲に知られているらしい。

「でも今回は私が監督なので。鐘ヶ江には実働はありませんし、問題ないかと」

「え、いや」

湯川は尚吾の発言を制止すると、今度は周囲のマネージャーを見ず、一度、強く瞬きをした。

「鐘ヶ江組の製作は、経済的な事情で止まっている、と伺っておりますが」

経済的な事情。

尚吾は、つむじから足の裏まで真っ直ぐに、一本の長い釘に貫かれたような気がした。

「外部の人間が失礼なことを申し上げ、申し訳ございません。とにかく、うちの映像チームは特殊効果を使った撮影にも慣れておりますす。なので」

「いえ、あの」

早口になった湯川の話を、今度は尚吾が元に戻す。

「今の話、詳しく聞かせてもらえませんか」


ホームで独り、電車を待つ。いつもはすぐに両耳を埋め尽くす様々な音たちが、今は全てつるりと滑り落ちていく。

鐘ヶ江誠人の作品は、レンタルを除くと、映画館でしか観られないこと。テレビ放映や、有料配信の類も全て断っていること。品質にこだわるため、一作ごとの製作期間が長く、製作費も平均より高くつくこと。CMなどの案件も、鐘ヶ江のやり方が適用される現場でないと頷かないため、他の映画監督に比べて成立する件数は少ないこと。

そして、肝心の映画の興行収入が、内容に対する評判や海外の映画祭での結果に関係なく、順調な推移ではないということ。

「御社全体としては今、テレビ放映はもちろん、有料配信、定額見放題のプラットフォームにもどんどん進出していますよね。だから、会社として進んでいる方向と、鐘ヶ江監督の貫きたい方針が、無視できないほどズレてきているのかもしれません」

湯川の話を聞きながら、尚吾は、形の違うピースを無理やり嵌め込んでいたパズルがきちんと崩壊し、また作り直されていくような気持ちになった。

——今後もっと状況変わるかもしれないし。班の人たちの意見とかは、早くからまとめといて損はないんじゃないかなって。

占部の発言は、会社と鐘ヶ江監督の方針がいよいよ見逃せないほど対立している現状に対してのものだったのだ。決して、鐘ヶ江の体調不良という、尚吾の思い込みに対するものではなかった。

尚吾の目の前を、電車が通り過ぎていく。

解禁すればいいのに。

尚吾は、湯川から話を聞いたとき、自然にそう思ったことを改めて自覚する。

どこで公開しても恥ずかしくない高品質な作品ばかりなのだから、リターンが増えるならば、テレビ放映も様々なプラットフォームで配信することも、解禁してしまえばいいのに。鐘ヶ江作品は、それで作品の価値が変わるようなものではないのに。

そこまで考えて、思い出す。自分が今いる場所、駅のホーム。それは、かつて自分が、紘にこんな言葉を掛けられた場所であることを。

——考えすぎなんじゃない？

同じことをしようとしている。尚吾は思う。

自分は、同じセリフを、鐘ヶ江監督に浴びせようとしている。こだわりを曲げず、細部に宿る神を愛し、愛されてきた唯一の職人に。

【二番ホームに、電車が到着します】

やっと鼓膜を震わせたアナウンスが、別の記憶を掘り起こす。駅のホーム、千紗との〝勉強〟の帰り道。今と全く同じアナウンスを聞きながら、人気のYouTuberの姿を見送った瞬間のこと。星野料理長と呼ばれるその男が、金銭的にとても豊かそうな格好をしていたこと。

【二番ホームに、電車が到着します】

——鐘ヶ江組の製作は、経済的な事情で止まっている、と伺っておりますが。

遠くのほうから、光が近づいてくる。

神は細部に宿る。その言葉を信じ続けてやっと、ここまで辿り着いたのだ。なのにこんなことで負けるわけにいかない。

小さな光が、どんどん大きくなる。

尚吾は、龍のように突入してきた電車による風圧に負けないよう、足の裏に力を込めた。

11

【あんたの上司って、こん人？】

夕方、オフィスのデスクで受信する母からのＬＩＮＥほど気の抜けるものはない。文字で読んだだけなのに、この場所に似つかわしくないはずの島独特のイントネーションが、音声ではっきりと再生される。

最近、母からの連絡手段が電話からＬＩＮＥになった。その理由を聞いてみると、どうやらオンラインゲームにハマっているらしく、その仲間たちと連絡を取り合うために始めたらしい。

【桑原さんとこの子から教えてもろたゲームなんやけど、顔も知らん人らとチーム組んで戦うんよ】相変わらず桑原と今でもカジュアルにやりとりをしているらしく、紘はもうそこに関しては何も思わなくなっていた。

【うん、まあ、上司っつうか代表だけど、まあそんなもん】

紘はそう打ち込むと、母が送ってきたＵＲＬをタップする。

『MOVEが起こすMOVEMENT――弱冠三十六歳のＣＥＯが、プロとアマチュアの境界線が消えた世界で目指すこと』

多くの有名YouTuberやインフルエンサーが所属する事務所、ＭＯＶＥの代表であり、スタッフとして関わっているFlapTVの運営のトップでもある岩角乾二郎《いわかどけんじろう》が、インタビューに答えている。

【最近ニュースんとこにあんたの会社のことばっか出てくるわ。すごかとこに転職したとねえ】

それは一回検索なりアクセスをしたから関連記事が出てきているだけだろうと思ったけれど、ほんの少しの見栄もあり、紘は説明を省く。実際、ＭＯＶＥに所属するクリエイターのみならず、ＭＯＶＥという会社自体の注目度は上昇し続けており、意識せずとも関連する情報は日々目に入ってくる。星野料理長は動画の再生回数は下げ止まりといった雰囲気だったが、ＭＯＶＥが始めた出版事業のほうでは好調みたいだ。総再生回数五億回という、ほぼ過去の栄光で成立している言葉を大々的に掲げたレシピ本がベストセラーとなっている。

【昼間っからあんまゲームばっかせんように】

やりとりを終わらせようとしたメッセージに、ゲームのキャラクターのスタンプが返ってくる。

まさか課金してるのか、と不安になりつつ、心配の矢印が逆のような気がして、なんだか力が抜ける。

岩角のインタビューは、タイトルのインパクトもあってかSNSなどでもかなり拡散された。その中では、紘もスタッフとして参加しているインターネットテレビ局、FlapTVにも触れられており、配信された番組がすぐにアーカイブ化されいつでも観直せるようになっていること等、観やすさに重点が置かれた魅力についてたっぷり語られていた。

紘は一度立ち上がり、肩甲骨を回す。音を鳴らし動く骨の存在を感じながら、未だ慣れないオフィスを見渡す。

株式会社MOVEのオフィスは、六本木にある。初めて社屋に入ったとき、紘は、ここが今、様々に流れるお金の交差点的な場所なのだと体で感じ取った。そして、かつてこういう場所は別の業界にあって、今はここにあり、そしてまたすぐにどこかに移り変わるという時間の流れまで見えた気がした。

オフィスはいかにも新進気鋭の企業らしく、決まったデスクはなく、自由にどこでも作業ができるようになっている。紘は腰を下ろすと、FlapTV 内の人気番組『情熱大陸2・0』のスタッフ用チャット画面を眺める。そこに記された動画の修正点を確認しながら、すでに二十万回以上再生されている動画に手を加えていく。

ただ、何だか今日は集中できない。ふと気を抜くと、目の乾燥が気になってしまうことがその証だ。紘はパソコンの脇に置いてある点眼薬に手を伸ばそうとするが、残量がかなり少ないということもあり、もう少し我慢しようと決める。

ディレクターである宇井野をはじめとするFlapTVのスタッフとのやりとりは、基本的にMOVEが導入しているチャットアプリ上で行われる。メールを使っていたころに比べると、やりとりのスピードは格段に速くなった。いつもお世話になっております、それでは引き続きよろしくお願いいたします等の記号的な挨拶を省けるし、いきなり本題に入っても唐突で失礼な印象を与えない。ＬＩＮＥのような手軽さで仕事のやりとりができる環境は想像以上に快適だったが、その代わり、返信が遅いということに対する罪の重さは何倍にも膨れ上がった感覚がある。利便性の代わりに、これまであった余白がなくなったというか、少しの言い訳も許されないような圧迫感が生まれたことも事実だ。

紘は無理やり欠伸を誘発すると、鼻を天に向けた状態で目を閉じた。じっとそのまま過ごしていると、涙が眼球の内側へしっとりと染み込んでくれるような気がする。

閉じた瞼の裏で、昼間に読んだ岩角のインタビューが流れていく。

数ページにも亘るロングインタビューの中で特に注目されたのは、表題にも使用されていた〝プロとアマチュアの境界線が消えた世界で目指すこと〟という箇所だった。岩角はいつも通り、YouTubeや各ＳＮＳなど誰でも無料で使えるプラットフォームのおかげでこの世の全員に才能を開花させるチャンスが行き渡っているとか、これまでは誰にも見つけてもらえることのなかった才能に光が当たり始めているとか、これまで散々受けてきただろうインタビューを経て磨き切った言葉たちを並べていた。だがインタビュアーは、人気クリエイターの真似をして危険な事態を起こす若者たちの存在や、注目を集めるためにトラブルを起こしてしまう予備軍の存在を挙げ、発信者を増やすのならば受信者のためにも秩序を整える必要性があるのではないか、というところまで突っ込んでいた。

岩角の返答はこのようなものだった。

『そのようなニュースには、我々も胸が痛みます。一方で、MOVE所属のクリエイターは、所属する時点で厳しく審査しております。我々は、人を傷つけたり、人様の迷惑になるようなことはせず、新しいエンターテインメントの構築を目指します』

紘はゆっくりと両目を開ける。涙で十分に潤ったと自分に言い聞かせ、再びパソコン画面に向かう。今日、なんとなく集中力が散漫なのは、昼間にこのインタビューを読んだからかもしれない。

『情熱大陸2・0』のチャットにて、岩角が直々に指示してきた修正内容は、天道奈緒の次の回のアーカイブに関わるものだった。

その回は、今や数百のクリエイターを擁するMOVEに初期から所属している、男性の美容系YouTuberがゲストだった。そのYouTuberは、業界の大御所感を醸し出したいのか、雑誌の撮影や取材の合間を縫っては体のメンテナンスをするという、視聴者が本当に観たい一面を覆い隠すような一日を密着日に指定してきた。

問題になったのは、最後の撮影の前に寄ったクリニックで受けた、「ブラッド・リプレイスメント」という療法だった。

密着相手は、採血した血液に医療用オゾンを混ぜ、再び体に戻すという処置を受けながら「これ老化防止になるんですよ」等とうっとり目を細めていた。この日は、その療法どころか彼がその日一日肌に塗ったり繰り返し飲んだりしているものにも全てスポンサーがついていたらしい。映像が配信されると、コメント欄が悪い意味で盛り上がった。

——ブラッド・リプレイスメントは完全にエセ医療。まだ信じてる人いたんだってレベル。

——効果があると信じるのは個人の自由ですが、多くの人が見ている場所で薦めるのはどうかと思います。少し調べればわかることなのに。

——ヒルドイド騒動から全然変わってないな。またしれっと編集してしらばっくれて終わりでしょ。

紘は、次々と届く新着コメントを遠い国の災害の映像を眺めるように読んでいた。もともとアンチのつきやすい人だったんだな、と思っていると、誰でも入室することができる『情熱大陸2・0』のチャットルームに岩角のアカウントが現れた。

【アーカイブの動画、ブラッド・リプレイスメントに関する部分を削除してアップし直して。クリニックにいる時間以外にもその話題に触れてるところあったらスムーズに繋がるように編集し直して。宇井野、詳しく調べて具体的に秒数表記して指示出して】

岩角は、MOVEに初期から所属しているクリエイターとは盟友のような関係だ。あからさまに距離の近さを感じる対応の速度に鼻白むが、それよりも、どのくらいの作業が必要になるか、そっちのほうが気になった。

結局、ブラッド・リプレイスメントについては細々と言及されており、クリニックにいたパートだけでなく、その前後でもいくつか修正箇所があった。宇井野からの【クリニックにいる24：15～26：32は全カット、それから……】と続く文字が、画面の中で虚しく光る。

紘は、ついさっき涙を行き渡らせたばかりなのに、また両目が乾き始めるのを感じる。だけどそれは、身体のもっと内側から生まれている異常なのかもしれないとも思う。

【宇井野さん、動画修正しました。ダブルチェックお願いします】

オフィスのどこかにいるだろう宇井野に動画を送信すると、しばらくして、アーカイブの動画が差し替わった。概要欄には、「※誤解を与えかねない箇所がございました。不快に思われた方々、申し訳ございませんでした」という、こちらの落ち度を雲隠れさせるお決まりの一文が打ち込まれている。

【さすがのクオリティ。ありがとう】

宇井野からの返信を確認した途端、気が緩み、ついつい携帯に触ってしまう。パスコードを入力すると、まず、母とのトークルームが表示された。

最近ニュースんとこにあんたの会社のことばっか出てくるわ。すごかとこに転職したとねえ
――洗練されたオフィスの中で再生される母の声。今日はなぜだか、そのイントネーションが、この仕事場から特別浮いていない。むしろ、何かの記憶を引きずり出してくれるスイッチのような気さえする。

すごかとこに転職。確かに今は、磯岡ジムに関わっていたときとは違う。

あのころは、せっかく長谷部要という本物のボクサーを被写体にできる環境だったのに、動画のクオリティにこだわることができなかった。週に四本投稿するというペースを守ることに必死だった。

今は、動画のクオリティ自体は一定のレベルに達しているという自負がある。担当した動画はこだわりを持って制作しているし、評判もいい。テレビで放送されても映像の質で浮くことはないだろう。それに、様々な配信者と関わるようになり、この業界が大樹が以前言っていたような世界ではないことも分かった。何だっていいと思いながら発信を続けるうちは、やっぱり登録者数も再生回数も伸びない。プラットフォーム毎に存在する流行やセオリーを察知し取り入れるセンス、集中力を長時間保てない層を相手にするという前提での編集、競合が多い中での差別化、番組を企画してから実現させるまでのスピード感――求められる様々な能力を知った今なら、この世界をナメていた大樹にも返せる言葉があるような気がする。

だけど。紘は、椅子の背中に体重を預け、宇井野によってアップし直された動画を再生する。修正前の動画がアップされていないか、一応の確認だ。

だけど今は、被写体のほうが〝本物〟ではない気がする。

紘は、今回炎上した美容系YouTuberの名前を検索してみる。密着前から、ただ知っているだけでなく自分の記憶と結びつく形でその名前を認識している自覚はあったのだが、結局詳しく調べてはいなかった。

検索窓に名前を入力すると、いくつかの関連キーワードが出てきた。そのうちの一つに、ヒルドイド、という単語がある。

さっき、コメント欄でも見た単語だ——そう思ったとき、紘の頭の中にまた、島独特のイントネーションが鳴り響いた。

「うちの身体、気持ち悪かやろ?」

記憶の中の桑原が、うつ伏せのまま、そう呟く。

そのとき、紘はまだ高校三年生だった。両親がいない自室で、初めて両想いになった相手と二人きりだった。紘は、俺ら高校出たらどうなるとかなぁなんて無邪気に話し、桑原は民宿継ぐとは嫌よなぁなんてやはり無邪気に愚痴っていた。桑原は、紘にとって初めて、自分の中に眠る人を好きだという気持ちを明かせた相手で、初めて肌に直接触れたいと思った相手だった。

だが桑原は、紘の前で服を脱ぐことを長く拒んだ。はじめはただ恥ずかしいだけなのかと思っていたけれど、その日の桑原は、何か決意したように口を開いてくれた。

「アトピーだけん、肌がね、ガサガサなん」

いつも気の強い桑原から聞く、初めての声だった。

「ちいさかころから薬塗っとるばってん、なかなか治らんと。背中とか、たぶん特に気持ち悪かよ」

気持ち悪うはなかよ、と言ってみたところで、紘は自分の無力さを思い知るだけだった。

「うち、学校でもずっと手とかにクリーム塗っとるやろ？　あれもアトピーの薬。ヒルドイドってやつ」

確かに彼女は、学校にいるときも二人でいるときも、いつも指を組み交わしてクリームを塗っていた。紘は、その指使いをエロい目で見ていたことを、少し反省した。

「なんか最近、美容に効きますよ〜とか有名人が言うとったらしくてさ、そぎゃんことさるっとうちみたいな人が買えんくなって困るとよ……ただでさえ島の薬局にほとんど入らんとに」

「何それ、困るな」

「ほんと。何て人やったかな」

桑原はそう言うと、紘の部屋のベッドの上でうつ伏せになり、スマホをいじり始めた。そして、「あ、こん人よ」と桑原が起き上がろうとした直前、紘は、夏休みの虫取り網みたいにその背中に覆いかぶさった。

「俺は、この背中ずっと触っとりたかけどな」

目を合わせていなかったからこその台詞だろう。口に出した自分の声を聞き取ったとき、紘は、わっと顔に熱が集まったのを感じた。

だけど、うつ伏せのまま「ありがと」と漏らした桑原の背中のほうが、もっと熱かった。


気づけば、動画の再生が終了していた。きちんと観ていなかったが、きっと大丈夫だろう。これでもう、ブラッド・リプレイスメントの形跡はどこにも残っていない。

ヒルドイドを美容目的で使うことを紹介した動画が、「※誤解を与えかねない箇所がございました。不快に思われた方々、申し訳ございませんでした」の一言で片づけられたときと同じように。

紘は背もたれに全身を預けたまま、視線をパソコンの画面から逸らす。自由な格好、自由な座席、自由な出勤時間。誰もが羨むような環境で、自分の好きな映像制作に携わることができている。これまでとは違う創り方を学ぶことができた実感もあるし、上司からはクオリティの高さを褒められるし、多くの人に観てもらえている手応えもある
だけど。

紘の視界に、パソコン業務をするときには必ず携帯するようになった点眼薬が映る。天道奈緒

に密着したあと、眼科医から処方してもらったものだ。

紘は小さなボトルを右手に取ると、顔を上げ、左手で左目をこじ開けた。今日はこのあと新企画の打ち合わせがある。岩角も同席するらしいので、規模の大きなプロジェクトだろう。紘は、一滴も無駄にしないよう、丁寧に点眼薬のボトルに力を加える。

閉じた瞼の裏側を、冷たい掌が撫でていく。成分が内側へ染み込んでいくのと入れ替わるように、あのとき眼科医から聞いた言葉が浮かび上がってくる。

――どんな世界にいたって、悪い遺伝子に巻き込まれないことが大切なんです。

思春期の桑原を悩ませ続けていた、なかなか治らない症状。

今の自分が、あっという間に編集し直した動画。

どこから見ても美しい島の景色に、自己の肉体と向き合うボクサー。時流のどこに位置するかなんて関係なく、カメラを向けたいと思えたものたち。

今、日々カメラを向ける先にある、時と金の流れの起点となるような人々。

尚吾は今、何を撮っているのだろうか。

紘はふと、かつての友人の現在を想像した。

尚吾は今でも、学生のころと同じように、数えきれないほどのこだわりを守り続けているのだろうか。その上で、多くの人にも届いていると実感できるような環境を、築いているのだろうか。

二人で行ったあの名画座。ここは真逆の、今お金が集まっているとはお世辞にも言い難い場所。夢中で観た『門出』、そのポスターが貼られていたロビー、アップで写された表情だけで凄まじい吸引力を発揮していたスター俳優。

今の自分は、あんなふうに、何の後ろめたさもない瞳で前を見据えられるだろうか。

紘はキーボードに手を置くと、「門出　上映　都内」と打ち込んでいく。無性に、あの映画をまた観たいと思ったのだ。振り返れば、尚吾と二人で『門出』を観て以来、映画というものを映画館で観ていない。

エンターキーを押すと、検索結果が出てくる。リニューアルオープン記念上映――検索結果の中にそんな文字があることを捉えたとき、

「ここにいたのか」

背後から声を掛けられた。

「スラック見てない？　岩角社長のスケジュールが変更になって、五時からの打ち合わせ、前倒しだと」

宇井野に促されるまま、紘は慌てて立ち上がる。デスクから遠ざかりながら、紘は、戻ってきたら『門出』が観られる映画館をきちんと検索し直そうと心に決める。

「ミュージックビデオの監督、ですか」

ただオウム返しをする紘に対し、岩角が頷く。会議室には岩角の他にも複数の社員がいたが、

入室した瞬間、顔を知らなくともこの人が岩角だと言い当てられる気がした。実物の岩角には、加工アプリで修整を施したように、何かが違うと感じさせるものがあった。

「そう。君たちにお願いしたいんだ」

紘は、渡された資料に視線を落とす。そこには、今ＭＯＶＥが最も力を入れているクリエイター集団〝オールスターズ〟の今後の予定が記されている。

〝オールスターズ〟とは、ＭＯＶＥに所属する人気クリエイター五組を束ねたユニットだ。それぞれ登録者数が二百万人を超えているということもあり、もともと視聴者の間ではYouTube界のオールスター軍団と呼ばれている。そこに目を付けた岩角が、それならばいっそ〝オールスターズ〟という名前でのグループ活動を展開するのはどうか、と提案したのだ。

「夏イベのテーマ曲の監督」

隣に座る宇井野の呟きから、興奮が滲み出ている。

ＭＯＶＥは、多くの視聴者である学生が長期休暇に入った八月に、大きなホールを何日間も貸し切りにしたイベント、通称〝夏イベ〟を開催する。そのテーマソングを〝オールスターズ〟で歌うという計画があり、そのミュージックビデオの監督を今、頼まれたのだ。手元の資料には、七月に動画を公開することをゴールとした仮の製作スケジュールが記載されている。

「君をFlapTVに引き抜こうっていう話になったきっかけは、『ROAD TO LAST FIGHT』が大きい。あれは素晴らしい映像作品だよ。研ぎ澄まされた肉体の静謐《せいひつ》さとボクサーとしての躍動感、

YouTube向きの遊び心、全てがバランスよく混ざり合ってる」

ありがとうございます、と頭を下げながら、紘は資料の詳細をこっそりと確認していく。ミュージックビデオとなると、とにかく音源が完成しないと動き出せない。資料によると、どうやら、メロディと歌詞は確かにメンバーが制作するが、編曲や演奏は実績のあるプロに頼むみたいだ。そのうえで、作詞作曲をきっちりオールスターズ名義にするつもりらしい。

「今担当してもらってる番組も、映像自体の評判がとてもいい。社員が噂しているアーカイブを覗きに行くと、大抵編集担当に君の名前がある」

「ありがとうございます」

紘はそう言いながら、岩角を見つめる。プロと素人の境界線がなくなり、誰もが発信できる時代の良さを語っていた男を見つめる。

「それで、君にはもっとクリエイティブな分野で活躍してもらったほうがいいんじゃないかっていう話になったんだ。そのうえでオールスターズのメンバーとも話をして、今回のミュージックビデオの監督候補として名前が挙がった。予算もかなり掛けられるから、君のクリエイティを思い切り発揮してもらえる」

映像作品。配信番組ではなく、ひとつの作品の監督。その響き自体は、とても魅力的だった。

「それで」

岩角の声色が、少し太くなる。

「ただ曲を作ってミュージックビデオを公開するだけでは面白くない。もっと視聴者を巻き込んだ形でムーブメントを起こすために、こんな案がある」

岩角に倣い、紘も宇井野も、資料を一枚捲《めく》る。

「もう知ってると思うけれど、今年の夏イベのテーマは『FIGHT』だ」

宇井野が隣で、「はい」と頷く。

「今年は一日二公演のステージを計三日間、合計で六公演行う。所属クリエイターたちは、美容系、ゲーム系、料理系、エンタメ系、音楽系、カップル系、いずれかのステージに出演することになる。どのステージでもメインはジャンルの内容に応じた対決企画で、最終的にステージごとの優勝者を決めるつもりだ。そして、裏側を含めた全ステージを、FlapTVで生配信する」

岩角の両側にいる社員たちは、オールスターズに所属するクリエイターたちのマネージャーらしい。夏イベの内容は知っているのだろう、それぞれ落ち着いた表情で資料を眺めている。

「そこで、さっき話したテーマソングも、『FIGHT』と絡めるのはどうかっていう話が出てるんだ」

「テーマと絡める、ですか?」

紘は顔を上げる。すると、自信満々な表情をしている岩角がそこにいた。

「ああ。最大のバズを起こすために、長期的に盛り上げていきたい。まず、MV公開の一か月前くらいから、〝オールスターズ〟内でトラブルが起きてるんじゃないかっていう雰囲気を出すんだ」

紘に続いて、宇井野も顔を上げる。狭い会議室の中で、いくつもの視線が交差点を作り出す。

「各メンバーのSNSでフォローを外し合うでも、誰かと誰かが揉めてるっぽい匂わせ投稿をしてすぐ削除するでも、予告したコラボ動画がアップされないでも何でもいい。今の視聴者はどんな小さな情報でも察知して話題にして考察するだろう。それを逆手に取るんだ」

誰と誰が対立してるとか細かい設定は改めて考えるとして、と、岩角が話を進めていく。

「視聴者の予想合戦がいよいよ膨らみきったタイミングで、一番年下のメンバーのアカウントで、年上のメンバーから暴力を振るわれている数秒の動画をアップする。いかにも隠し撮りが流出したみたいなやつをな。そこまでいけば、視聴者だけじゃなく世間の注目も集まるだろう。ただでさえ世間はYouTuberの不祥事が大好きなんだから」

岩角の、反論を全く予想していない顔面は、何度も磨いたピアノの黒鍵のようにぎらりと輝いている。

「いよいよYouTuber間でもパワハラ告発か、ってタイミングで、白バックに黒字の『オールスターズからご報告がございます』のサムネイルで動画をアップする」

「その動画が」

紘は口を開くと、何度か瞬《まばた》きをしながら言った。

「テーマソングのMVってことですね」

岩角の表情に自信が漲れば漲るほど、両目がどんどん乾いていく気がする。

「その通り。さすがだな」

岩角が満足そうに口角を上げる。

「流出かと思われた暴力動画はMVの一部で、ティザー映像だったっていうオチだ。『FIGHT』にちなんで、メンバー全員がバラバラの状態から対立しつつも最後は団結してイベントに向かう――そんなストーリー仕立てのMVに仕上げてもらいたい。メンバーには、歌詞の中に〝世間はYouTuberの不祥事が大好き〟みたいなフレーズを入れるくらいしてやれって話をしてる。多分、流出風動画が出た時点で、ツイッターにうじゃうじゃいる学級会大好きみたいな奴らが正義の顔して飛びついてくるはずだからな。そんな世間に一泡吹かせてやりたいって思いもある」

紘は、一応ポケットの中に手を入れる。やっぱり、点眼薬はデスクに置いてきてしまったみたいだ。

「宇井野には、このMV公開に向けての全体的なストーリーのディレクションを担当してもらいたい。どのくらい前からどの情報をどんな順序で出していくのか、誰と誰の対立を軸にするのか……二人で情報を共有しながら、過去最大にバズるための道筋を考えてほしい」

紘は瞬きを繰り返しながら、岩角が組んでいる指を見る。

浅黒くてつやつやで、ハンドクリームを手放せなかった過去なんて一切なさそうな肌。

「あの」

――ちいさかころから薬塗っとるばってん、なかなか治らんと。

『情熱大陸2・0』は、あの修正でいいんですかね」

紘がそう言うと、会議室の空気が止まった。

紘も、どうして自分の口がこんなことを言い出したのか、よくわからなかった。

だけど、さっき点眼薬を差したときから、いや、眼科医と話をしたときから、今日この場で岩角に向き合うということは決まっていたような気にもなった。

「修正前の動画を観た視聴者で、ブラッド・リプレイスメントっていうのがあるんだ、やってみようって思ったままの人、多いと思うんです。だけど、該当箇所をカットしただけでいいのかなって」

岩角が組んでいる指が、高校生の桑原のそれに重なる。

「もう結構前になりますけど、ヒルドイドを美容目的で薦めてたって動画も、その動画を非公開にして定型文を貼り付けて終わりって、それでいいんですかね」

「紘」

隣に座る宇井野が、紘を睨む。だけど目の前の岩角は、もう、自信満々の表情に戻っていた。

「どうぞ、続けて」

岩角が、指をぐっと組み直す。

――うちの身体、気持ち悪かやろ?

「最近、思うんです」

紘は口を開く。

「ものを創って世に送り出すって、結局、心の問題なんじゃないのかって」

岩角が「心の問題」と繰り返す。その目線は動かない。

「作品を受け取ると、人の心は動きます。プラスの方向でもマイナスの方向でも、大きくても小さくても、少なからず何かしら動きます」

紘は瞬きをする。

「作品を発表するっていうのは、作品を通して相手の心と関わることと同じです。それって、人間関係と似ていると思うんです」

点眼薬を差していないのに、瞳が潤う感覚がある。

「老化に悩んでいる人があの『情熱大陸2・0』を観たら、ブラッド・リプレイスメントの情報を受け取って、本当に心が救われた一瞬が生まれると思うんです。藁《わら》にも縋《すが》る思いで予約した人もいたかもしれません。そんな人が、あれがインチキ医療だって知ったら、本当に心から落ち込むんだと思います」

岩角の表情筋は、全く動かない。両肘をついて、指を組んでじっとこちらを見ている。

「ヒルドイドも同じです。あの動画を受け取って、その中の情報を信じて一時でも救われる心もあれば、その情報が拡散されることで傷つく心もある。どっちも、人の心なんです、世界でひとつの」

だから、と、紘は唾を飲み込む。

「MVのプロジェクトには賛同できません。視聴者を勘違いさせて注目を集めるってことは、多くの心をいたずらに動かすってことです。暴力を振るわれているように見えるクリエイターを本気で心配する人もいるし、暴力を振るった側の視聴者は不安でたまらなくなるだろうし、どちらのことも知らなくてもパワハラを本気で憂える人もいます。さっき社長は、過去最大にバズらせてほしいって言いましたけど、たくさんの人の心が動くから大きな反響になるんです。そこにあるのは心なんです」

紘は、同じような言葉を何度も使用するしかない自分の未熟さに辟易する。だけど、だからこそ、これが本当に今の自分が言いたいことなのだと、強く自覚する。

「それを、誤解を与えかねない表現でした、ミスでした、非公開にしました、嘘でした、注目を集めるための仕掛けでした……そんな言葉で片付けちゃいけないと思うんです」

岩角の両側にいる社員が立ち上がりかけたが、岩角がそれを止めた。紘は、いま立ち止まってはいけない、と、足の裏に力を込める。

「さっき、作品を発表することは人間関係に似ているって言いましたけど、違ってくるのはそのあとです。人間関係なら、間違った発言をしたり、誤解されたりしたとき、対面で話ができます。今みたいに、思っていることを納得するまで話し合うことができます。だけど、不特定多数に発信されたものは、それができない。後で訂正したとしても、その情報が同じだけ行き渡るとは限らない。だからこそ」

紘は瞬きをする。内側から、潤いが漲ってくる。

「情報を放った先には人の心があるっていうことを、もっと考えなきゃいけないと思うんです。間違えたら修正、削除、非公開、それで動画は形が整うかもしれないけど、心はそうじゃない」

目の前の岩角のシルエットが、母から送られてきたURLの中の写真と重なる。

——MOVE所属のクリエイターは、所属する時点で厳しく審査しております。我々は、人を傷つけたり、人様の迷惑になるようなことはせず、新しいエンターテインメントの構築を目指します。

直接傷つけるような言葉を使わなくても、直接迷惑がかかるような行動をしなくても、何かを世に放てば、受け取った人の心は動く。紛れもなく、世界でひとつの心たちが、それぞれの尺度で。

「だからこそ、言葉ひとつとっても、時間をかけて精査して、こだわって、丁寧に創ることが大事だと思うんです。その言葉が正しいとか間違ってるとかそういうことじゃなくて、どういう意図でそういう表現をしたのか胸を張って説明できるくらい、考え尽くしてから作品を届けるべきだと思うんです」

「そうか」

頷いた岩角の指が、ほどかれそうになる。

「最近、ある人に言われたんです」

紘はすぐに言葉を続ける。あの指がほどかれてしまったら、この場も解散になってしまうような気がした。

「一番怖いのは、知らないうちに、自分も悪い遺伝子に生まれ変わってしまうことだって」

岩角の指がまた、固く結ばれる。

「プロとアマチュアの境界線がなくなって、誰もが同じように発信できるようになること自体は素晴らしいことだと思います。でも」

紘は息を吸う。

「どんな人でも何かを発信できるようになったとして、受信するのはいつでも変わらず人の心なんです。発信が時代と共にどんな風に変わっても、受信はいつでも人の心なんです。心には大きいも小さいもありません。老化に悩む人もヒルドイドを必要とする人もパワハラを心配する人も、みんな、本気で感情を動かしているんです。その本気に向き合うだけの精査は、必要なはずです」

動悸《どうき》が、やっと落ち着いていく。

「なるほど」

目の前の男から、何かしら温かい言葉を掛けてもらえるとは、毛頭思っていなかった。

「確かに君は、このプロジェクトに関わるべきではないかもしれない」

だけど、あまりにも表情も声色も変わらないので、紘は少し不気味に感じた。

「なぜなら」

岩角は、もともとこちらに向けていた視線を、紘の瞳を奥の奥まで押し込むかのように、強めた。

「君がそういう考えなら、磯岡ジム公式Channelにアップしていた動画を精査するところから始めたほうがいいだろうから」

紘は、いま自分が何を言われたのか、すぐには理解できなかった。

磯岡ジム公式Channelという単語が、ひどく遠くに感じられる。だけどそのあとくっついてきた、動画の精査という言葉は、とても身近に感じられる。

「君をFlapTVに引き抜いたのは、『ROAD TO LAST FIGHT』の完成度だけが理由じゃない」

「岩角さん」

宇井野が、険しい表情で岩角のことを見ている。岩角は、そんな宇井野を、目線一つで黙らせる。

「動画の間違いを指摘するコメントが来ても全く動じない逞しさに魅力を感じて、引き抜いたんだ」

岩角の指が、いつのまにかほどかれている。

だけど、紘の頭の中では、指はいつまでも組まれたままでいる。

間違った情報を広める動画に本気で悲しんでいた人の指は、ずっと、記憶の中で組まれたままでいる。

「君が編集を担当していたのは『ROAD TO LAST FIGHT』がアップされるまでだと思うけれど、最後の数週間にアップされたフィットネス系の動画は、間違った情報だらけだった」

呼吸が浅くなる。確かに、チャンネルに関わっていた最後のほうはとにかく時間がなく、内容を丁寧に精査できていた自信がない。週に四本投稿しろという大樹からの指示に従うことに精一杯だった。

「コメント欄でも、そのサプリは怪しいのであんまり使わないほうがいいですとか、そのトレーニング方法はもう過去に紹介してますとか、いろんな指摘があった。だけど君は、何の対応もしなかった」

あのチャンネルの管理者は大樹だった。勿論紘もコメントを閲覧することはできたけれど、正直、最後のほうは全くと言っていいほど確認していなかった。

「君の言う悪い遺伝子っていうのが何のことなのかはよくわからないけれど、間違った発信内容に戸惑う視聴者を無視して次々に作品を発表することがそれに当てはまるなら、君はすでに悪い遺伝子だよ」

紘は、岩角の瞳に映る自分を見つめる。

よく見知った顔、輪郭。

「ただ、間違った情報を広めてしまった後のオペレーションについては、君の言う通り、改善すべき点があるかもしれない。そこは改めて考えさせてもらうよ、ご指摘ありがとう」

岩角はそう言うと、椅子から立ち上がった。

「MVの監督は、別の人に頼むことにする。時間を割いてもらって申し訳なかったね」

頭上から降ってくる声が、紘にはもう、ほとんど聞こえていなかった。

――一番怖いのは、知らないうちに悪い遺伝子に触れることで、自分も生まれ変わってしまうことです。見えない文脈に挟まれて、いつの間にか。

紘は、テーブルの上に投げ出されている自分の指を見つめる。

よく見知った関節、形。

それらを成り立たせているのは、自分も知らないうちに生まれ変わってしまった遺伝子たち。

12

ふと、今の状況を、尚吾はとても久しぶりだと感じた。鐘ヶ江と編集室に二人きりだなんて、少し前まではよくある風景だったのに、いつの間に希少価値を伴うようになってしまったのだろう。

「すみません、無理言って来ていただいて」

尚吾は、鐘ヶ江の手元にホットコーヒーを置きつつ、自分も椅子に腰を下ろす。

「でも、完成させる前にどうしても、一回、鐘ヶ江さんに観てもらいたかったんです」

結局、國立彩映子を主演に迎えたオープニングムービーは、國立の所属事務所が抱える映像制作チームと共に作ることになった。大学時代はスタッフが代わることなんて日常茶飯事だったのに、この一年は常に同じ布陣で制作に携わっていたからか、鐘ヶ江組以外の人たちとの仕事は存外に戸惑うことが多かった。どこに所属していたとして、全員が一定のレベルを超えているプロの職人であることに変わりはないのだが、とはいえそれぞれに癖があり、こだわる箇所というよりはこだわりの解像度に差があることがよくわかった。

「國立さんが君の名前を挙げたときは、僕まで嬉しかったよ」

一足早く完成品を観られるなんてラッキーだね、と笑う鐘ヶ江は、何だかいつもより陽気に見える。

「まだ完成品じゃないですよ、一歩手前の段階で一度アドバイスをいただきたくて」

この会社に入って、初めて監督補助でなく監督として携わった作品だからこそ、完成前に一度チェックしてほしい——尚吾のそんな申し出を、鐘ヶ江は快諾してくれた。班の動きが止まっている今、鐘ヶ江組の面々は尚吾と同じように別の作品に携わっている。鐘ヶ江自身が今どういう状況なのか誰も明確に把握できていない状況だったので、連絡をしたとして、返事は来ないかもしれないと思っていた。

だから、鐘ヶ江からすぐに返事が届いたときは、拍子抜けするほどだった。

【勿論大丈夫だよ。時間はあるので、都合がいいタイミングを連絡してください】

そしてこの文面から、製作が止まっている原因が鐘ヶ江自身にあるわけではないと読み取ることは簡単だった。

「いやあ、楽しみだ」

コーヒーを一口啜った鐘ヶ江が、背もたれから上半身を離し、画面に対してぐっと前のめりの姿勢を取る。尚吾は、そのシルエットがあって初めて、編集室という風景が完成した気がした。

鐘ヶ江は、体内に溜まっていた空気を漏れ出させるように、二つの瞼をゆっくりと開けた。

「大変だっただろう」

鐘ヶ江はまず、約三分の映像を何度も繰り返し観た。そのあと、「最後にもう一回」と尚吾に再生を促したと思ったら、目を閉じた。瞼の輪郭は、その中に確かに丸い眼球があることを示すようにふんわりと膨らんでおり、そのすぐそばに生えている眉毛の中には多くの白髪が交じっていた。

「確かに大変、でした」尚吾は、鐘ヶ江の言う大変という言葉がプラスの意味なのかマイナスの意味なのか推し量りながら、恐る恐る言葉を繋げていく。「でも、ここまでCGを多く使う撮影というのは初めてでしたし、撮影方法もこれまでと違ったので、すごく勉強にもなりました」

國立彩映子が映画の歴史を辿るというコンセプトを表現するためにはCGが必要不可欠で、撮影もグリーンバックを使用したカットが多かった。その中でどのように自分らしい演出を施せるのか、絵コンテなどを共有しているとはいえ完成予定図が自分の頭の中にしかない状態で何をどう進めていくべきなのか――実際、大変なことは多かった。

「いや、CGもそうだが」

鐘ヶ江はそう言うと、隣に座る尚吾を見つめた。

「この仕上げのこだわりを別のチームでも貫き通すことが、大変だっただろう」

眉毛だけではない。尚吾は、改めて目の前の鐘ヶ江を見つめる。髪の毛にも、こんなに白髪が交ざっていたことに、自分は全く気づいていなかった。

「こういう、CG処理されたところも含めて多くの音が入っているような作品は、音の優先順位がおかしくなっていることが多い。だけど今回の映像は、目を瞑っていたとしても画面の中でどんなことが起きているのかがわかるようだった。伝えたい情報の優先順位が、視覚だけじゃなく、聴覚でもわかるように丁寧に整えられているね」

ありがとうございます、と、尚吾は頭を下げる。音の優先順位はまさにこだわっていた部分だったので、そこに言及されると、これまで密かに、だけど確かに向けられていた、制作チームからの〝そこまでこだわらなくても〟という視線が、やっと全身からするするとほどけていったような気がした。

「視覚にだけこだわっても、お客さんの没入感は一面的なんだ。五感のうち二つを支配してやっと、お客さんの全身を映像の世界に引き込む資格を得られる」

映画館の音響で観たらもっとすごいだろうな、と話す鐘ヶ江の表情が、少年のように若返っていく。

「この映画祭の主催は、ヨコハマアートシネマだったよな」

「そうです」

鐘ヶ江監督には先代のころからずっとお世話になっているから――國立の事務所で行われた打

ち合わせのとき、今の支配人から真っ先にそう言われた映画館だ。

「二代目もなかなかパワフルな男だよな」鐘ヶ江の口元が緩む。「あそこは音響をまた改良したんだ。いい作品は、いい設備で上映されるほど細部が輝く。だからこのオープニングムービーが上映される場所としては最高だよ」

楽しそうにそう話す鐘ヶ江の瞳が、また、大人の落ち着きを取り戻す。

「先代の支配人には特に良くしてもらったんだ。無名のころは、いくら内容に自信があっても動員がとにかく悪くてね。他の映画館がどんどん上映を終わらしていく中、この作品は内容がいいからって何週間も上映し続けてくれた」

あとからあのときは大赤字だったたって詰め寄られたけどな、と微笑む鐘ヶ江の頬が、焼きたてのパンのようにやわらかく隆起している。

「もう四月だから一年くらい前か。支配人業務を息子に完全に引き継ぐって聞いたときは驚いたけど、そうか、映画祭はちゃんと続いてるんだな」

そうですね、と相槌を打ちながら尚吾は、打ち合わせに堂々と遅刻しつつもその豪快なキャラクターで乗り切っていた現支配人の姿を思い出す。

ヨコハマアートシネマの名物支配人が現場を離れるというニュースは業界を大いに悲しませたが、蓋を開けてみると、新支配人となった息子もなかなかのツワモノだった。映画に加え音響オタクでもあるようで、最も多くの客席があるスクリーンの音響設備を最高のものにするためのクラウドファンディングを成功させ、今では爆音で世界の名作音楽映画を上映する等新たな試みを次々と実施している。尚吾も資金を援助した一人であり、当時は、リターンなしでの寄付を選んだ人にも映画館から無料鑑賞券が届けられたことが話題になった。この一年で、新たな客層をかなり開拓した映画館だ。

　この一年。

　尚吾はふと、思い出す。この編集室に初めて足を踏み入れたのも、今からちょうど一年前のことだった。編集作業における一つ一つのこだわりに感銘を受け、同じくそんな環境に身を置くことができた千紗と共に、お互いの境遇を祝い合った。

　この一年、目の前にいるこの人は絶えず、自分の創るものの質を高め続けていた。その姿を、次の世代の人間に見せ続けてくれていた。

「鐘ヶ江さん」

　尚吾が口を開くと、ん、と鐘ヶ江が眉を上げた。

「オープニングムービーの制作は確かに大変でした。微調整に次ぐ微調整で、正直うんざりされたりもしたんですけど、でも、ここは相手に譲ったほうがいいかなとか、そういうことは全く考えなかったんです」

　もともと、主に事務所所属のアーティストのMV等を制作していたというチームは、確かにCG等の技術には長けていた。だから仕方ないことかもしれないが、視覚で捉えられる情報を第一に考えすぎるきらいがあった。だが、この映像が上映されるのは、音響に関して国内でもトップレベルの環境を誇るヨコハマアートシネマなのだ。そこまで見据えたうえでのこだわりだったが、それはなかなか伝わりづらかった。

でも、尚吾の心は揺らがなかった。

「それは、この一年、この場所で、神は細部に宿るということを身をもって学んだからです」

どうしてだろう、今の自分は、我ながらとても素直だ。尚吾は、高度な防音設備が生み出してくれている強度の高い沈黙の中、鐘ヶ江を見つめる。人を素直にさせるのは年齢や肩書ではなく尊敬の気持ちだと、尚吾は再確認する。

「この場所で学んだおかげで、そう思えたんです。実際に、今回、鐘ヶ江組ではない人たちと制作してみて、細部にこだわることを妥協しなければ、誰と組んだとしても大丈夫なのかもしれないって思えました」

そこまで言ったところで、尚吾は一度、唾を飲み込んだ。

「だから……だからってことではないかもしれないですけど」

言え。言ってしまえ。

「こんな未熟な僕でさえ、自分が曲がらなければ誰と組んでも大丈夫って思えたんです。だから、鐘ヶ江作品は、どこで公開されたって絶対に大丈夫です。鐘ヶ江さんがスクリーンでの上映にこだわっているのはもちろん知ってます。でも、大きなスクリーンじゃなくても、最初から最後まで一気に観られる環境じゃなくても、鐘ヶ江さんが撮った映画の質も価値も、削られません。作品の素晴らしさは絶対に絶対に変わらないです」

鐘ヶ江の表情が、ふっと緩んだ。尚吾がどこまで把握していて、いま何の話をしているのか、全てを悟ったような雰囲気だった。

「僕は、会社にまつわる具体的な数字を知っているわけではありません。テレビ放映やネット配信を解禁することで何かが具体的に解決されるわけではないかもしれません。だけど」

──鐘ヶ江組の製作は、経済的な事情で止まっている、と伺っておりますが。

あのとき、悔しかったのだ、自分は。尚吾は突然、そう自覚した。

高みを目指して弛《たゆ》まぬ努力を続けてきた人が、作品の質とは異なる部分でその歩みを止めなければならない──そんなことが起きていいのかと、悔しく思ったのだ。

「ここに座るときはいつも自分の作品を編集するときだから、今日は気楽でいい」

言葉が続かなくなった尚吾からバトンを引き継ぐように口を開くと、

「今日はそう思ってたんだけどな。気楽なままでは帰してもらえないか」

と、鐘ヶ江はすっかり冷めてしまったコーヒーを一口啜った。

「まず、余計な心配を掛けて本当にすまない。本来なら先輩たちから技術を盗むことだけを考えていればいいはずの君にまでこんな話が伝わっていて、恥ずかしいよ。監督補助の期間はどうにか三年を死守しようとしているけれど、正直、まだどうなるかわからない」

すまない、と、今度ははっきりと頭を下げられる。そんな姿を見たいわけではなかった尚吾は、目を逸らしながら「やめてください」と繰り返す。

「新作は、予算を大きく削減するのか、公開後のリターンを増やす……ネット配信なりなんなり色んな場所で公開することを前提にして製作するのか、どちらかを選ぶことになると思う。そのうえで会社と合意でき次第、製作は再開できるはずだ。君を含めたスタッフにはもっと前に相談すべきだったかもしれないね。でも、お金の話は君たちには何の責任もないわけだし、避けていた部分があった」

また、すまない、と続きそうな雰囲気を払拭したい気持ちが出たのかもしれない。尚吾は、やけに明るい声色で、こう言い切っていた。

「じゃあ、リターンを増やしましょう」

絶対にそっちです、と、予備校の講師のような口調で指まで立てていた。

「むしろ、これまで他の人たちがやってたことをやらずにここまで続けてきたってわけですから。それってすごいことですよ。これからやっと周りと同じ条件になるだけです。全然問題ないじゃないですか。さっき、いい作品はいい設備で上映されるほど細部が輝くって仰《おっしゃ》ってましたけど、いい作品はどんな環境で観られても品質は変わりません」

「そんな風に言ってくれて嬉しいよ、ありがとう」

鐘ヶ江の落ち着いた話し方は、感謝を伝えるというよりも、早口で話し続ける尚吾の興奮を鎮めることが目的のようだった。

「ただ」鐘ヶ江の声のトーンが、さらにもう一段階、低くなる。「こう言ったら君はがっかりするかもしれないけど、僕は今、作品の質について考えているわけじゃないんだ」

「え？」

呆気《あっけ》にとられた尚吾の表情を見て、鐘ヶ江がかすかに微笑む。あまりにも予想通りのリアクションだったのかもしれない。

「なんていうのかな。これはもう、本当に身勝手な話なんだけれども」

鐘ヶ江はそう言うと、視線と共に声のボリュームを落とした。

「心の問題なんだ」

心の問題。

頭の中でのみ反芻したつもりだったが、声に出ていた。

「ヨコハマアートシネマは本当に奇跡的なケースだ。僕が君くらいのころから知っている独立系の映画館は、もうほとんど潰れている」

鐘ヶ江は、伏せた目を少し開く。

「映画館以外の場所で簡単に映画を観られるようになるっていうのはつまり、僕がこれまでずっとお世話になってきた映画館が一つずつ消えていくっていうことなんだ。無名のころの自分を支えてくれた人たちが、映画の世界から離れていくことなんだ」

緩やかなカーブを描く鐘ヶ江の眼球からは、この編集室ではない世界が反映されているような不思議な輝きを感じられた。

「ただでさえ、新しい上映方法に対応できなくなったり、駅ビルの中に大きなシネコンができたり……昔からある個人経営の映画館がどんどん潰れている。どれも、昔お世話になった場所ばかりだ」

今の鐘ヶ江には、かつての鐘ヶ江を支えてくれた映画館や映画人たちが見えているのかもしれない。それくらい、その瞳は優しく見えた。

「そういうことを考えると、映画館以外の場所での公開を躊躇《ためら》ってしまう。自分の行動が、直接的じゃなくても、映画館から人を遠ざけてしまうんじゃないかって……いや」

鐘ヶ江は言葉を切ると、観念したように呟いた。

「本当は、寂しいだけなんだろうな」

寂しいと言いながら、その表情は穏やかだ。

「自分がものすごく時代遅れでつまらないことを言ってることはわかってる。だからそんなあからさまに怖い顔するな」

本音を白状した心地よさからか、鐘ヶ江の声の調子は軽い。だけど、尚吾は、束の間訪れた折角の明るい雰囲気に順応することができなかった。

だって、自分は、すっかり忘れていた。

小さなころから祖父がよく連れて行ってくれた名画座のことを。ちょうど一年前、新天地に赴く自分のためにわざわざフィルムを取り寄せてまで『門出』を上映してくれた人がいたことを。

丸野内支配人の体調不良により、中央シネマタウンは再開時期不明の営業休止状態にあることを。すっかり忘れていたのだ。

「社内の人間がどれだけもどかしく思っているかも、有料配信を許可すれば立て直せる何かがあるということも頭ではわかってるんだ」

確かに、実家からハガキが転送されてきていたのに。映画を全く観に行かなくなったにも拘らず、現状を報《しら》せてくれていたのに。

気にしていなかった。心が反応していなかった。

「だけど」

音が、尚吾の耳に戻ってくる。

「さっきの君の話じゃないけど、どれだけ環境が変わっても、心は動いてくれないんだ。映画館が潰れるのが寂しい。俺はただずっと、そう思ってる」

鐘ヶ江が、どこか清々しい表情で続ける。

「ものを創って世に送り出すっていうのは、結局は、心の問題なんだと思う」

心の問題、という、先ほども聞いた言葉が、純度の高い密室空間にぽんと浮かび上がる。

「いつだって、作品の向こう側には人がいるんだ。その人だけの心を大切に抱えた人間がいる」

映画館への影響だけじゃない、と、鐘ヶ江の表情が強張る。

「いつでもどこでも作品を楽しめる環境がもっと浸透すれば、受け手が作品を欲する頻度は上がる。そうすると、作品がこの世界を循環する速度が上がる。だけど、だからといって、一つ一つの作品を完成させる速度も上げられるわけじゃない」

上げられない速度があることは、今回の制作で、この身をもって実感した。鐘ヶ江の話に、尚吾は心から頷く。

「だけどいつの間にか、作り手側もその速度に呑み込まれていく。作り方が変わっていく。自分も知らないうちに」

鐘ヶ江の瞳に、一瞬、翳が差す。

「さっきも言ったように、作品の向こう側にはいつだって人がいて、心がある。だけどそれは、作品を受け取る側だけじゃなくて作り出す側にもいえることだ。こちら側にも人がいて、心がある。そのことを忘れて、受け手の変化に順応することを優先していたら、全員で速度を上げ続ける波に呑み込まれることになる」

鐘ヶ江のかすかに揺れる低い声は、触れればポロポロと崩れてしまいそうだ。

「波はいつだって生まれている。作品を取り巻く環境はどんどん変わる。時代と共に、映画の良し悪しを決める物差しすら、何もかもが容赦なく変わっていく」

内容より制作過程の新しさが評価され、完成度より社会を反映しているかが問われる——身に覚えのある例が、いくつも、尚吾の脳内を流れていく。

「その中で、変わらないように努力することができるものは」

鐘ヶ江はそこまで言うと、誰に対してということもなく、一度だけ頷いた。

「心。自分の感性。それしかないんだ」

心。何度も聞いた言葉なのに、聞くたび新鮮に響く不思議な言葉。

「君は、世間の風向きに合わせて書くものを変える傾向がある。それが君自身の変化によるものなのかただ世間に合わせているだけなのか判断するためにはもう少し時間と数が必要だと思ったから、オリジナルの脚本にはＯＫを出さなかった。世間の風潮が変わり続ける中でも、君の中にある譲れないものを見極めて、それを理解するまで待つ時間が必要だと思った」

尚吾は一瞬で、自分の顔の温度が上がったのがわかった。初雪の日に、誰もいないオフィスで浅沼に言われたことが蘇る。すべて図星だった。

「待つ。ただそれだけのことが、俺たちは、どんどん下手になっている」

尚吾の赤面に構うことなく、鐘ヶ江は話し続ける。

「いつでもどこでも作品を楽しめる環境が浸透して、受け手は次の新作を待てなくなって、作り手も自分の心や感性を把握する過程を待てなくなって、作品を世に放ったところですぐに結果が出ないと不安になって……どんどん待てないものが増えていく。客足、リターン、適した公開時期、そのうち」

鐘ヶ江が唾を飲み込む。

「最終的に、自分を待てなくなる。すぐに評価されない自分自身を信じてあげられなくなって、作品の中身以外のところで認められようとし始める」

防音設備が整っている編集室には、針の音がするような時計は置かれていない。

「受け手が作品に触れやすくなるならば、その分、作り手は表現を磨くべきだ。自分自身の見栄えや、自分がどう見えるかというところに心を砕くべきではない。どんな立場、背景の人にも簡単に届くようになるからこそ、どんな意図の下その表現を選び取ったのか説明できるほど考え尽くすくらいがちょうどいい。それは多方面に配慮して品行方正なものを作れっていうことじゃない。どんな状況であれ、作り手は、自分の感性を自分で把握する作業を怠ってはいけないということだ」

雑音のない空間の中にいると、まるで時が止まっているように感じられる。

「作品を提供する速度と自分を把握する時間が反比例していくなんて、そんなの本来はおかしいはずなんだ。どれだけ今はそういう時代じゃないって言われようと、それをおかしいと思う気持ちは譲れない」

鐘ヶ江はそう言うと、

「話がズレたかな」

再び、声の調子を軽い雰囲気に戻した。そのまま、「ジジイだなーって感じか?」と笑い、脚を組む。

「思い出の場所がなくなって寂しい、ごちゃごちゃ言ったけどとにかく映画館以外で上映したくない……完全にわがままジジイだよ。どんな情報でも外に出していったほうがいいような今、俺の考えが古くて話にならないなんてこと、わかってるんだ」

そんなことないです、と言ってみたものの、

「でも、心の問題なんだから、仕方ないんだ」

鐘ヶ江は、特にその中身を口に含むでもなく、コーヒーの入った紙コップを一度持ち上げ、また置いた。

「この三十年間で、本当に何もかもが変わった。これからの変化はもっと目まぐるしいだろう。君はその中で、この先何十年と撮り続けることになる」

何十年、という言葉が、時計の針の音もない静寂の底に落ちる。

「さっきの言葉、嬉しかったよ」

鐘ヶ江作品はどこで公開されても質や価値は変わらない——尚吾は、思い当たる節を反芻する。

「でも、質や価値を測る物差しなんて、一番変わりやすい」

鐘ヶ江の口から発せられた、一番、という言葉が、さらなる底へと落ちていく。

「例えば君は、おじいさんの影響で映画を観るようになったと言っていたね。よく名画座に連れて行ってもらったと」

「はい」尚吾は頷く。「口酸っぱく、質のいいものに触れろ、と言われてきました。実際、祖父が色んな名作を観に行かせてくれたおかげで、自分が今ここにいると思っています」

「そのおじいさんの言うことを信じていたのは、何故だ？」

いつの間にか鐘ヶ江は、組んでいた脚をほどき、こちらを見ている。

「おじいさんの言葉に価値があると信じて疑わなかったのは、何故？」

二つの足の裏がしっかりと地に着いた状態で、再び、そう尋ねられる。

そんなの。尚吾は唾を飲み込む。

そんなの、もう――

「わからない。そうだよな。それは当然のことだと思う。そういう理由を考えずに生きているときに聞いた言葉だったから、としか言いようがないよな」

鐘ヶ江は言葉を切ると、また、脚を組んだ。

「そういうものなんだ。自分が信じ続けているものだって、元を辿れば質も価値もどれくらいのものなのか、本当のところはわからない。でも」

鐘ヶ江は、先ほどまで観ていたモニターへ向き直る。

「君が、おじいさんと沢山の映画を観た時間は確かに存在する。それは絶対に変わらない本当のことなんだ」

右隣には、尊敬する人。目の前には、様々な映像が写し出される場所。

尚吾は思う。今の状況はまるで、祖父と名画座に通っていたころのようだ、と。

「沢山の映画を観る中で、君は、自分はどんなものが好きなのか、どんなものを素晴らしいと思うのか、どんなものを苦々しく思うのか、心で色んなことを感じ、自分の感性を積み上げたはずだ」

鐘ヶ江は、コーヒーの入った紙コップに手を添える。だけどやっぱり、持ち上げるわけではない。

「今となっては、君のおじいさんの言葉が本当だったかどうかはわからない。おじいさんが君に観せた映画たちが本当に良質なものばかりだったかどうかもわからない。だけど、君がおじいさんの言葉をきっかけとして沢山の映画を観て過ごした時間は、紛れもなく本当なんだ」

鐘ヶ江は、編集室のモニターを見つめたまま、

「だから、とにかく沢山撮りなさい」

と、呟いた。

「私はもう古い人間だ。劇場以外での公開を固辞するなんて、もう自分で自分が嫌になるよ。どこまで昔の考え方なんだとうんざりするね。だから君は」

編集室のモニター画面は、もう、ブラックアウトしている。

「私の言葉を信じるのではなくて、私の言葉をきっかけに始まった自分の時間を信じなさい。その時間で積み上げた感性を信じなさい」

鐘ヶ江は今、黒い画面に映る自分の顔を見ている。

「沢山撮りながら、色んなことを考えながら、自分の心が見えるようになってくるはずだから」

真っ暗な画面に浮かび上がる自分の顔に語り掛けるように、鐘ヶ江は続ける。

「そうすれば、どんなことが起きても、自分の価値観を揺るがすような世の中の変化があっても、ここにこだわって何の意味があるのか、なんて迷わなくなる。逆に、ここはこだわらなくていい、と、捨てるものも選べる。だから」

鐘ヶ江は再び、その顔を尚吾のほうに向けた。

「これからも沢山映画を観て、沢山撮りなさい。この部屋を出た一秒後から始まる時間で、できるだけ沢山のものを積み上げて、私の言葉でなくそちらのほうを信じなさい」

鐘ヶ江の二つの瞳に、自分が映っている。

「そうすれば、いつか寂しいなんて子どもみたいな理由で次の時代に踏み出せない自分を、心の底からは嗤《わら》わないで済むかもしれないから」

閉じていくつもりなのかもしれない。

尚吾は、雨が上がったことを傘の下から出した掌で確かめるように、そう思った。

このまま業績が伸びなければ、鐘ヶ江は、監督業を閉じていくつもりなのかもしれない。

当の鐘ヶ江は、不意に腕時計に視線を落とすと、「おお、そろそろ行かないと」と大袈裟に目を見開いている。

「俺が暇ってことがバレ始めたのか、班以外のメンバーから脚本を読め読めって言われることが増えたんだ。占部とかな」

ちゃっかりしてるよあいつは、とぼやきつつ、鐘ヶ江はコーヒーの残りを一気に飲み干す。尚吾はその姿を、黙ってただ見ていた。

「そういえば」

椅子から立ち上がった鐘ヶ江が、尚吾を見下ろす。

歳を重ねて丸みを帯びた輪郭が、天井の白く光るライトを背負っている。

「君がおじいさんと行っていた映画館は、まだ残ってるのか？」

目の前に浮かび上がる輪郭が、祖父のそれと重なる。

「あります」

尚吾は慌てて口を動かす。ただ、「今は休館になっちゃってますけど」と付け足した言葉は、口から出たあたりで散り散りになってしまった。

映画館の隣の席。尚吾はいつも、エンドロールが終わっても、呆けたようにスクリーンを眺め続けていた。

「そうか」

鐘ヶ江の表情は、逆光のせいでよくわからない。だから余計に、祖父の姿と重なってしまう。

「どんなに思い入れのある場所でも、本当にいきなり、なくなってしまうからね」

祖父は、席を立ったあとはいつも、座席に沈んだままの尚吾を引き上げるように、こちらに向かって手を差し出してくれた。

「そういう場所で積み重ねる時間も、自分の心を作ってくれるからね。思い出の場所がまだ残ってるっていうのは、羨ましいよ」

そう言う鐘ヶ江に思わず差し出しそうになる右手を、尚吾は、左手でぐっと押さえた。


映画の神様がふっと息を吹きかけたかのように、シアターの中の暗闇が晴れていく――そんな感覚を、実際はたったの一年ぶりのはずなのに、ものすごく久しぶりに抱いた気がした。尚吾は赤い座席に座ったまま背筋を伸ばす。骨がぽきぽきと鳴る。

鐘ヶ江が編集室から出て行った後、尚吾は中央シネマタウンについて調べてみた。すっかり忘れていたくせに、鐘ヶ江に指摘されたからといってすぐに足を運ぼうとしている自分の風見鶏具合に辟易しつつも、この部屋を出た一秒後から始まる時間を自分なりに大切にしたくなったのだ。そして驚くべきことに、中央シネマタウンと検索した結果、いくつかの映画の上映時間が表示された。

営業再開してる。そう察したのと同時に、「リニューアルオープン記念上映」「門出」等の様々な単語が視界に飛び込んできた。表示されている時刻をもとに、脳内で移動時間を計算する。今ここを出れば、次の上映にギリギリ間に合う――そう判断するやいなや、尚吾は立ち上がっていた。どんなに思い入れのある場所でも、いきなりなくなってしまう。鐘ヶ江のその言葉が、まるで呪文のように頭の中で鳴っていた。

結局座席に滑り込むことができたのは、上映が始まって二、三分ほど過ぎたころだった。このご時世めっきり減った自由席システムの良さは、遅れて入ったとしても他の観客の迷惑にならないよう後方の座席にこっそり落ち着けることだ。扉に最も近い角の席はすでに埋まっていたので、尚吾はその一つ前の席に腰を下ろした。

後方からスクリーンを観ていると、今どれくらいの客がシアター内にいるのか、整列した座席から飛び出している後頭部によって把握できる。満席とはいかないが、リニューアル前に比べると賑わっているように見えた。

少なくとも、ここで『身体』を上映してもらったときよりも、客は入っている。

尚吾の中で、目の前の様子と当時の景色が重なる。ここにもう一度、辿り着きたい。名作映画特集で上映してもらえるような作品を生み出す監督になりたい。そんな思いで、この一年間、突き進んできた。

――どっちが先に有名監督になるか、勝負だな。

蘇る。

一年前、丸野内支配人にそう言ってもらったときのこと。それから、鐘ヶ江誠人の監督補助という歴史あるポジションに就き、正統派と呼ばれる道で修業を積んできたこと。そのすぐ脇を、無料のプラットフォームに拠点を移した紘が軽やかに走り抜けていったこと。映像が多くの人に観られる経験も、憧れの映画評に取り上げられる経験も、紘に先を越されたこと。有料で高品質なものにこだわり続けている身として、真逆の方針で駆け抜けていく紘の背中を苦々しく感じていたこと。そのあと、細部の演出を評価され、質の高さによって注目を浴びたこと。映画館のスクリーンで上映されるような映像を監督できる機会に恵まれたこと。だけど肝心の鐘ヶ江作品に、経済的な観点から暗雲が立ち込めていること。

様々なことを思い返す。

——自分が信じ続けているものだって、元を辿れば質も価値もどれくらいのものなのか、本当のところはわからない。

鐘ヶ江の声が聞こえる。

高品質の可能性は高いけれど、有料ゆえ、拡散されにくいもの。低品質のものも多いけれど、無料ゆえ、拡散されやすいもの。前者を信じる者としてのプライド、後者を選んだように見えた紘に抱いた嫌悪感。

自分が本当に信じているものは、何なのだろうか。

自分が目指している場所は、どうして〝そこ〟なのだろうか。

尚吾はほとんど、映画の内容に集中することができていなかった。だけど、解決されない考え事を経たからか、エンドロールが終わったあとの心身は不思議と、名作を思い切り堪能したかのような充足感に包まれていた。

ところで、と、すっかり明るさを取り戻したシアターを尚吾は見渡す。一体、どのあたりがリニューアルされたのだろう。公式サイトには確かに〝リニューアルオープン記念上映〟という文字があったはずだ。

スクリーンのサイズや音響、座席含め、劇場内がとりわけ変わったという印象はない。上映まで時間がなかったので慌てて通り抜けてしまったが、ロビーなどに何か変化があるのかもしれない――そう思い、立ち上がったときだった。

「尚吾?」

後ろから、声がした。

振り返ると、そこには、ちょうど一年前、この場所で共に『門出』を観た男の姿があった。

「やっぱり尚吾だ」

そう言いながら一年前みたいに笑うので、尚吾も、思わずつられてしまう。

「紘」

その名前を呼んだ瞬間。

不思議な感覚だった。この一年間、大土井紘という人間に対して抱いてきた様々な感情が、プラスのものもマイナスのものもすべて、名前の響きの中に溶け込んでしまったような気がした。

「すげえ偶然。俺、たまたま、ほんとたまたま来ただけなんだよ、今日」紘が、早口で喋る。

「多分尚吾とここで『門出』観てから映画館に来るのも初めてくらいで」

「俺もそうだよ」

照れくさく感じることが照れくさかった。だけどどうしても、どんな風に話していたのか、昔のリズムが思い出せない。

「喫煙所、行く?」

尚吾はそう言ってみて、そうだ、それがいつものコースだったと思い出す。ここで映画を観て、喫煙所でアイコスを吸いながら感想を話す。そして、ロビーに貼られた様々な映画のポスターやチラシを眺めていると、丸野内支配人がやってくる。

丸野内支配人。

「俺その前に支配人に挨拶したいかも。ギリギリで入ったからロビーとか素通りしちゃって」

「俺も完全にそれだわ」

紘を追うようにして、尚吾もロビーに出る。そして二人して一瞬、立ち止まる。

団体客だろうか、ロビーには十数人の若者たちがいた。彼らはばらばらのようでいて、誰かの指示を待っているようにも見えた。鑑賞中からそれなりの動員があるとは思っていたが、こんなに若い層ばかりだとは思っていなかった。中央シネマタウンといえば、ラインアップがシネフィル向けということもあり、観客の年齢層は高めだったはずだ。

「なんか、学生っぽい人が多いな」

「な」

ただ今気にすべきは、丸野内支配人だ。入院していると聞いたし、今の支配人は別の人かもしれないが、そうだとしても挨拶をしたい――そう思いながらロビー全体に視線を巡らせているうち、二人の視線はある一点で止まった。

す、と息を吸う音が重なる。

「泉!?」

二人の声が揃い、ロビーが一瞬、静かになる。

その奇妙な沈黙を破ったのは、映画サークル時代の後輩、泉由貴哉《ゆきや》まさにその人だった。

「え？　あ、先輩たちじゃないっすか！」

団体の先頭にいた泉が大きく手を振ってこちらに近づいてくる。

「泉だ」「泉だよな？」「泉でしかない」

紘と小声で確認し合うより早く、泉は団体を割るようにしてこちらに近づいてくる。その姿を見ながら、尚吾は、あ、と思った。

そういえば、ちょうど、泉がいた場所くらいだった。

丸野内支配人が、名作映画のポスターやチラシと並べて、自分と紘のインタビュー記事を貼ってくれていたのは。

「久しぶりですね」

あっという間にやってきた泉の背後には、ポスターもチラシも、勿論インタビュー記事もない。その代わり、派手に彩られた〝リニューアルオープン〟の文字が大きく躍っている。

13

「つまり」

泉は一度言葉を切ると、まずは尚吾の顔に視線を飛ばした。

「尚吾さんが選んだ場所は、時間はかかるけど確かな技術によって高品質なものを提供できる可能性が高い。でも有料ということもあり拡散されづらい、その結果リターンも足りなくて持続可能性がいよいよヤバイ」

泉の視線が、今度は紘に向く。

「紘さんが選んだ場所は、無料で提供できるから一気に拡散されやすい。だけどそのぶん消費されるスピードも速い。そのペースに合わせて生産することが第一優先となり、質の担保が難しい。そして誰でも送り手になれるため秩序も整わない」

四人で囲んでいるテーブルから、空になった皿が下げられていく。中央シネマタウンから歩いてすぐのところにあるファミレスは、夕食時を過ぎた平日ということもあり空いている。

「まとめると、二人はこれまで、真逆の状況に身を置きつつ、お互いの芝生が青く見えるな〜って思い合ってたってことですよね。で、一年くらいかけて結局、心がどうのこうのみたいな、偶然同じような結論に辿り着いたと」

「まとめんな」「心がどうのこうのってそんな言い方ないだろ」

尚吾と紘は二人してかつての後輩に嚙みつきつつ、これまでの思考が大雑把に束ねられたことに苛立ちと爽快感の両方を抱いていた。自分がこれまで逡巡してきたことをそんな簡単に要約されたくないと憤る気持ちはありつつ、泉がまとめた内容を完全に否定することもできない。

「だって、そんな二項対立、昔から色んな業界で散々言われてきたことじゃないですか。その中で淘汰《とうた》が繰り返されていくなんて当たり前のことなのに、その段階でがっつり悩まれても」

悪びれず話し続ける泉の隣で、眼鏡をかけた男が口を開く。

「このファミレスも、少し前までは個人経営の喫茶店だったんですよ。だけど、今のほうが安くコーヒーも飲めるし遅くまでやってるし、映画を観に来たお客さんたちも寄りやすそうです」

尚吾は、四人掛けのテーブルに貼られているカラフルな広告に視線を落とす。飲料メーカーのキャンペーンらしく、【新時代のスター軍団〝オールスターズ〟の動画を観て、東京五輪観戦チケットを当てよう！】とある。

そんなことより――尚吾は、さっき初めて自己紹介をしたばかりのわりに、あまりに自然に存在している眼鏡男の顔をまじまじと観察する。上げた前髪をきれいに固め、サイドは刈り上げられている。本当に丸野内支配人の息子なのかと疑いたくなる。

ロビーで再会した後、泉はロビーに集まっていた若者たちを「じゃあまたサロンでね」とあっさり解散させ、尚吾と紘には「今の支配人紹介したいんで、よかったら四人で飯食いませんか？あそこのファミレスで合流っての、どうですか」と声を掛けてきた。どうして泉がここにいるのか、ロビーの若者たちは誰なのか、今の支配人と近しい雰囲気なのは何故なのか、様々な疑問を口に出させないまま人を動かす泉は、ある意味、学生時代のままだった。

結局、尚吾と紘が危なげなくファミレスの四人席を確保した十数分後、「なんか昔に戻ったみたいっすねー」なんて言いながら、泉は眼鏡をかけた男を引き連れて尚吾の向かいに腰を下ろした。それが丸野内幸介《こうすけ》、新しく支配人となった男だった。

呼び出した店員に向かっててきぱきとオーダーしていく泉を見ながら、尚吾と紘は、「なんか変わってないな」「それどころかちょっとパワーアップしてる？」と囁《ささや》き合った。助監督を務めてもらっていたときもこうだった。どんな場面でも、何度も作り慣れている料理を完成させるような手際の良さで、その場の空気を操ってしまうのだ。

テーブルの上には、氷水の入ったグラスが四つ。場を仕切り直すのは、やっぱり泉だった。

「で、二人の現状を聞いたんで、次は俺の番ですね」

「そんな流れだったっけ？」

紘が思わず苦笑するが、尚吾と紘がそれぞれ大学卒業後の道のりをざっと説明したところだったので、あながち間違いではない。

「いま思ったら俺、無意識のうちに二人の間を取ってたのかもしれないです。いや、間どころかいいとこ取りかも」

「間？」

「いいとこ取り？」

尚吾と紘から漏れ出す疑問符を美味しそうに舐め取ると、泉は口を開いた。

「俺、幸介さんとオンラインサロンやってるんです」

泉の隣で、幸介が頷く。

「無料の発信ではとにかくファンを増やすことに徹して、議論を呼びそうだったり咀嚼するまでに時間がかかるテーマについては有料のプラットフォームで発信してるんです。そうすると、突っ込んだ話題ほどクローズドな空間で展開できるんで、炎上もしないですし、質とか価値とかそういう物差しからちょっと外れたところにいられるんですよ。だから二人の話がなんか新鮮に感じちゃいました」

泉は、成人男性にしては少し高めの声で、語尾を楽しそうに跳ねさせる。

「そういう感じで、入り口にもっとグラデーションがあったほうがいいと思うんですよね。特に尚吾さんのいる世界とかそう思いますよ」

からん、と、グラスの中で氷が落ちる。

「映画館で観る映画とかって、全額払って全部手に入れるか、一円も払わないで何も手に入れられないか、ほぼこの二択じゃないですか。もっと、無料でこのへんまで楽しめるよ〜、これくらいお金出せばここまで、もっとお金出せばさらに奥まで〜、みたいに段階があればいいのになって。特に若い世代は、いきなり二千円近くとかもう払わないっすよ」

話ズレましたね、と、泉が一度、氷水に口をつける。そこから始まった説明は、何度か途中で詳しい説明を頼まなければ、尚吾の頭ではきちんと理解することが難しかった。

尚吾と紘が大学を卒業しサークルが空中分解のような状態になったあと、差し当たってやることがなくなった泉は、映画サークルでの日々や鑑賞した映画の感想を面白おかしく発信し続けたらしい。すると、そのうちのいくつかが、当時【SNS上で連絡をくれた人と一緒に映画を観るだけの人】という活動をしていた幸介の目に留まった。それから泉と幸介の交流が始まり——

「ちょっとストップ！」

まず手を挙げたのは、やはり尚吾だった。

「【SNS上で連絡をくれた人と一緒に映画を観るだけの人】っていうのは何？　それで生活してたってこと？」

「そうです」幸介が、何てことないといった表情で頷く。「今って、そういう一風変わった試みをある程度発信し続けてたら、どこかで立派な仕事になり得るんですよね。面白がって、個人的にスポンサーになりたいって人が出てきたりして」

「頭にはてなマーク浮かんでますね、紘さん」

尚吾も同じような表情をしていたはずだが、泉の矛先は紘に向く。

「いや、なんか」

紘が言葉に迷う様子を見せながら、言う。

「前の職場でも今の会社でも、偉い立場の人はそうやって言ってたなと思って。なんつうか、中身がどうだろうと発信し続けることが大事、みたいなね」

「ああ」

少々好戦的な紘に対し、幸介の眉が下がる。

「どんな動画にも広告がついちゃうような、むしろ中身に問題があっても注目さえ集めればいい世界にいたんですもんね、紘さんは」

幸介の口調は、決してバカにしているというものではなかった。その表情には確かな同情が滲んでおり、紘を本気で憐れんでいるようだった。

「僕にお金を出してくれる人は、僕にお金を出したくて出しているんです。お互いの顔が見えてるんです。YouTube みたいに、出稿した人ですらどんな内容の動画に広告がつくのかわからなかったり、逆に自分の動画でどんな広告を広めてしまうのかわからないような土壌とは、根本から違います」

よどみない口調で、幸介は続ける。

「僕らは、YouTubeで広告収入を稼ぐっていうやり方はもうしっくりこないよねってよく話してるんです。結局、今一番お金が巡ってるように見える場所って、それ目当ての人がいっぱい参入してくるんですよね。動画を無料で共有できるっていうプラットフォームを活用して社会に良い影響を与えようとがんばってる人もいっぱいいるんですけど、あの世界で善悪を見分けることはほぼ不可能です。結局、どれだけ再生されるか、どれだけ注目を集められるかって戦いになってくると、影響力がほしいとかお金を稼ぎたいとか、そういう、金が巡る場所にはどこにでも顔を出すような狡賢《ずるがしこ》い人間のほうが脳が働くし、向いてる」

幸介の眉がまた、上がる。

「僕らのオンラインサロンの目的って、映画館を再建すること、映画館を盛り上げることとなんです。そういう場合、その気持ちに共感してくれる人とお互いの顔を知った状態でしっかり繋がって、その人たちと直接やりとりできる場所を提供するほうがお互いにとってしっくりくるのかなって。ファンクラブ的なやり方、っていえば伝わりやすいですかね」

ファンクラブ。

かつては誰もが知るような大スターにしか使用する権利がなかったような言葉が、目の前の、間違いなく芸能人などではない男から発せられている。

「もう、影響力もお金もいらないんです。理念に共感してくれる人と出会って、手を組む。送り手と受け手っていう関係性を超えて、強固に繋がる。そんなイメージです」

聞けば、尚吾と紘より二つ年上の幸介は幸介で、これまで就職せずに収入を得るため様々な活動に手を出していたらしい。その中で当たったのが【SNS上で連絡をくれた人と映画を一緒に観るだけの人】で、内容はその名の通り、依頼人とただただ映画を一緒に観ること。そのあとの感想を分かち合いたいから連絡をしてくる人もいれば、独りではポップコーンを食べきれないからと連絡してくる人もおり、幸介は依頼者との対話や観た映画の感想を短い文章にまとめて発信していたという。

あるとき、丸野内支配人の体調の問題、そして全体的な売上の低迷もあり、中央シネマタウンをこれまでのように続けられないという状況が親族にも共有された。幸介はそのタイミングで、泉を仲間に引き入れ映画館をリニューアルオープンさせることを決意したという。そのリニューアルというのが、気の利いたラインアップで映画好きを唸らせる名画座というもともとのコンセプトに加えて、新たに立ち上げるオンラインサロンのメンバーと共に新世代のための理想の映画館を創り上げていく、というものだった。

「わかりやすく言うと」

泉が、今度は尚吾を見据える。

「ヨコハマアートシネマみたいな仕組みです」

その単語に尚吾が親しみを覚えることを知っているかのように。

「ヨコハマアートシネマも、ちょっと前に名物支配人さんが現場を離れられたじゃないですか。でも二代目の方が本当に頑張ってますよね。クラウドファンディングで資金を集めて音響設備を最新のものに買い替えて、音楽映画の聖地っていうブランドも確立して」

「そんなことがあったんだ」

知らなかった、と話す紘の隣で、尚吾は釈然としない思いの中にいた。ヨコハマアートシネマを、今の泉に「ブランドを確立した」というような表現で説明されることが、不思議なほどに受け入れがたかった。

「それで、うちでもそういうことができないかなと思って、泉とサロンを始めたんです」

幸介が説明を続ける。

「さっきファンクラブみたいなものって言いましたけど、有料会員制っていう構造自体は同じでも、性質はちょっと違うんですね。ファンクラブって、入会することで特別な何かを受け取れるっていう、会員にとってあくまで受動的なシステムですよね。でもオンラインサロンは、オーナーが掲げる理念に共感する人が集まる場所なので、会員が活動に能動的なんですよ」

紘が尚吾をちらりと見る。あとで詳しく俺に説明し直して、という顔だ。

「僕たちのサロン【ライフイズシネマ】は、映画好きによる映画好きのためのサロンって謳ってるんですけど、注目されてるのは『新世代のための映画館を創ろう。このサロンから映画業界を盛り上げよう』っていうコンセプトと活動内容なんです。ヨコハマアートシネマさんはリターンとして無料鑑賞券を用意されてましたけど、今ではそれってもう特典としては弱くて。オンラインサロンに参加する人ってもっと、なんていうか、唯一無二の体験、みたいなものを求めてるんですよね。何かを受け取るとかよりも、活動にコミットできるっていうのかな。勿論サロン内だけで読める映画コラムとかも用意していて、それは泉に任せてるんですけど」

すらすらと説明する幸介の言葉を、泉が引き取る。

「サロン内で、例えばシネフィル層もライト層も楽しめるようなラインアップを決めようみたいなことを提案すると、すっごく盛り上がるんですよ。チラシのデザインとか特集のキャッチコピーとか映画の紹介文とかも、募集した途端ガンガン案が集まるんです。上映後のトークゲストに呼びたい人もみんなで決めて、当日はサロンメンバーが優先的に入場できるようにして……天道奈緒が来たときなんか、即満席。そのあとメディアにリリースする記事は映画ライター志望の会員が書いてくれたり、みんなとにかく映画館を一緒に運営していく、盛り上げていくって体験を欲してるんですよね」

中央シネマタウンは、『新世代のための映画館を創ろう。このサロンから映画業界を盛り上げよう』というコンセプトに合わせて、センターオブシネマと改名していた。いずれは映画界の中心に、という思いが込められているというこの名前も、サロンのメンバーみんなで話し合って決めたらしい。

「この前紘さんには、いま対価として支払われてるのは、お金じゃなくて時間だって話をしましたけど、最近またフェーズが変わったなと感じます。人生です。一回限りの人生を何を成し遂げることに注ぐかって考える人、特に俺ら世代に増えましたよね」

そう言う泉の隣で、幸介が頷いている。

映画館の運営のメインは幸介、オンラインサロン【ライフイズシネマ】の運営のメインは泉。今はそんな棲《す》み分けのもと、来場者数も会員数も上昇傾向にあるという。一度潰れかけた映画館をサロンメンバーと運営していくという試み自体の注目度も高く、個人的にスポンサードしてくれる人も増えているみたいだ。

「お二人もよろしければ、企画に関わってくださいよ。会員みんな喜びそう」

幸介は冗談めかしてそう言うと、「すみません、そろそろ映画館戻りますね」と腕時計を確認した。「泉からいつも話を聞いていたので、お二人にご挨拶できて嬉しかったです」去り際の一言が、テーブルの上をするりと滑っていく。

三人になった空間に、一瞬、沈黙が流れる。

「変わってないですねえ」

ややあって、泉がぷっと噴き出した。

「尚吾さんの理解できねえ〜って顔、懐かし。そんないつも眉間に皺寄せて疲れないですか？」

反論したいが、顔面が力んでいることは事実だ。何も言えない。

「紘さんの、理解できねえけど理解できないままでもまーいっか、みたいな感じも相変わらずですね」

「質問」紘が、ピッと手を挙げる。「そのオンラインサロンの会員って、何人くらいなの?」

「えーっと、今は二百人ちょっと、とかですかね」

すぐに返ってきた答えに、尚吾と紘は思わず顔を見合わせてしまう。

二百人。

「ちなみにさっきロビーに集まってたのは、サロンの中にある『名作映画を観ようの会』の人たちです。サロンの中っていっぱいスレッドがあって、そこで色んな活動が行われてるんですよ。ちなみに絶対訊かれると思うんで先に言っときますけど、会費は最大で月二千円です。金額によって色んなコースがあるんですよ」

尚吾は、二百人、と、その単語ばかりを心の中で繰り返していた。二百人。泉の運営するサロンにお金を払って入っていたいと思う人が、少なくとも二百人いる。

『身体』を中央シネマタウンで上映してもらったとき、埋まった座席の数は——と考えたところで、尚吾は思考に蓋をした。

「何でお前なんかに二百人もって顔、してますね」

そう言う泉に向かって、紘が「お前さっきからその戦法ずるいぞ」とひとさし指を向ける。だけど尚吾には、実際にそんな表情をしていた自覚があった。

「俺、今日久しぶりに『門出』観て思ったんですけど」

泉が、氷水の入ったグラスを持ち上げる。

「今の時代、あんなスター、もういないですよね」

スター、という耳馴染みのない言葉が、結露が象《かたど》る円の中心を滑りぬけていく。よく掃除されたテーブルの表面は、まるで劇場のスクリーンみたいだ。

蘇るのは、先ほどまでスクリーンに映し出されていた龍川清之の姿。一度見たら忘れられない、『門出』の印象的なポスター。

「いない、というか」

泉が一口、水を飲む。

「いらない、のほうが近いかも」

「いらなくはないだろ」

反射的に言い返したのは、尚吾だ。

「確かにあんなスター俳優いまはいないかもしれないけど、いらないってことはない」

「俺、スターって」

早口になった尚吾とは対照的に、泉の話しぶりはとても落ち着いている。

「AはBであるって文章の、AとBを入れ替えられる人のことだと思ってたんですよ」

「何って？」と、紘。

「例えば、『龍川清之は日本を代表するスター俳優だ』っていう文章があるとします。龍川を知ってる大体の日本人は、そうだよね、って納得しますよね。実際、それほどの功績があるわけですし」

だけど、と、泉は続ける。

「龍川を知らない、たとえば外国の人からすると、その文章のAとBを入れ替えて考えるわけですよ。日本を代表するスター俳優は龍川清之らしい、じゃあ彼の出演作を観てみよう、って。龍川はどの作品でも素晴らしい演技をしているので、龍川を知らない人でも一作観れば『日本を代表するスター俳優は龍川清之なんだね』って納得すると思うんです。これがさっき言った、AとBを入れ替えても文章が成立するってやつです」

泉はそう言うと、氷水の入ったグラスを握った。

「でも、昔みたいにみんなで一つのテレビや映画を観ていたころと違って、誰もが好きなように発信できるし、誰もが好きなものを好きなように追いかけられるようになって」

泉は、握ったグラスを口に運ばない。三つあるグラスを、一つずつ、テーブルの端に動かしていく。

「ほとんどの人にとってはAとBを入れ替えられないような存在にも、スターっていう言葉が当てはめられるようになった」

グラスが避けられたテーブルには、飲料メーカーのキャンペーン広告が貼られている。

【新時代のスターの動画を観て、東京五輪観戦チケットを当てよう！】

記憶の中のスクリーン上ではなく、確かに今ここにあるテーブルの上に、そんな文字が躍っている。

「これ、五輪のアンバサダーに採用された人たちです。みんな、いわゆるインフルエンサーと呼ばれる人たちですね。歌手や俳優ってわけではなく、YouTubeやSNS出身の有名人です」

広告には、笑顔の若い男女が複数写っている。彼らは飲料メーカーが採用した東京五輪のアンバサダーで、彼らが配信する動画を観るとチケット応募のためのキーワードが得られるという。よくある形式のプレゼントキャンペーンだ。

「オリンピックのアンバサダーですよ。新時代のスターですよ。この人たちがそうだって言ってるわけです、この広告は」

泉の声色は、落ち着いたままだ。

「この若者たちを知らない人は、この広告をきっかけにコイツは誰なんだって調べたりすると思うんです。さっきの、龍川を知らない外国人みたいに。でもこの人たちの場合、調べたところで出てくるのは、よく盛れた自撮りだったり、コンビニの新商品を食べ比べたりドッキリを仕掛け合う動画だったり、似たような半生が語られた後ありのままの自分を愛そうみたいなこと言うエッセイだったり、そういうものがほとんどです。そうなると、大体の人はこう思いますよね」

泉が、尚吾と紘を交互に見る。

「何でこの人たちがオリンピックのアンバサダーなの？　どこが新時代のスターなの？　何ができる人たちで、どうしてその地位にいられるの？」

泉が、避《よ》けていたグラスに手を伸ばす。

「その疑問がもう、古いんですよね」

三つのグラスが、それぞれが手に取りやすい位置に戻ってくる。

「だって実際、彼らにはものすごくたくさんのファンがいて、大企業が頼りたくなるくらいの影響力を持ってる。事実、オリンピックのアンバサダーで新時代のスターなんです。ＢはＡですと言えなくても、ＡはＢですとは言えるんです」

泉は少し口を潤すと、さらに落ち着いた口調で続けた。

「お二人は、映画サークルの中で、スターでした」

予想外の切り出しに、尚吾は思わずその表情を覗き込んでしまう。

「お二人だけなんか違いましたもん。実際すごい作品撮って、賞もとって……『身体』がぴあフィルムフェスティバルのグランプリ受賞作だっていうのは、ＡとＢを入れ替えても成り立つ文章です」

「規模ちっせ～」

自虐的に笑う紘に、泉はあくまで真面目に、「それでもスターでした」と続ける。

「お二人のそばで雑用をこなしながら、俺、自分は映画を撮る才能はないなって思い続けてました。同じように映画を好きでも、自分には尚吾さんみたいにとことん細部にまでこだわってクオリティを高め続けるような執念も、紘さんみたいに感覚的にカッコいい映像をつかまえられるようなセンスもありません」

「そんなこと」

ない、と言おうとしたけれど、頭の中に蘇る面影が尚吾の口を閉ざした。鐘ヶ江監督、浅沼、國立彩映子……この一年で出会った人たちは、確かに、誰もが特別な能力を持ち合わせているように感じられる。

「俺は何かできる人間じゃありません。本来、スターにはなれない人間です」

だけど、と、泉の声に力がこもる。

「時代のほうが変わってくれました」

泉がまた、テーブルに貼られた広告を見下ろす。

「何か特別なことができるわけじゃない人間が、日々の発信の積み重ねで知名度と影響力を得ていく。ある人にとっては無名の人間が、ある人にとっては唯一無二のスターになる。そういうことが普通の時代になりました。能力を持つ者がスターとして君臨することだけじゃなく、持たざる者が持ちゆく過程を世に公開し支持を集めることができる。お金を生むこともできる。そんな時代になりました。誰にとってもスターなわけじゃないけど、誰かにとっての小さな星がファンクラブ的な閉鎖空間を設ければ、その中で光り続けられるようになりました」

そう話す泉には、もうグラスをどかさなくとも、新世代のスターたちの姿が見えているようだった。

「俺、コンビニの新商品を食べ比べてる人たちがオリンピックのアンバサダーをするようになった今のほうが、やさしい時代だと思うんですよね」

たやすいって意味の易しいじゃなくて、と泉が付け加える。

「大学時代は雑用しかやらせてもらえなかった俺でも、スターを見るような目で慕ってくれる人に出会えたわけですから」

泉が、伝票を持って立ち上がる。

「無料でサロンに入れるアカウント、お教えします」

ＬＩＮＥで送りますね、と、泉は荷物を持ち上げる。

「是非、覗きに来てみてください」

雑用じゃなくて助監督な。尚吾はそう呟いてみたけれど、去りゆく泉にはきっと聞こえていなかった。

14

「ダメだ」

尚吾は、ソファの背もたれにばふんと身体を預ける。

「いくら読んでみてもこのコラムには金払えねえ」

ソファの下に座っていた紘が「ずーっと〝金払えねえ〟顔してた、スマホ見てるときのお前」と笑う。尚吾は唸りながらも、家の中に紘がいるというあまりにも久しぶりな状況が不思議としっくりきていることにこっそり安堵する。別々の道を歩みながらも、今考えていることが自然と重なっているという安心感が、連絡を取り合っていなかった長い時間を埋めてくれている。

「俺たちが泉のこと知りすぎてるからかもしれないけど……どこからも攻撃されない聞こえのいいことばっかり並べて支持されようとしてる感じ、腹立つわー」

柔らかいソファに自分の身体を打ち付けながら、尚吾は「わかるわかる」という紘の相槌に癒される。会社に同期がいたらこういう感じなのかな、と、ふと思う。

「ていうか、これって、丸野内支配人も読んだりしてるのかな」

紘の問いかけに、ソファにうつ伏せになりながら「あー、元・支配人ね」と応える。

「今日話した感じだと、もうあんまり今の運営には関わってなさそうだったよな」

ソファの上で仰向けになったりうつ伏せになったりしながら、尚吾は「ぽいな」と呻く。

泉と再会した週の土日、尚吾も紘も自由に一日動ける日が重なったので、二人で丸野内支配人に会いに行った。幸介を通じて連絡を取ることはなんとなく憚《はばか》られたため、尚吾の実家から転送されていたハガキに書かれていた連絡先を頼った。まずは電話で再会した丸野内は、想像より元気な声色をしており、二人はひとまず安心した。

丸野内とは、飯田橋駅を挟んで中央シネマタウンとは反対方向にある喫茶店で会った。そこは、支配人業を退いて以来、日課にしている散歩の通り道らしかった。よく食べ、快活に話す様子は以前と変わらなかったが、どうしたって、丸野内の座る椅子に立てかけられている杖が視界から外れてくれなかった。

「気持ちのうえではずっと支配人をやるつもりだったんだけどね」丸野内はそう話していたけれど、大腿骨を骨折し入院したことが支配人交代の決定打となったらしい。「別にどこかから落ちたとかじゃないんだよ、何もないところで転んだだけ。それで骨折するんだからしょうがないよな」と笑いつつも、退院後は意識的によく歩くようにしているという。

「どんな形であれ、中央シネマタウンは残ったから」

丸野内がそう呟いたのは、その表情にわかりやすく疲労が滲み始めた二十時ごろだった。退職と入院を経て、すっかり朝型の生活に身体が慣れてしまったらしく、夕飯を外で済ませることも久しぶりだったという。今日はごちそうさせてくださいと申し出る若者二人から伝票を奪い取ると、丸野内はやわらかい表情でこう続けた。

「私は今でも、二人の新しい映画をあのスクリーンで観ることが夢だよ」

丸野内と別れた後は、コンビニで安い酒を買い込み、二人で尚吾と千紗の暮らすマンションにて飲み直すことにした。『門出』の上映後に再会してから一週間、二人はまるで学生のころのように、頻繁に連絡を取り合っていた。尚吾の住む要町、紘が紆余曲折あって辿り着いた落合南長崎は、歩いて三十分ほどの距離だ。物理的な距離の近さは、日々が忙しい社会人であるほど、心の近さに直結する。

紘は結局、所属していた会社を辞めてはいないものの、トップの方針に大きな疑問を抱いた気持ちを拭い切れていないという。現在担当している職務を終えた後に辞めるつもりらしいが、そのあとのことは決めていないらしい。磯岡ジムに関わっていたころ、内容として間違った情報を発信してしまっていた動画に関しては、訂正と謝罪の文面を用意してジム側にアップするよう伝えているみたいだ。揉めた過去があるらしいスタッフは話に取り合ってくれなかったが、話を聞きつけた要から「あれからトレーニングのやり方も自分なりに変わってきていたから、自分も、当時の動画がそのまま観られるようになっているのはどうかなと思っていた」と連絡があり、きちんと対応すると約束してもらえたという。

尚吾は尚吾で、國立彩映子がアンバサダーを務める映画祭の映像を仕上げた後は、止まってしまっている鐘ヶ江組以外の現場にヘルプとして入っている状況だ。鐘ヶ江の監督補助である以前に制作会社のイチ社員ではあるので、割り振ってもらえさえすれば、仕事自体は山ほどある。ただ、精神的にはどこか根無し草のような状態であることも、二人の結束を強くしているかもしれなかった。

テレビ台に置いてある時計を見ると、もう二十三時近い。自宅で一通り飲み直したあと、紘に「そういえば泉のサロン、ログインしてみた?」と吹っ掛けられてから、もうどれくらい経っただろう。

「はあ」

尚吾はうつ伏せのまま、ソファの下にスマホを落とす。泉の運営するサロンごと、自分から離れていってくれないかなと思う。

——わかりやすく言うと、ヨコハマアートシネマみたいな仕組みです。

「俺、ヨコハマアートシネマが支援募ってたときは、すぐ応援したいって思ったんだよな」

——支援者から資金を集めて音響設備を最新のものに買い替えて、音楽映画の聖地っていうブランドも確立して。

「俺も結局、中身より状態を見て良し悪しを判断してるってことなのかな。何で泉を支援したいって思えないんだろう」

新時代の映画館を共に創ってくれる映画好き、集まれ――そう謳うオンラインサロン『ライフイズシネマ』の会員数は今や二百五十名に迫っており、様々なスレッドが立っていることからもサロン自体が賑わっているということはすぐにわかった。支配人の高齢化と動員力の低下により経営が悪化している老舗《しにせ》の映画館を映画ファンで再建させようという試みは、主に若い世代の映画好き、そして将来的に起業などを志している層に存外刺さっているらしく、スレッドごとに映画館を盛り上げる様々な提案が議論され、実行委員会が結成されたりしていた。むしろ、ヨコハマアートシネマが行ったことよりも規模は大きい。

泉は、ともすれば方向性がバラバラになってしまいそうなほど血気盛んなメンバーの動きを助監督時代のようにまとめつつ、このコミュニティにおいて最も映画に詳しい存在という立場でコラム等を執筆していた。映画館の再建に携われるということと併せて、泉のコラムを読めるということがこのサロンを支える二本柱になっているようだった。

深夜の部屋の中に、紘の「とりあえず、コラムはほんと泉っぽいよな」という呟きが響く。

「取り上げる映画はツボを押さえてるし、書いてあることも間違ってはいない。でも、なんつうか、この映画のここを取り上げれば会員が喜ぶだろうっていう魂胆が丸見え」

紘が、ふぁあ、と大きく欠伸をする。

「でも、それこそがあいつの能力だったのかもな、昔からずっと」

その場の空気を読んで、集団を操る力。制作現場で重宝されていた、泉の能力。

尚吾の体がソファから完全に滑り落ち、もともとカーペットの上に胡坐《あぐら》をかいていた紘と横並びになる。

ファンがつくようなアピールをして、支援してもらって、映画館を再建する。泉がやっていることは、ヨコハマアートシネマと同じ構造だ。映画業界の人々が一目置いている支配人と泉は同じことをしているはずなのだ。

だけど、どうしてだろう。

──鐘ヶ江組の製作は、経済的な事情で止まっている、と伺っておりますが。

──今は二百人ちょっと、とかですかね。会費は最大で月二千円です。

何かが間違っている。そう思わないと落ち着けることができない何かが、自分の中にある。

「つーか、腹減ってきちゃった。千紗ちゃんって余った飯持って帰ってきたりしないの？」

「しねえよ。帰ってくるのもいつももっと遅いし」

答えながら尚吾は、そういえば少し前までは、この時間になると空腹になるのが当たり前だったなと思う。完全食を利用し始めてから、胃が小さくなったのか、夜更かしをしてもそこまで空腹感を抱かなくなった。

「あれ」スマホの画面を見ながら、紘が声を漏らす。「ここ、千紗ちゃんが働いてる店じゃね？」

こちらに向けられた画面を見ると、そこには宅配アプリの画面があった。配達先を現在地にして検索したのだろう、この辺りにある見慣れた店の名前がずらりと並んでいる。

「配達とかやるタイプの店だったっけ?」

「いや、やってるわけないでしょ」

適当に相槌を打ちながら、尚吾は紘のスマホの画面を確認する。

そこには確かに、レストランタマキ、の文字がある。

「ほんとだ」

記憶の中のレストランタマキは、宅配アプリのサービスに参入するような店ではない。いつかからこんなサービスが始まったのだろう。

「新世代のための映画館を創ろう。このサロンから映画業界を盛り上げよう」

紘がうわごとのように呟く。トップページにも表示されている、サロンのコンセプトだ。

「尚吾、前に話してくれたじゃん」

「ん?」

「心の問題、って話。鐘ヶ江監督が言ってたってやつ」

ああ、と答えながら、尚吾はまたソファに戻る。

「その話の中で印象に残ったのがさ、人の顔が過ったってところなんだよな」

「人の顔?」

聞き返しながら、思い出す。確かに鐘ヶ江は、自作を映画館以外で観られるようにしたくない理由として、かつて世話になった映画館の人たちの顔が浮かぶからだと話してくれた。

「俺もさ、過ったんだよ、MOVEの社長と話してるとき、ある人の顔が」

紘はそう話しながら、まるでハンドクリームでも塗るかのように自分の指を絡めた。

「ここ、っていうときに過る顔が、自分の行動を決めてくれるってこと、確かにあるよな。そのときの決断って不思議と、その人のためとかそういう押しつけがましい感じもなくてさ、失敗したとしても充実感はあるっていうか」

言いたいこと伝わってるかよくわかんねえけど、と、紘が鼻の頭を掻《か》く。

「泉もあの新支配人も、ファミレスで初めて会ったとき、丸野内支配人の話、全然しなかっただろ」

ソファの下から、紘の声が昇ってくる。

「ずっと、サロンの仕組みとか、お金の流れとか、そういうことを説明してた」

紘の声色は、落ち着いている。誰かに怒っているわけでも誰かを責めているわけでもなく、ただ事実を並べている。

「新世代のための映画館、映画業界を盛り上げよう。すげえいいコンセプトだよな。だけど、そういうことしながら、誰かの顔が過ったりしてんのかな。わかんねえけど、そんな風に見えないんだよな」

別にさ、と、紘は前を向いたまま話し続ける。

「誰かの顔が浮かんでなきゃいけないとか、オンラインサロンってなんか気に食わないよなとか、そういう古臭いことを言いたいわけじゃないんだよ。事実、あの日も若い世代がいっぱい映画館に足を運んでたわけで、それってすげえことだし。あのサロンに月額分の価値があるのかとか泉のコラムが金取れるレベルの質なのかとか、そういうことは俺たちには結局判断できないし」

んー、と唸る紘のつむじがぐるぐると動く。その様子から、頭の中にある考えや言葉を掻き分けて選んでいることが伝わってくる。

「だから、多分、俺が本当に気になってるのはそういうところじゃないんだよ。月額二千円マジかよとか、そういう表面的なことじゃない」

話しながら、頭の中の整理が進んでいるわけではないのだろう。だけど尚吾は、もどかしいどころか懐かしかった。この空間で、答えのない問いについて議論するということがとても久しぶりだったからだ。

「俺、MOVEの社長にさ、受け手の心を動かすっていうのがどういうことなのか忘れちゃいけませんとか、偉そうに啖呵《たんか》切っちゃったわけよ」

「聞いた聞いた」

「なんか、その話にも繋がる気がするんだよな。まだうまく言えないけど、今ある違和感は多分、心の話なんだ、結局」

頷きかけて、尚吾は思う。この空間で、こんなふうに思考の中を揺蕩いながら対話をする時間が、とても懐かしく感じられることを。

そして、ふと気づく。

それはつまり、千紗と長らく会話らしい会話をしていないことと同義だ、と。

一瞬、脳内が無音になる。

いつからだ。どうしてだ。

「ってもうこんな時間じゃん。俺そろそろ帰ろかな」

紘が突然、細い体軀をバネのようにしならせて立ち上がる。いつのまにか日付が変わってしまっている。

「こっから三十分とか歩くのダルいなーってうわ！　びっくりした！」

開けようとしたドアが勝手に開いたので、紘はまた体を忙しく動かした。「あ、お邪魔してます、ていうか久しぶりです」慌てた様子で頭を下げる紘の向こう側で、小さな人影が会釈をしている。

千紗だ。

「おかえり」

尚吾は右手を挙げる。この口が、その四文字を発するように動いたことすら、ひどく久しぶりに感じた。

「私、着替えてくるね」

千紗は紘に対して笑顔を向けると、寝室のほうへと消えていく。千紗の形をした影が、その場の空気も一緒に引き連れていってしまったようだ、ドアの周辺が一瞬、沈黙に包まれる。

「なんか……大丈夫？」

紘が、寝室のほうを指す。

「何が？」

聞き返してはみるものの、紘が何を案じているのかはすでに伝わっていた。

「最近、特に疲れてるんだよ。料理長が代わって色々大変だって言ってたし」

「いや、疲れてるっていうか」

紘がもう一度、千紗が姿を消したほうを見る。

「なんか、自分を追い込んでるように見えたんだけど」

「はあ？」

と返しつつ、尚吾は、自分がこの男の審美眼を信頼していることを知っていた。心の赴くままにカメラを向けるだけで、唯一無二の瞬間を捉えられる勘の持ち主であることを知っていた。

「いや、なんとなくだけど、重なった気がしたっつうか」

「何に？」尚吾は純粋に聞き返す。

「ほら、俺、ジムの動画撮ってたときあったろ」

「ああ」

「要が限界まで自分を追い込んでたときの表情と、さっきの千紗ちゃん、なんか似てた」

「そんなわけねぇだろ」と笑い飛ばそうとするが、なぜか上手に笑えない。「つーか千紗帰ってきたんだから、はいはいお前も帰った帰った」

ほらほら、と、無理やりに近い形で紘を玄関から追い出す。すると、当たり前だが、毎日見ているドアだけが目の前に残って、視界に映るもののすべてが動きを止めた。

閉まった玄関のドア。千紗がいる寝室に続く扉。反芻したくて反芻しているわけではない言葉が、二つの壁の間をバウンドする。

――ここ、っていうときに過る顔が、自分の行動を決めてくれるってこと、確かにあるよな。

監督補助として提案した演出が初めて鐘ヶ江に採用されたとき、尚吾の頭を過っていたのは千紗の姿だった。付き合う直前のデートの帰り、スカートを膨らませて水たまりを軽やかに飛び越える、その伸びやかなシルエットだった。

千紗の顔が最後に過ったのは、いつだっただろうか。なかなか開かない寝室の扉に伸ばした手を、尚吾は静かに引っ込める。

15

「すみません、いきなり連絡しちゃって。でも二人とも都合ついてラッキーでした」

ホットコーヒーの入ったカップをソーサーに置くと、泉は、人当たりの良い笑顔を顔面いっぱいに広げる。

「尚吾さんは今、そんなにお仕事忙しくない時期なんでしたっけ?」

「まあ、そんな感じ」

尚吾がそう答えたとき、店の入り口のほうから早足で近づいてくる紘の姿を確認できた。紘のほうが仕事を終えるのが遅くなりそうだったので、泉の連絡を受けての待ち合わせはMOVEのオフィス近辺にあるカフェで行われた。

先輩たちに相談したいことがあります。近々お時間作っていただけませんか——泉から尚吾と紘に同時送信されたLINEの文面は、こんなときだけ大学時代の後輩に戻ったように殊勝だった。

「ごめんごめん、ちょっと遅れた」

紘は、担当番組を正式に降りられるタイミングが決まったらしい。それまでに配信される回は全力でやり遂げようという意識から、今ではむしろこれまで以上に撮影と編集にかかりっきりだという。

「紘さん、コーヒーでいいですか?」

紘のオーダーを店員に通すと、泉の口の動きはさらに滑らかになる。

「あれから幸介さんもサロンのメンバーも、先輩たちの作品を観たんですよ。リサーチが得意なメンバーが、今ネット上で観られる先輩たちの作品を掻き集めてスレッド立てたりして。でもやっぱり『身体』を観たいって言ってるメンバーが多いですね」

幸介は映画館の業務があるため、今日は来ていない。だから目の前にいるのは泉だけだが、一人の人間と相対している以上の圧を嗅ぎ取ってしまう。二百人以上の会員をまとめているという背景を知ったからだろうか。

「流れで國立彩映子の出演作も観直してる人、多いですよ。あれも観ました、映画祭のホームページでアップされてたオープニングムービー。尚吾さんがああいう派手な映像撮るイメージなかったんで、驚きましたよ」

泉はその顔を、す、と紘のほうに向ける。

「紘さんの場合は、『情熱大陸2・0』も面白いですけど、やっぱり『ROAD TO LAST FIGHT』

ですよね。やばかったっす。痺《しび》れました」

天道奈緒さんもお薦めしてましたし、と付け加えると、

「お二人とも、ほんとに、新世代の作り手って感じですよね。これからの映画業界を盛り上げる人材っていうか」

と、また人当たりの良さそうな笑顔で、どこかで聞いたようなフレーズをぶつけてくる。尚吾は特に同意することはせず、突然連絡を寄越したうえで、やけに持ち上げてくる目の前の男の意図を探ろうとする。

「お二人とも、前お話を聞いたときから状況が変わっていなければですけど」泉の声のトーンが、少し変わる。「当分は、今日みたいにある程度時間の融通が利く感じですか？」

「ま、そうだな」

隣で、紘がすんなりと認める。

「そうですか」

泉が、少しその背筋を伸ばす。

「いきなり本題に入っちゃうんですけど」

お待たせしました、と、先ほど注文した紘のコーヒーが届く。テーブルの上にカップが三つ揃う。

「最近、幸介さんと、サロンでやることの幅をもっと広げたいっていう話をよくしてるんです」

うん、と、紘がコーヒーに口をつける。

「会員数も増え続けてますし、最近はWEB系のメディアから取材の依頼があったりもしたんですよ。オンラインサロンが企てる映画館の再建、みたいなテーマで。新しいことを始めるには、注目度が上がってる今がベストなのかなと思っていて」

勿体《もったい》ぶった話し方が気になりつつ、尚吾もコーヒーに口をつける。

「そこでなんですけど、これまで、特定のオンラインサロンが監督としてクレジットされてる映像作品って、ないんですよ」

泉の顎が、少し上がる。

「例えばですけど、映画のコンペとかで、制作がオンラインサロン名義の作品がグランプリをとったら、それって業界にとってすごくエポックメイキングな出来事だと思うんです」

「確かに、あんまり聞いたことはないな」

先を促すためか、紘が同意してあげている。

「そういうことができるようになれば、特集の内容を考えたりトークショーに呼ぶゲストを選んだりするだけじゃなくて、上映する作品も自分たちで生み出せるような、内外から映画業界を盛り上げられるコミュニティになれるって気づいたんですね」

泉はもう一段階、声色に力を込める。

「単刀直入に言いますね。お二人に、うちのサロンの運営メンバーに加入してもらいたいんです。

そのうえで、サロン内で映画を作るプロジェクトを発足したいんです」

全く予想外の申し出というわけではなかった。尚吾と紘は、一瞬、視線を交わす。「勿論報酬の話は、改めてきちんとさせてください」そこが気になったわけではなかったが、尚吾は口には出さなかった。

「俺は何より、二人の技術の出どころがないっていう現状がすごくもどかしいんです」

泉が、尚吾と紘を交互に見る。

「尚吾さんは鐘ヶ江組の問題が解決するまでは他の人の作品の手伝いをするしかない。紘さんは今の所属先から離れたら、スタッフが必要な大掛かりな作品を撮りにくくなりますよね。せっかく『ROAD TO LAST FIGHT』でバズったのに」

もったいないです、と、泉が眉を下げる。

「サロンのメンバーって、とにかく映画に関わりたいって人が多いんですよ。みんな報酬云々じゃなくて、むしろお金を払ってでも映画館を盛り上げる一員になりたい、映画業界にムーブメントを起こしたいって思ってるんです。ロケハンとかそういう面倒な工程にも、すごく協力的だと思います」

それに、と続ける泉の両手が、忙しく動き始める。

「前にも話しましたけど、オンラインサロンってお二人がいた場所の中間地点、それどころかいいとこ取りの場所だと思うんですよね。今のところ経済的に問題はありませんし、たとえ間違った情報を発信してしまったとしてもサロン内でのことだから変に広がってしまうこともありません。むしろ、表現者として新しくチャレンジしたいことに挑みやすいんじゃないかな」

言葉が次々に出てくる話しぶりから、泉の頭の中で散々組み立てられてきた論であることが窺える。思わず視線を横に動かすと、紘も尚吾を見ていた。感情をはっきりと読み取ることは難しいが、泉の申し出に心が躍っているわけではないことは伝わる。

とりあえず一旦、話を止めてもらおう——尚吾が「泉、ちょっと」と口を開いたときだった。

「やっぱり、抵抗ありますか」

泉の目に、一瞬、影が差した。

「胡散臭《うさんくさ》いとか、思ってますよね」

二人で視線を交わしたことが、そう受け止められてしまったらしい。「泉」尚吾が口を挟んでみても、泉は止まらない。

「わかります。オンラインサロンっていうだけで変な顔されること、未だに多いので。会員を囲い込んで洗脳して、宗教みたいって思われちゃうんですよね」

でも、と、泉の目に力が入る。

「俺がやってることって、劇場で映画を上映することと何が違うんですかね」

すみません、と、隣のテーブルの客が店員を呼ぶ。

「内容の良し悪しがわからないものに安くないお金を払わせて、一つの空間に閉じ込める。人によっては大満足かもしれないし、金返せっていうレベルかもしれない。構造としては映画と同じですよね。なのに何でオンラインサロンだけこんなに胡散臭がられるんでしょうか。無理矢理お金を払わせてるとか、そういうことしてるわけでもないのに」

伝票を手に移動する店員が、ちらりと泉を見る。

「確かに俺のコラムは未熟かもしれないです。だけど、それでも面白いって言ってくれる人はいます。プロじゃない人間が書いたからつまらないってわけではないし、プロが書いた文章だから面白いってわけでもない。なのに騙されたとか詐欺師だとか」

「誰かに言われたのか、そうやって」

想像以上に優しい声が出たので、尚吾は我ながら驚く。

「騙されたとか、詐欺だとかって、最近誰かから言われたのか」

泉が一瞬、尚吾の目を見る。

「たとえば、最近退会したメンバー、とか」

ご注文を繰り返します、という店員の声が、静かになったテーブルの上に流れ込んでくる。

「俺たちの作品を紹介してくれてるスレッド、見たよ」

今度は紘が口を開く。

「この作品を撮った二人は間違いなくこれからの映画業界を盛り上げる人たちだ、みたいに書いてくれてたよな。純粋に嬉しかった、ありがとう」

キッチンのほうへ戻る店員が、また、ちらりとこちらのテーブルに視線を飛ばす。先ほどまでは揉めているとでも思っていたのか、安堵の感情が滲み出ている。

「その流れで、色んなスレッド覗いてみた。特集上映の組み合わせを考えようとか、ポスターやチラシをメンバーでデザインしようとか、トークイベントのまとめ記事をメディアに売り込んで発信しようとか……会員が本当に活動に積極的で驚いたよ。前に聞いた、ファンクラブっていうよりは唯一無二の体験を求めて能動的に入会してくる人が多いって話、すごく納得できた」

でも、という言葉が続き、泉の表情が曇る。

「特定の人ばかりが活躍してるな、とも思った。つまり、映画館を一緒に運営してる、映画業界を盛り上げてるって実感できてる人は、実は一握りなんじゃないかって」

すみませーん、と、どこかでまた、店員を呼ぶ声がする。

「だけど、よく考えてみればそうだよな。ポスターのデザインとかイベントのまとめ記事作成とかって、誰でもできることじゃない。だから、色んな活動が立ち上がったところで、どうしても同じような人が動くことになる。だからって誰でもできるような雑用を任されても、その人は別に嬉しくない」

助監督時代もそうだっただろ、と紘は笑ってみせたが、泉の表情は硬いままだ。

「新世代のための映画館を創ろう。このサロンから映画業界を盛り上げよう。このコンセプトは、本当に素敵だと思う」

だけど、と、紘が泉を見る。

「今の構造だと、サロンの会員数が増えれば増えるほど、このコンセプトを体感できない人が増えていく。そうなると、お金払ってるのにお前のコラムくらいしか特典ないじゃん、って、騙された気持ちで心が歪んでいく会員も、いると思う」

――まだうまく言えないけど、今ある違和感は多分、心の話なんだ、結局。

丸野内支配人に会った夜、紘は泉のサロンについて、確かにこう言っていた。

「俺が気になったのは、その構造のほう。お前が発信している内容の価値とか質は、誰にも判断できない。胡散臭いとも思ってない」

コラムに毒づいてたくせに、と思うが、尚吾は黙っておく。

「だけど、お前は今日俺たちに、せっかくサロンで映画を作るんならこんな作品を撮るべきだとか、過去の作品のあの要素が今回のプロジェクトにぴったりだとか、そういう話をしてこなかった。もし本当に、サロンの会員と映画を撮ることで業界を盛り上げたい気持ちがあるんだったら、中身に関するビジョンがあるはずだ。むしろ、ものづくりの話をするときって、そこが一番大切だと思う」

店員がまた、どこかのテーブルで注文を繰り返す声が聞こえてくる。

「結局、サロンの中で増えてきた〝唯一無二の体験を求めて入会したけどやることがない人〟のために俺たちを使おうとしてるのかなって、思ってしまった」

そうか。尚吾は不意に、自分の中の疑問がひとつ解消された気がした。

ヨコハマアートシネマとの違いは、ここだ。

ヨコハマアートシネマは、見返りを求めずに支援した自分のような人にまで、無料鑑賞券という見返りを提示した。泉のサロンで、〝唯一無二の体験〟というリターンを用意できないというケースが本当に発生しているならば、それとは真逆なのだ。支援者の力で映画館の再建を目指すという構造は似ているとしても、その中身を埋めている心たちは、全く別物だ。

「誰のことも騙すつもりはないっていうのがお前の本音だってことも、わかるよ」

紘の声がまた、一段と優しくなる。

「そもそも、あれだけ多くの人を実際に映画館に向かわせてるわけで、その時点で本当にすごいと思う。それは、俺たちにはできなかったことだから」

『身体』を上映してもらった日の、がらがらの客席が蘇る。それでも、子どものころから通う劇場で自作が上映されて嬉しかった気持ちも。

「でも、最近さ」

囁くような声で、紘が続ける。

「色々あって、尚吾と話したりもして、考えたんだ」

注文を取り終えた店員が、踵を返した。

「結局、創り出したものにそれだけの価値があるかとか、対価に見合うほどの質なのかっていうのは、考えても仕方ないんだよな」

特に映画とかだと、と、紘が付け加える。

「それより、これが自分の作品ですって差し出すときの心に嘘がないかどうか。俺は、そこが気になる」

紘が残りのコーヒーを飲み干す。

「たとえば、さっき言ってたサロンと劇場の何が違うのかって話だけどさ」

紘がカップを置くと、ソーサーの上のスプーンがかちゃんと音を立てて跳ねた。

「劇場で映画を上映するときって、人が集まれば集まるほどワクワクするはずなんだよ。どれだけ人が集まっても、全員に同じだけの体験を提供できるって、作り手が胸を張って言えるから」

一瞬の沈黙。

「泉さ」

紘が問いかける。

「サロンの会員が増えていくとき、正直、ちょっと怖かったろ」

泉が紘を見る。

「もちろん嬉しい気持ちもあったと思うけど、このままだと提供できる体験が底を突く、全員を満足させられなくなるって、ちょっとは思ったろ」

泉は頷かない。

「こういうサロンですって色んな人に差し出しながら、本当にこのまま差し出し続けていいのかって、心のどっかでそう思ってたんじゃないのか」

泉は絶対に、頷かない。

「こちら、お下げしてもよろしいですか？」

いつの間にかテーブルの脇まで来ていた店員からの呼びかけに、紘だけが頷いた。


帰宅すると、玄関に、千紗の靴があった。

「今、お店改装中なの。だから早上がり」

リビングに現れた尚吾が何か訊く前に、千紗はそう言った。ソファに横になり、スマホをいじっている。

「店、改装するんだ？」

知らなかった、と脳内で付け足しつつ、尚吾は鞄をダイニングテーブルに置く。

「そんなに大きな工事じゃないけどね。だから、明日と明後日は休み」

「おお、ラッキーじゃん。最近全然休めてなかったよな」

尚吾はそう応えながら、自分の予定を思い出す。そして、明日も明後日も現場があることを確認する。

そのことにほっとしている自分に、ひゅっと、体温が下がる。

「でも、後回しにしてた家のことといっぱいあるし、二日とかすぐ終わりそう」

布団とか洗いたかったし、と呟く千紗のほうをなんとなく見られないまま、尚吾は「うん、次の休みのときは、俺も色々やるから」と返す。

時計を見る。紘と泉との会合から帰ってきたところで、時刻はまだ二十一時を回った程度だ。こんな時間から千紗と二人きりになるのは、どれくらいぶりのことだろう。

隣の部屋の住人が、何かを落としたような音がする。

話題がない。

——どっちかっていうと、自分を追い込んでるように見えたんだけど。

一瞬脳裏を過った声を、尚吾は無視する。

「そういえばこの前、勝手に紘呼んでてごめんな」

やっと見つかった話題を、尚吾は手繰り寄せる。

「最近また連絡取るようになってさ。今日も、さっきまで紘といたんだ」

後輩の泉って覚えてる、と訊きながら、尚吾は自分の身体を無理矢理にでもいつも通りに動かす。荷物を置き、上着を脱ぎ、千紗の隣に腰掛ける。もう風呂を済ませたのだろう、千紗の使っている化粧水と乳液が入り混じった香りが、尚吾の鼻腔を刺激する。

「その後輩から、あるプロジェクトに関わらないかって誘われたんだけど」

ソファの中のしっくりくる場所を求めて、尚吾はもぞもぞと姿勢を変える。

「紘と一緒に断ってきた」

「そうなんだ。泉くん、覚えてないかも」

「会ったことなかったっけ？　昔からちょっと不思議な奴でさ、最近久しぶりに再会したんだけど、あんまり変わってなかったな」

ふうん、と相槌を打つと、千紗は触っていたスマホを置き、ソファの上で三角座りをした。ドライヤーで乾かしたあとなのか、髪の毛にはふんわりと空気が含まれている。ソファの革の上には、何も塗られていない足の爪が十個、きれいに並んでいる。

「紘が、泉の提案してきたプロジェクトに対する違和感みたいなのをばしっと言葉にしてくれて、なんかスッキリしたんだよな」

ソファの上で小さく体を畳んでいる千紗の姿を見る。すると、今すぐそばにあるのは異性の骨格であるという事実が突然、心身に迫って感じられる。肩は小さいし腰は丸い。自分の部位との違いが、猛烈に愛しく、扇情的に見える。

「最近いろんなことがあってぐるぐる考えてたんだけどさ、俺もせめて、作ったものを差し出すときに、誰かを裏切ったり騙す気持ちがない作り手でありたいなと思ったね」

いきなりこんなこと言われても困るだろうなと思いつつ、尚吾は、自分の身体がどんどん千紗の身体の方に引き寄せられていることを自覚する。

「物事の質の良し悪しはどうせ決められないんだから、せめて自分の心だけでも、な」

ソファの真ん中がくぼみ、尚吾の骨盤の右側が、千紗の左側のそれにくっつく。

「最近、ちゃんと話せてなかったよな」

すぐ隣にある肉体の温かさ。見慣れた柄の薄い布切れを一枚捲《まく》ったところにある、人間のやわらかさ。それらが、急に欲しくてたまらなくなる一瞬がある。

今みたいに。

尚吾は、千紗と自分を結ぶように、その肩に腕を回す。

どちらかが先に寝ていたり、先に起きていたり、ずっとそういう状態が続いていた。どちらも意識のある状態で身体が密着しているのは、久しぶりだ。

最後にしたのなんて、何か月前のことだろう。そう考えた途端、尚吾は、全身を巡る血液が渦潮のように蠢《うごめ》き出したのを感じた。

尚吾が後戻りできなくなる直前。

「明日の夜って空いてる?」

千紗が、肩に乗った尚吾の掌を、やんわりと下ろした。

「私が担当した新メニュー、試食してほしいの」

千紗は目を合わさずにそう言うと、「空いてたら、でいいんだけど」ソファから立ち上がった。

ほどかれた結び目を前にして、尚吾はしばらく、千紗の背中を見つめるしかなかった。

16

「どうだった？」

食後のコーヒーをテーブルに置くと、千紗はやっと、向かいの椅子に腰掛けた。

「すっごくおいしかった」尚吾は、嘘偽りなくそう答える。「このコースメニューの開発を、千紗が担当したってことだよね？」

そう尋ねる尚吾に、千紗は微笑みを返す。まるで一緒に食事を楽しんでいたかのように、自分の分のコーヒーを啜っている。

休日の、しかも改装中のレストランで食事をするなんて初めてのことだった。だからか、入店して数時間経った今でも、尚吾はどこか落ち着かない。事前に聞いていた通り、改装するのはトイレの奥にあるテーブル席のスペースのみらしく、キッチンや改装する場所以外の部分は問題なく使えるようだ。とはいえこんな風に私用で材料や器具を使っていいものかという不安もあり、やはりそわそわする気持ちが治まらない。

お店の状態を完全に元に戻しておけば、キッチンは使っても大丈夫なの。材料は許可もらって確保しておいたし——どこか及び腰のまま入店する尚吾にそう説明してくれた千紗が、テーブルを挟んで向かい側に座っている。尚吾は、コーヒーから立ち上る湯気の向こう側にある上半身を見つめる。

昨夜、その輪郭に触れようとした尚吾の掌を、やんわりと拒んだ身体。

「斬新っていうか、これまで食べたことない感じのメニューばっかりで、本当においしかったよ。さすが、本物の料理を食べなさい、だっけ、そういう口癖の人が立ち上げたお店って感じ」

食事中、メニュー毎に、それこそ店員から行われるような簡単な説明を受けたが、馴染みのない単語が多く、十分に内容を理解できたとは言い難かった。ソースなどにオリジナルの要素が多いのか、尚吾の知らない国の料理の文化を採用しているのか、容易に感想を伝えづらいものが多かったものの、それはそれで特別感を得ることができて新鮮だった。

「今度はちゃんと客として食べに来たいな」

紘と来ようかな、でも男二人でコース料理って目立つのかな、と自分で自分にツッコミを入れながら、尚吾は千紗の表情を探る。昨夜からずっと、突然試食に誘われた意図を測りかねていたのだ。

千紗は、相変わらず言葉少ななまま、尚吾の話に頷いたりコーヒーを掻き混ぜたりしている。すでに帽子やエプロンを脱いではいるものの、なぜだか、目の前にいる同居人がよく知らない人に見える。

「で、このコースはいつから提供が始まるの？」

沈黙を埋めるように、尚吾がそう尋ねたときだった。

「この改装ってね」

千紗がやっと、口を開いた。

「個室を作るためなの。トイレ行ったときに見えたと思うけど、奥の空間に個室を二つ作るんだって」

元々四つのテーブル席がゆったりめに置かれてた場所なんだけどね、と千紗は続ける。

「その個室は、完成しても、一般的にはアナウンスしないみたい。でも、常連さんとか、常連さんが紹介した人とか、何かしら繋がりがある人は利用できるようにするんだって」

「そうなんだ」ひとまず、話の全貌が見えるまで聞くことにする。

「その個室は一日二組、あわせて四組しか予約できなくて、そこでしか食べられない特別コースを出すの」

「ふうん。そこだけ会員制みたいになるってこと？」

「そういう感じかな。それでね、今日試食してもらったのは、その個室だけで提供する特別コース」

「へえ！」

それを担当したなんてすごいじゃんか——そう声を弾ませかけたときだった。

「値段は、このお店の相場の二倍近いの。材料費は全然そんなことないのに」

千紗の声が、目の前の黒い液体の中にどぼんと落ちる。

「食材も味付けも、ちょっと変わったものが多かったでしょ。何か特別なものを食べたって感じてもらえるように、色々工夫したんだ」

千紗は尚吾と目を合わすことなく、話し続ける。

「一般のお客様にはお伝えしていないんですって言っただけで、すぐに常連さんたちから結構な数の予約が入ったんだよ」

コースの内容は伝えてないのに、と、千紗が少し笑う。

「中にはこっちの狙いも全部わかった上で予約してくれた人もいるだろうけど……でも実際、限定っていう言葉の中に自分が入ってることとか、一日二組限定っていう状態を体験できることに料理以上の価値を感じる人って、沢山いるんだよね」

体験。

——もっと、なんていうか、唯一無二の体験ができる、みたいなことを求めてるんですよね。

「宅配サービスも始めたり、お店の方針が変わってきたの。どっちも、玉木さんに代わって料理長になった人の提案なんだけど」

ここで、千紗が初めて、尚吾の目を見た。

「その人の名前、覚えてる?」

名前。新しい料理長、の——尚吾は、開きかけた口を閉じる。

「覚えてないよね」

これまで、何度も聞いたことがあるはずなのに。

「最近全然、話してなかったもんね」

千紗はまた尚吾から視線を外すと、少し、肩から力を抜いた。

「栗栖さんも必死なんだよね。もともと玉木料理長目当てのお客さんが多かったのはわかってたけど、想像以上にお客さんが離れちゃって。みんなやっぱり、玉木さんの腕を味わう特別感っていうのかな、うん、特別感。玉木さんがいなくなって、それを求めてた人がどれだけ多かったか、よくわかった」

特別感。唯一無二の体験。様々なキーワードが、尚吾の中で重なっていく。

「だから、玉木料理長がお店を離れた今、新しい特別感が必要になったの。それで決まったのが、一般の人には知らせない、一日二組限定の、隠れた個室で提供する、内容はそこまで特別じゃないコース」

「ちょっと待って」

弱々しい尚吾の声が、かろうじて、テーブルの向こうまで飛んでいく。

「なんか、これまで話してくれたことと全然違うことしてない? 何でそんなお客さんを騙すようなこと」

「確かに、今の尚吾からはそう見えるかもしれない」

千紗の声は、力強い。

「そんなのお客さんを騙してるって思うかもしれない」

あっという間にテーブルを飛び越え、尚吾の鼓膜に命中する。

「でも、私は私なりに考えたことがあって、今日はその話をしたかったの」

一瞬訪れた沈黙を、やはり千紗が破る。

「この方針については、栗栖さんとも沢山話したし、他のスタッフとも、勿論玉木さんにも相談した。私は、百パーセント胸を張った状態で料理を提供できないのは嫌だけど、でも、このまま何もしなければ経営状況は悪くなっていくだけ。ずっとどうすればいいか考えてた。尚吾には話すタイミングがなかったけど、ずっと悩んでたの」

――作ったものを差し出すときに、誰かを裏切ったり騙す気持ちがない作り手でありたい。

悩んでいたという千紗に、昨日の自分が投げかけた言葉。

「でも」

千紗が何かを決意したかのように、顔を上げる。

「ある人の顔が頭を過って、決意できた」

決断するときに過る顔。

最近、色んなところで聞いたフレーズが、この空間に集っているようだった。

「それって」

「尚吾の顔」

しょうごのかお。

音がそのまま、尚吾の鼓膜に命中する。

「頭を過ったのは、完全食を食べてるときの尚吾の顔だった。そうしたら、私は人を騙すんじゃない、〝今はそれに騙されていたい〟っていう人の心を満たすんだって、そう考えられるようになった」

責めてるわけじゃないから聞いてほしい。千紗は多分、そう続けた。だけど、きちんと言葉の意味を咀嚼するためには、時間が必要だった。

完全食。脚本を書く時間を捻出するために導入し始めた、効率よく栄養を摂取できる食事。

「まず、尚吾が完全食を使い始めたとき、私、結構悲しかったんだよ。これで、貴重な会話の時間がまた減るんだろうなって。それでも尚吾は完全食を選ぶんだって」

それにね、と、尚吾の弁解を許さないリズムで、千紗は話し続ける。

「完全食って、長期的に使えば使うほど咀嚼力とか嚥下力は低下するし、消化管の機能だって弱まるんだよね。栄養素の微調整もできないから、今日は風邪気味だからビタミンを多く摂ろう、とかもしにくい。完全食だけに頼るのはダメっていうのは皆わかってることだと思うけど、たまに『これさえあればＯＫ』みたいな広告に出会うと、あー人を騙そうとしてるなあって思う」

でも、と、千紗は流暢に続ける。

「そういうものに一時的にでも騙されていたい人はいるんだよね。そうしないと、咀嚼力とか嚥下力とは違う、別の何かが不調をきたしそうな人」

千紗が尚吾を見つめる。

千紗が今見ているのは、ゆっくり食事を摂る時間を脚本執筆に注いでいないと不安で仕方がなかった自分だ。

「尚吾が最近ずっと言ってる、差し出す側に騙す気持ちがあっちゃいけないっていう話、すっごくよくわかる。私も、玉木さんの言う〝本物〟の意味をずっと考えてたから」

いま私ね、と、やわらかい声が二人だけの空間に響く。

「この世の中に騙す人と騙される人がいるとして、騙す人のほうが先にいるって思いすぎてたかも、って思ってる」

千紗がコーヒーを一口啜る。

「むしろ、騙す人よりも、〝今はそれに騙されていたい〟っていう人のほうが多いのかもしれないなって」

尚吾みたいに。

そう付け加えられた言葉が、鼓膜に突き刺さる。

「一日二組の限定メニューを考えながら、世の中にあるものって全部、完全食とかこの限定メニューみたいなものなのかもって思ったの。なんていうのかな、極端なことを言えば、このメニューって、隠れた個室が利用できることとか一日二組限定とか、そういう付加価値が重視されてるわけだよね。お客様の中には、料理を味わいたいっていうより、こういう空間を利用できる人間なんだってことを連れ合いの方に知らしめたい、みたいな人も多い」

尚吾は自分もコーヒーを口に含んで初めて、千紗もこれまで、喉が渇いていたというよりは口を潤したかったのだなと悟った。

「そう考えたらね、世の中にある色んなものが、本質的な部分から目を逸らさせてくれるものばっかりに見えてきたの」

久しぶりの二人での食事。久しぶりの長い対話なのだ。

「仕事とか娯楽とか家族とか、そういう何もかもって、結局は人間が生きていくことの付加価値っていうか……人間が〝ただ生きているだけ〟の状態になっちゃうことから目を逸らしてくれるものなのかもって」

言いたいこと伝わってるかな、と、千紗の眉がハの字になる。

「究極、人間が生きていくっていうことの本質的な部分だけに向き合ったら、本当に必要なものって……血液とか骨とか筋肉とか？　そういうものだけになっちゃうでしょ。そういうもの以外は不要ですって気づいちゃわないように、ご飯を食べる一時間とか映画を観る二時間とか、プロジェクトを遂行する数か月とか家族を営む何十年とか、そういう時間が継《つ》ぎ接《は》ぎされてるのが人生なのかも、とか思ったりしたんだよね、この世にあるものって結局は全部、命とか人生の本質的な部分から目を逸らしてくれるものばっかりなんじゃないのかなって」

「でも」

やっと、言葉を挟む隙間が見つかった。

「だからと言って、騙されたがっている人を騙すためにものを作る気はないし、そういうことをしている人がいたら間違ってるって思う、俺は」

「そうだよね。私も同じ。気持ちは同じなんだけど」

あっという間に、隙間が埋まる。

「差し出す人の動機はどんなものでも、差し出されたものを受け取って喜んでる人がいる以上、私たちがそのやりとりの良し悪しを判断することはできないのかなって。できないっていうか、判断しようとしても仕方ないっていうか」

むしろ、と、自分に言い聞かせるように千紗が続ける。

「判断できないっていうより、本当は、判断できないようになってるのかもしれない」

判断できないようになっている。

尚吾は、頭の中で繰り返す。

「この世の中の全部の現象の質とか価値って、わからないんじゃなくて、わからないようにできてるんじゃないのかな。だって、そうじゃないと、本当は比べられないものを比べ始めちゃう」

ていうか、と、千紗の声が小さくなる。

「私がずっと、その状態だったんだよね」

店の外を、車が通り過ぎていく。

「私、尚吾が完全食を使い始めたとき、勝手にめちゃくちゃ傷ついたの。私にとってご飯を食べるっていうのは、生きるための栄養補給っていうよりも一緒にいたい人と時間を共有できることだから。尚吾はそういう私の信念とかも知ってるはずなのに、そっちを選ぶんだって」

一緒にいたい人、という音が、二人の他に誰もいない空間に響き渡る。

「自分が大切にしてるものが脅かされるっていうか、勝手に、侮辱されてる気すらしたの」

自分が大切にしているものが脅かされる。侮辱されている。

「でも尚吾は、私の信念と完全食のメリットを比べてたわけじゃないんだよね。ていうか、そもそれって比べられない。でも私は比べてた。比べて、イライラして、あっちのほうが質も価値も低いはずなのにって怒ってた」

尚吾は思う。千紗が吐露する感情の数々は、特にこの一年、自分も数多く抱いてきたものだと。

「なんかね」

千紗がすうと息を吸う。

「本当は比べられないものを比べ続けてたら、いつか、本当は切り捨てちゃいけないものを切り捨てちゃいそうな気がする」

うん、と相槌を打つたび、尚吾の頭の中で光るものがある。

紘の動画の再生回数と、『身体』を上映したときの観客数。

流行のジャンルに特化した数々の映像作品と、今の社会に訴えかける力を持っているはずだと信じている自作の脚本のクオリティ。

占部さんの過ごした監督補助としての三年間と、班を出てから関わった作品が上げた収益。

浅沼さんがかつて抱いていた監督になりたいという夢と、正確さを求められる現職にしっくりくる元来の精神性。

千紗の店を存続させたい気持ちと、相場より高い料金で提供するメニューを開発する葛藤。

鐘ヶ江監督の班を継続させたい気持ちと、これ以上映画館をなくしたくないという想い。

「生きている限り、何かを選び取ることからは逃げられない。だけど、無理やり同じ土俵に並べてこっちのほうが劣っているからとか、そんなふうに考えたわけじゃない……それくらいの曖昧さがないと、どんどん許せないものばっかり増えていっちゃいそうで、怖いの」

天秤《てんびん》に載せられがちな、だけど本当は比べられるはずのない、どちらも切り捨ててはいけないもの。

「何でこんな話をしたかっていうとね」

千紗が顔を上げる。

「尚吾が、ずっと苦しそうに見えたから。目につくもの全部、無理やり同じ土俵に並べてどっちが劣ってるか議論してるように見えたから」

「苦しそうに見えた？」

俺が？　と、尚吾の声が上ずる。

千紗は頷くと、長く泳いだあとのようにはあっと大きく息を吐き、「私あの日、ずっと聞いてたんだよね、二人の話」と言った。

「紘君が遊びに来てた日。玄関開けても二人とも全然気づかなかったみたいだから、しばらくリビングのドアの向こう側に立って話聞いてたの」

尚吾は思い出す。確かにあの日、紘が玄関に向かうべくリビングのドアを開けようとしたとき、向こう側にいた千紗と鉢合わせになった。

「聞きながら、どうにかして後輩の子を認めない理由を見つけようとしてるなって思った」

尚吾の顔に熱が集まる。

「私から見た尚吾はね、紘君がトレーニングの動画をアップし始めたくらいからかな……とにかく比べられないものを同じ土俵に上げてる感じがした。それで、ここがダメあれがおかしいって、無理やり文句付けてるように見えてた」

「そんな風に見えてた？」と訊き返しつつ、思い当たる場面は山ほど思い浮かぶ。

「自分がプライドを持ってる分野ほど、自分が想定しなかったものが選ばれたときにイライラするもんね。レシピの世界とかもほんとそうでね、紙に加えて動画もＳＮＳもあって、それぞれの世界にスター料理人みたいな人がいるの。でも私は、やっぱりちゃんと一品ずつ検証されてる老舗のレシピ本ほど信頼できるなって思ってるし、そうじゃないレシピには言いたいこともいっぱいある。映像の世界もそういうことだらけだと思う」

でも、と話す千紗の眉が、すっと下がる。

「これまでは、色んな欲求の種類に応えるだけの発信がされてなかっただけなのかもね」

店の外から、誰かの話し声が聞こえる。帰路に就く地元の人だろうか。

「私いままで、自分は〝大は小を兼ねる〟の〝大〟なんだって思ってた。本物の料理を学んでいる自分は〝大〟を与えられる人間で、高度で確かな技術が一番素晴らしくて、それさえあればその下に連なるどんな欲求にも対応できるって思ってた。だから、自分が差し出したものが認められないとイライラしてた。〝大〟側の私が差し出してるものはあなたの欲求もカバーしてるはずなのに、って。でも」

店の外の話し声が遠ざかり、

「そもそも欲求には大も小も上下もなくて、色んな種類があるだけなんだよね」

また、沈黙が降る。

「わかりやすく言えばさ、限定メニューを隠れ個室で食べる経験をしたいっていう欲求は、玉木さんの料理を食べたいっていう欲求より小さいわけでも、ましてや下にあるわけでもないんだよね。全然別の種類のもの」

超当たり前のことなんだけどさ、と、千紗が照れくさそうにする。

「勝手に、そのジャンルで最高峰の場所で学ぶ自分は、そのジャンル全体の欲求を満たせるはずだって思い込んでた。でも私が満たしてあげられるのは、たとえ本当に最高峰の場所にいるとしても、そのジャンルの一点だけ。ピラミッドの中の一点を塗り潰す技術を学んだだけなのに、そこは頂点で、頂点を塗れる自分はそのピラミッド全部を塗り潰せるつもりでいた」

傲慢だったの、という呟きが、沈黙に溶け込んでいく。

「今、誰でも何でも発信できるようになって、ちょっと調べればどんな欲求にも対応してくれるものがあって……世界はこれからどんどん細分化されて、それこそオンラインサロンの集合体みたいになっていくんだろうなって思う。欲求に大小や上下があるんじゃなくて、ぜーんぶ小分けされて横並びになるっていうか」

「オンラインサロンの集合体」

繰り返す尚吾に、「めちゃくちゃ嫌そうな顔してんじゃん」と千紗が笑う。

「でもほんとにね、頂点っぽい巨大な何かが色んな欲求をまとめて満たしてるように見えてた時代は終わっていくんだなって、お店の工事が進んでいくにつれて実感してる」

千紗が一瞬、店内を見回す。

「この狭いお店の中にさえ、通常メニューを楽しめるオープン席のすぐ向こうに限定メニューを出す隠れ個室があるんだよ。本物の料理の特別感を求めて来た人と、限定や隠れ個室の特別感を求めて来た人が、壁一枚挟んで背中合わせでご飯を食べるの。そういう感じでさ、色んな欲求ごとに一つ一つ対応する小さな空間が横並びで生まれて、それがおしくらまんじゅうみたいに集まって、まるでひとつの世界みたいな顔をするんだよ」

もうしてるんだよ、と、千紗は言い直す。

「だから、自分がいない空間に対して『それは違う』、『それはおかしい』って指摘する資格は誰にもないんだよね。何か言いたくなる気持ちはすっごくすっごくわかるんだけどさ、全部、自分がいる空間とは違うルールで成立してるんだもん。たとえ自分はそのジャンルの頂点を知ってるんだからって思っても、それが本当に頂点だとしても、頂点の場所にある一つの点だけを知ってるにすぎない」

だから、と続ける千紗の表情が、どこか、清々しく見える。

「誰かにとっての質と価値は、もう、その人以外には判断できないんだよ。それがどれだけ、自分にとって認められないものだとしても」

がた、と、椅子の脚がすれる音がする。

「最近の尚吾は、自分の創るものの質を高めようとしてるっていうより、自分はしないって決めたことをしてる誰かを糾弾することに忙しそうだった。自分が知ってる頂点もそれをしてないんだから、って、怒り続けてるように見えた」

千紗が立ち上がる。

「その作業はもう、やめにしてもいいのかも」

千紗が、テーブルの端に置かれていた木製のトレイを手元に引き寄せる。

「その作業で守れるものって、もう、自分のプライドくらいだから、多分」

そして、二人分のコーヒーカップをトレイに載せていく。

「まあ、そうは言っても、こんなのおかしいって叫びたくなるものに出会うときはこれからも来ると思うのね」

カップがトレイの中で隣り合う。

「そのときのために、私は、誰かがしてることの悪いところよりも、自分がしてることの良いところを言えるようにしておこうかなって、思う」

ふたつが、やっと寄り添う。

「これからは、そういう戦い方になっていく気がする」

千紗はそう呟くと、トレイを持ち上げ、

「限定メニュー、おいしかったでしょ？　どこにこだわったか、帰り道たくさん説明してあげるね」

と、身体を少し跳ねさせて、キッチンへと消えていった。

マンションまでの道を歩きながら、春が終わる予感がした。少し前までの冬の夜に比べて、宇宙がもっと膨張しているように感じられる。

「ねえ、もしかして飽きてない？　まだデザートの話が残ってるんだけど」

「飽きてない飽きてない。自分がしてることの良いところを言えるようになりすぎてるなーって思ってるだけ」

尚吾がうんざりしたようにそう言うと、千紗が「じゃあ、いいことじゃん」ときょとんとする。店を出てからずっと、千紗は、限定メニューの工夫した点を一品ずつ細かく説明してくれている。それぞれ興味深いエピソードばかりだったが、やはり単語レベルでわからない部分も多く、尚吾は途中から理解することをほとんど諦めていた。

ただ、話の内容はわからなかったが、千紗が、これまでとはまた別の種類の自信を手に入れていることは伝わってきた。その、きっと本人も気づいていないだろう逞しさが、尚吾には眩しかった。

「なんかこうやって一緒に外歩くのも、久しぶりだよね」

隣を歩く千紗の左腕が、尚吾の右腕にそっと触れる。

窓をそれぞれに滑り落ちる結露が音もなく溶け合うように、二人の手が繋がる。その途端、マンションのある要町が、別の惑星くらい遠ざかってくれればいいのに、と思う。

ずっとずっと、こうして歩いていたい。

「お店から家までの帰り道、いっつも思ってたんだけどさ」

目白の店から要町のマンションまでは、歩いて二十分ほどだ。相当な荒天でない限り、千紗は毎日徒歩で通勤している。

「星って、ほんとうは星形じゃないよね」

「は?」

尚吾の頭のてっぺんから、高い声が飛び出る。だけど隣にいる千紗はそんなことは気にする様子もなく、首を傾けて夜空を見上げている。

「レストランでも映画でも、レビューサイトって大体星形のマークで評価するじゃん。三ツ星とか星五つとか、そういうの」

「ああ」と、尚吾。

「星といえばあの形って感じだけどさ、あのマークの形をした星なんて、空のどこにもないのね」

千紗が顎を上げ、遠くを見つめる。目白の住宅街は、東京の他の場所に比べて、街並みが暗い。だから、星がよく見える。

「でも、星を表す形はあのマークしかないから、あれが星形なんだって受け入れてきた。本当はもっと色んな形があることに気づいてるけど、でもまああれしかないしって」

尚吾も夜空を見上げる。歩くペースが、二人して落ちる。

「で、私と尚吾は、昔からあるあの星形をきれいに描くっていうことを、ずっと頑張ってきたんだと思うの」

千紗がついに、その場に立ち止まる。と思ったら、いつの間にか、横断歩道に辿り着いていた。信号の色は赤。

「でももう、自分が見えた星の形を描いて、これが星ですって言っていく時代になったんだよね。昔からあるあの星形を、これが星なんだって言い聞かせなくてもよくなった」

尚吾もその場に立ち止まる。

「星はそんな形じゃないって批判されまくったとしても、私の見えている星もそれですっていう人と出会えれば、そこが小さな空間になる。世界がまた一つ、小分けされる」

二人揃って立ち止まると、千紗の声がぐっと鼓膜に近づいた。

「でも、あの星形をきれいに描くことを頑張ってきた時間も、絶対に無駄じゃないの」

二人揃って、青い光に照らされる。

「技術があるからってどんな星も描けるわけじゃないけど、あの星形を練習しながら身につけた技術は何を描くときでも役に立つはず」

千紗が尚吾の手を握ったまま、横断歩道の白い部分をえいっと飛び越える。

「そうだよね、きっと」

風を吸い込んだスカートの裾が、いつかのようにふわりと舞った。

17

「えっなんかめーっちゃくちゃ久しぶりに感じる」

　ふしぎーしんせーん、と、語尾に音符マークでも付けんばかりのテンションで、浅沼が尚吾の右隣の椅子にどっかと腰を下ろす。

「たまに社内ですれ違ったりしてたじゃないですか。確かに現場で会うことはなかったですけど」

　そう答える尚吾に対し、浅沼は「相変わらず冷めてんなこの世代は」とつまらなそうな視線を向ける。

「こっちが久しぶり～って盛り上がってんだからノっとけばいいじゃん別に。わざわざそんな態度で話の腰折ってさあ」

　すでに酔っているかのような浅沼を「はいはい」と軽く往《い》なし、尚吾は改めて周りを見渡す。指定された時刻の十分以上前だというのに、コの字型に長机が配置された会議室にはすでに、鐘ヶ江組の面々が全員揃っている。

全身を貫く緊張感を分散させるように、尚吾は姿勢を正す。浅沼がやたらとよく喋っているように見えるのも、もしかしたら柄にもなく緊張しているからかもしれない。

鐘ヶ江から班員への一斉メールは、製作延期が決定した報せ以来だった。

【新作にまつわる全体会議を行います】

そんな件名が視界に飛び込んできたとき、尚吾の頭の中では、編集室で見た鐘ヶ江の横顔が蘇った。

これまで見たことのない温度の瞳。どちらが大切かなんて比べられない感情の間で佇《たたず》んでいた、あの横顔。

【今まではそのような機会をあまり設けてきませんでしたが、経理関係を含めた現状について、会社と話し合ったことを皆さんに共有したいと思います】

日程の候補がいくつか並べられたメールは、そんな文章で締めくくられていた。そのあと、日程への回答が全員分あっという間に出揃ったことからも、今は別々の現場にいるとしても班員の足並みが揃っていることが窺えた。

「腹括ったのかな、監督」

落ち着かない様子の浅沼が、背もたれをぎしぎしと鳴らしながら呟く。周囲にいる人たちが、そんな浅沼の声に耳を欹《そばだ》てていることがわかる。

「どうなんでしょうね」

予算を削り製作の規模を縮小するのか、完成品の出どころを劇場以外に増やすことにするのか——班員どころか会社に所属する人間のほとんどが、鐘ヶ江組の置かれている状況をいつしか把握していた。今日こうして集合がかかっていることも、社内に噂が広まっている可能性が高い。

鐘ヶ江はどちらを選び、どちらを切り捨てるのか。そんな風に見られているかもしれない現状に、尚吾はモヤモヤを拭いきれない。

「でもなんか、ちょっとすっきりした？」

「え？」

聞こえてきた単語とは程遠い感覚の中にいた尚吾は、声の主である浅沼のほうを見る。

「いや、顔見て、なんとなく」

浅沼はなぜか、尚吾と目を合わせずそう呟く。歯切れの悪い口調が、浅沼らしくなく、気味が悪い。

そこまで考えて、尚吾は「あ」と小さく声を漏らした。浅沼とこんな風に話すのは、オフィスの窓から初雪を眺めたあの日以来初めてのことだ。

——あんたはもっともっと考えてさ、なんとなく答えが見つかるようなことがあったら、私にも聞かせてよ。

「あのー」

尚吾の遠慮がちな呼びかけに、浅沼が「何」と訊き返してくる。

「あれから、答えが見つかったかはわかんないんですけど、もっともっと、考えてはみたんです」

一月四日、他に誰もいないオフィスで二人、年を越してしまったビールを片手に話したこと。

この世界とどう向き合うか。

間違った等号だらけの世界に対して、自分はどういう判断基準を持つのか。

あのとき浅沼が話していた言葉が、二人の間をまた、行き来する。

「発信も受信もルールがなくなって、色んなものを勝手に結んでしまう等号はこれからも増え続けていくと思うんです。それは誰にも止められないし、そもそも止めるべきことなのかも僕にはよくわかりません。それを優しい世界だっていう人にも出会いました」

尚吾が話し出したとて、浅沼は相変わらず前を向いたままだ。

「世界はどんどん細分化していって、自分が感知できる範囲もどんどん狭まっていって……騙されたがっている受け手が先にいるのか、騙すつもりの送り手が先にいるのか、外からは判断できないくらい、みんながそれぞれの空間の中でやりとりをするようになる。それのどっちのほうが良いかなんて、もう誰にも判断ができない、判断する資格もない」

一つだった大きな世界は、どんどん小分けされて横に並べられ、小さな空間の集合体になっていく。それぞれの空間の中で、見たこともない、自分がそうだと思っているものとは似ても似つかないものが星の形として描かれていく。

自分が一番、誰もが知る星形を上手に描けるという自負はもう、何の意味も持たない。

「全員が細分化された中にいるから、何かを発表したとしてもリターンは少ない。どうしてあいつのほうが認められてるんだって嘆いても、別の空間を批判する資格は誰にもないし、そんな時間に意味はない。自分がいる空間で生まれる小さな循環を継ぎ接ぎして、それぞれが生き延びていく。そうやっていくしかないのかなって思ったんですけど」

でも、と、尚吾は、祈るように手を組む。

「越境しますよね、素晴らしいものは」

浅沼の横顔が一瞬、ぴくりと動いた気がした。

「はなから小さな空間に向けて差し出したものだとしても、それがどんな一点から生まれたものだとしても、素晴らしいものは、自然と越境していく。だから」

尚吾はその横顔に、話し続ける。

「どんな相手に差し出すときでも、想定していた相手じゃない人にまで届いたときに、胸を張ったままでいられるかどうか」

たとえ自分のいる小さな空間内に差し出すときでも。たとえ、騙されたがっている人に差し出すときでも。それが越境したとき、騙されたがっているわけではない人の手に届いたとき、差し出した人間として堂々としていられるものを創れたのかどうか。

「それが、この世界と向き合うときの、俺なりの姿勢かもしれません」

誰の目にも星形であるものを描くときも、誰の目にも星には見えないものを描くときも、同様に、美しい何かだと思わせられるかどうか。

「なんていうか、時代は変わるんだからって諦めながら前に進む、みたいなのはやっぱり性に合わなくて……ムカつく等号ばっかりの世界になっても、ていうかなっていくと思うんですけど、それでも越境を信じることをやめたら終わりなのかなっていうか」

いきなり、「ふぁあ」と、気の抜けた声に話を遮断される。

「なんか、ぜんっぜん、何言ってんのかマジでぜんっぜんわかんないんだけどさ」

欠伸をした浅沼が、目尻に滲む涙を拭う。

「まあ、ここで全部説明できちゃうレベルのことしか考えられてないんだったら、あんた、映画撮る必要ないもんね」

浅沼が一瞬、目だけで尚吾を見る。

「良い映画撮る監督って、大体、普段何言ってるかわかんないんだよね」

会議室のドアが開いた。

ここから見える全員の背筋に、電流が走ったようだった。鐘ヶ江が来た。誰もがそう思ったのだ。

「え⁉」

だけど、開いたドアの向こう側から現れた人間は、全員の予想をはねのける人物だった。

「そんな一気にこっち見なくても……」

お久しぶりです、と照れくさそうに周囲に頭を下げながら、占部が会議室の入り口できょろきょろ視線を泳がせている。尚吾は右手を挙げ、左隣の椅子の座面をバンバンと叩いた。

「なんで占部さん⁉」

「え、尚吾、監督補助クビ？」

縁起でもないことを言う浅沼の椅子の脚を蹴ると同時に、占部が尚吾の引いた椅子に腰を下ろした。

「いや、俺もよくわかってないんだよ」

占部の、混ぜる前のコンクリートのような煮えきらない表情が、その言葉に嘘がないことを物語っている。

「いきなりここに呼び出されたんですか？」

「いや、多分、これから正式に説明あると思うけど」

占部はそこで、声のボリュームを一段階下げる。尚吾と浅沼は、内緒話をする小学生のように耳を寄せ合う。

「まだ正式決定じゃないけど、製作過程をドキュメンタリーシリーズにして有料配信するっていう案があるらしくて」

「え！」即大きな声を出した浅沼の口を尚吾が塞ぐ。

「これからはどれが鐘ヶ江監督の最後のオリジナル作品になるかもうわからないから、どういう形で世に出すかは後から決めるにしても記録映像は残しておいたほうがいいだろうって。俺はそっちの監督として呼ばれたっぽい」

「てことは、その収益を見込んで予算はキープとかそういう系？　あくまで映画は劇場公開のみで？」

尚吾の手をいとも簡単に払いのけた浅沼の口を、今度は占部が慣れた手つきで塞ぐ。

「いや、俺も最近ざっくり聞いただけなんで、何ともいえないです。ここでちゃんとした説明聞けるんだろうなって期待してる感じです。それだけじゃ入ってくる額もしれてますし」

でも、と、占部は戸惑いを隠さずに続ける。

「俺ももう決まってるドラマの現場があったりするので、一人じゃ無理だと思うんですよね。もう一人、あまりドラマ慣れしてないっていうか、リアルで生々しい映像が得意な人がいたらいいんだけど」

「それなら俺」今度は尚吾が、大きな声を出したときだった。「推薦したいヤツが――」

ドアが開いた。

今度こそ、全員が予想していた人物が、会議室に入ってきた。

「そんないきなり静かにならなくても」

静まり返った会議室に面食らった様子の鐘ヶ江が、空席となっている上座の席へと向かう。そして、テーブルに飲み物の入った紙カップを置くと、

「久しぶりだけど、やっぱり落ち着くな」

ふっと、その頬を緩めた。

だけどそれは、笑顔を作ったというよりは、これから訪れる時間に臨むにあたり、体内の空気を少しでも入れ替えた動作のように見えた。

これから、きっと、聞くことになる。比べられないものを比べなければならなかった末の結果を、最も尊敬する人の口から。

尚吾はそのとき、自分の身体が、柔らかくてあたたかいものに支えられているような気がした。その感覚は、子どものころに通ったあの劇場の椅子に座っているときと似ていた。

今なら、どんな結論に出くわそうと、それを咀嚼するだけの思考や言葉を持ち合わせている自信がある。そんな自分を認識できると、こんな安心感に包まれるのか——まるで他人事《ひとごと》のように、尚吾はそう思った。

「まず、延期になっている新作についての進捗報告です」

口を開く鐘ヶ江のほうに、そこにいる全員の上半身が自然と引き寄せられる。その中でも、尚吾の傾く角度が、一番大きい。

初出　朝日新聞2019年４月５日から2020年５月29日まで。
単行本化にあたり加筆修正しました。

装　　画　雪下まゆ
装　　丁　田中久子

朝井リョウ（あさい・りょう）
1989年岐阜県生まれ。2009年『桐島、部活やめるってよ』で第22回小説すばる新人賞を受賞しデビュー。13年に『何者』で第148回直木賞、14年に『世界地図の下書き』で第29回坪田譲治文学賞を受賞。主な著書に『チア男子!!』『武道館』『世にも奇妙な君物語』『何様』『死にがいを求めて生きているの』『どうしても生きてる』ほか。

スター

2020年10月30日　第1刷発行

著　　者　朝井リョウ
発 行 者　三宮博信
発 行 所　朝日新聞出版
〒104-8011　東京都中央区築地5-3-2
電話　03-5541-8832（編集）
　　　03-5540-7793（販売）
印刷製本　株式会社加藤文明社

ISBN978-4-02-251719-7
定価はカバーに表示してあります。

落丁・乱丁の場合は弊社業務部（電話03-5540-7800）へご連絡ください。
送料弊社負担にてお取り替えいたします。